美国艺术与科学院院士文学理论与批评经典

主　编　聂珍钊　　副主编　王松林

语言派诗学

L=A=N=G=U=A=G=E Poetics

查尔斯·伯恩斯坦 ◎ 著

罗良功 等 ◎ 译

上海外语教育出版社
SHANGHAI FOREIGN LANGUAGE EDUCATION PRESS

图书在版编目（CIP）数据

语言派诗学 /（美）伯恩斯坦（著）；罗良功等译.
—上海：上海外语教育出版社，2013（2018重印）
（美国艺术与科学院院士文学理论与批评经典）
ISBN 978-7-5446-3021-4

Ⅰ.①语… Ⅱ.①伯…②罗… Ⅲ.①诗学—文集 Ⅳ.①I052-53

中国版本图书馆CIP数据核字（2013）第012705号

出版发行：**上海外语教育出版社**
（上海外国语大学内）　邮编：200083
电　　话：021-65425300（总机）
电子邮箱：bookinfo@sflep.com.cn
网　　址：http://www.sflep.com
责任编辑：张亚东

印　　刷：江苏凤凰数码印务有限公司

开　　本：787×1092　1/16　印张 13.25　字数 298千字
版　　次：2013年2月第1版　2018年11月第4次印刷

书　　号：ISBN 978-7-5446-3021-4 / I · 0229
定　　价：48.00 元

本版图书如有印装质量问题，可向本社调换
质量服务热线：4008-213-263　电子邮箱：editorial@sflep.com

美国艺术与科学院院士文学理论与批评经典

顾　问：陈众议　玛乔瑞·帕洛夫　庄智象
主　编：聂珍钊
副主编：王松林
编　委：（按姓氏笔画为序）
　　　　王守仁
　　　　史惠风
　　　　吴　笛
　　　　陆建德
　　　　陈　红
　　　　陈建华
　　　　罗良功
　　　　胡亚敏
　　　　胡全生
　　　　隋　刚
　　　　曾繁仁
　　　　蒋洪新
　　　　谢　群

编委会名单

总序

"美国艺术与科学院院士文学理论与批评经典"是一套学术翻译丛书,国家出版基金资助项目。丛书从20世纪80年代以来入选美国艺术与科学院文学批评领域的院士中,选择9位院士的文学批评力作,译介给中国学术界。所选内容涵盖诗歌批评、小说批评、戏剧批评和文化批评,尤其对当代美国诗歌批评的学术成果做了重点译介。最近二三十年来,我国外国文学批评界大量翻译介绍了国外的文学理论著作和思想著作,对我国的文学研究发展产生了积极的推动作用。与外国文学理论著作的翻译相比,对外国某一领域的有代表性的文学批评专论的译介还有待加强。这套丛书产生的初衷,就是想在这方面有所弥补。本丛书力图通过对当代美国文学批评家精心之作的翻译,向中国学术界展示"理论热"之后,美国文学批评家如何更新文学批评方法,以更宽广的学术视野和更包容的态度对不同类型的文学进行有效的批评。与一些所谓的解构主义批评不同,在这些出色的学术研究中,文学的边界不仅没有消失,文学本身不是正在死去,而是以新的特点获得了新生,充满了活力,让我们看到了文学的永恒魅力。我们从这套丛书中还可以看出,一个伟大的负责任的批评家不能利用自己的专门知识去曲解文学、误导读者甚至去毁灭文学,而应该通过批评与阐释,探索文学对于我们每一个人以及社会的价值,引导读者阅读和欣赏文学,从中得到教诲。这一点对于我国文学批评中盛行的文学经典的戏说和大话倾向,其警示意义是不言而喻的。这套丛书从一个侧面反映了当今美国文学批评领域的成就,编者期望这套丛书能对我国的文学批评和文学理论建设有所启示,进而推动我国人文学科的学术发展和社会主义文化事业的繁荣。

"美国艺术与科学院"(AAAS)创办于1780年,是一个蜚声世界的、独立的学术研究机构。这个组织每年都要在美国及世界范围内选取当代最杰出的人才成为该院的院士。在230余年的历史里,"美国艺术与科学院"在自然科学、社会科学、人文和艺术、公共管理等各领域一共选举产生了4000多位美国院士和600多位外籍院士,其中包括200多位诺贝尔奖得主和100多位普利策奖获得者。目前入选"美国艺术与科学院"文学批评领域(含语文学学者)且仍然健在的院士仅有169人,他们均是当今诗歌、小说、戏剧和文学文化理论及批评方面的顶级专家,其学术思想在美国及世界文学和文化批评界都有着重大影响。

20世纪堪称是一个"理论的世纪"。建国以来,国内出版界组织力量翻译了大量外国文艺理论经典,尤其值得一提的是,人民文学出版社和上海译文出版社联合推出的"外国文艺理论丛书"以及中国社会科学出版社、上海文艺出版社和上海外语教育出版社共同推出的"外国文学研究资料丛书",意义重大。这两套丛书的选材范围涵盖了从古希腊罗马至现代的文学理论，几乎囊括了国外最重要的文学理论与批评经典，对我国的文学研究和理论建设产生了深远的影响。改革开放以后，尤其是20世纪80年代以来，大量西方的文学批评理论被介绍引入中国，如强调意识形态的政治批评、以社会和历史为出发点的审美批评、在心理学基础上发展起来的精神分析批评、在人类学基础上产生的原型—神话批评、在语言学基础上产生的形式主义批评、在文体学基础上产生的叙事学批评，还有接受反应批评、后现代后殖民批评、女性主义批评、新历史主义批评、文化批评、伦理批评、生态批评等。这些批评是我国文学研究中经常使用的批评方法，形成了我国文学批评中西融合、多元共存的局面，推动着我国文学批评的发展，造就了我国文学研究领域前所未有的繁荣局面。

可以说，外国文学理论的引进极大地开阔了我国文学研究者的视野，使我们的研究走向深入。然而，在一阵阵理论热浪的背后，也出现了一些令人担忧的问题，这就是文学批评偏离了对文学的批评。有一些打着文化批评、美学批评、哲学批评等旗号的批评，往往颠倒了理论与文学之间的依存关系，割裂了批评与文学之间的内在联系，出现了某些理论自恋(theoretical complex)、命题自恋(proposition complex)、术语自恋(term complex)的严重倾向。这种批评不重视文学作品(即文本)的阅读与阐释、分析与理解，而只注重批评家自己某个文化、哲学或美学命题的求证，造成文学理论与文学文本的脱节。在这些批评中，文学作品被肢解了(用时髦的话说，被解构了、被消解了)，自身的意义消失了，变成了用来建构批评者自己文化思想或某种理论体系或阐释某个理论术语的自我演绎。文学的意义没有了，自然文学的价值也就没有了，其结果必然是文学的消失导致文学批评家的自我消亡。这种倾向的产生，一方面是我们对西方一些影响巨大的思想家如德里达、利奥塔、拉康、赛义德等人的理论的误读或消化不良所致；另一方面也是我们在翻译介绍西方文学批评理论时还没有为中国学者提供充分的可供学习和借鉴的范例。正是考虑到这一点，我们选择了9部当代美国文学批评的力作译介给读者，试图展示当前美国文学批评界"理论热"之后建立在文本细读和学术洞见之上的另一幅批评图景。

自20世纪90年代起，盛行于美国的各种文学批评理论开始在美国学界遭受冷遇。对于美国大学英语系名目繁多的理论课程，赛义德十分不满，将其称为"残缺破碎、充满行话俚语的科目"。2006年，美国现代语言协会(Modern Language Association)的时任主席、著名批评家玛乔瑞·帕洛夫也针对文学批评理论与文学的泛文化批评乱象告诫同行们说，大学的文学批评教授们可能是在"没有适当资格证明的情况下从事文学研究的……而经济学家、物理学家、地质学家、气候学家、医生、律师等必须掌握一套知识后才被认为有资格从事本行业的工作，我们的文学研究者往往被默认为没有任何明确的专业知识"(参见威廉·崔斯："英文系的衰退"，《美国学者》2009年秋季刊)。美国布朗大学教授罗伯特·斯科尔斯也将大学英文专业的衰落归咎于理论的过度膨胀。在不少专家看来，那些花样翻新的时髦理论消弭了文学的人文价值，抽空了文学的道德情感内涵。美国国内的这一反"理论热"现象很快引起了我国文学研究界有识之士的注意，并引发了对"理论热"之后的美国文学教学与研究的热烈讨论。例如，本世纪初我国有关文学伦理学批评的研究与讨论，就是在理论热之后对文学理论与批评的深度反思。我们认为，文学批评是对文学的批评，因此文学批评不能离开文学文本。只要脱离了文学，不对文学的文本进行分析和解释，文学批评根本就无法存在。只要脱离了文学文本，所谓的文学理论只能陷于空谈，变得毫无价值。我们反对"不读而论"的概念推理式研究，推崇富有情感交流的、有个人洞见的对文本的解读式批评，主张批评者要担当起文学批评的伦理责任。当然，要做到这一点并非易事。我们此次翻译的这套文学批评丛书，就是为了给国内学者如何认识和理解文学批评提供一些可资借鉴的范例。

译丛选取的9部专著，涵盖了诗歌、戏剧、小说等文学领域，可以说体现了当今美国批评家的创造性思想和开阔的学术视野。其中有3部关于诗歌的专论。《激进的艺术：媒体时代的诗歌创作》的作者是斯坦福大学玛乔瑞·帕洛夫教授。她站在美国当代诗歌的最前沿，用最敏锐的眼光审视媒介时代的诗歌创作，高擎智慧的火炬把我们带入一个新的学术天地。她用精深的学识和批判性的研究引导着当代诗歌学术研究的发展，评论家称她是一位"阅读精确、拒绝将艺术的评判权拱手交给教师或理论家"的作者。《语言派诗学》的作者是宾夕法尼亚大学的查尔斯·伯恩斯坦教授。他是当今美国"语言诗派"的代表诗人和理论家。他从意识形态和审美的角度讨论了现代主义和后现代主义语境下的美国诗歌特征，尤其是他对语言诗的语言、声音、形式与意义以及政治策略的研究，是我们认识和解读语言诗的一部指南。《诗与感觉的命运》的作者是普林斯顿大学的苏珊·斯图尔特教授。她是美国具有广泛影响的诗人、批评家和教育家，帕洛夫教授、伯恩斯坦教授分别称其为当今"国际最顶级学者"之一和"本世纪文学批评界最重要的学者"之一。她的著作援引上至古希腊下至后现代的诗歌经典，论述了诗歌与人类触觉、视觉、听觉等感官的内在联系，从艺术审美的高度探究了诗歌艺术在人类文化中所起的作用。在原来的选题计划中，我们还选择了美国圣母大学吉拉尔德·布伦斯的《诗歌的材料：诗学理论概要》一书准备译介给国内学界。该书对当今美国先锋派诗歌的写作实践做了哲学层面的解读，认为诗歌的意义隐藏在诗的创作和阅读的空间之中，主张读者应该像人类学家那样回到诗歌的社会、文化和历史现场去寻找意义。遗憾的是，由于未能获得这本书的版权，我们无法将这部著作翻译成中文出版。

在戏剧研究方面，我们选择了著名莎学专家、前国际莎士比亚协会主席大卫·贝文顿教授的著作《莎士比亚：人生经历的七个阶段》。贝文顿教授是当今为数不多的最重要的莎士比亚专家之一，在莎士比亚研究领域享有崇高地位。他把莎士比亚一生分为七个阶段，对莎士比亚的历史背景、个人生平、戏剧创作及舞台表演等多方面的问题进行了深入探讨。作者驾轻就熟，思路清晰，说理透彻，成就了这部研究莎士比亚的经典之作。

在小说研究方面，我们选择了3部著作。耶鲁大学克劳德·罗森的《上帝、格利佛与种族灭绝》从文学人类学和后殖民批评的角度出发，通过细致入微的文本考究，批判了近五百年来欧洲对所谓异邦"野蛮人"的"他者"文化想象，涉及的作家有斯威夫特、蒙田、王尔德、萧伯纳等，视野开阔，见解独特，启示深刻。霍普金斯大学埃里克·桑德奎斯特教授的专著《福克纳：破裂之屋》依据丰富的文献资料，从社会历史和政治的角度研究了福克纳的作品主题、结构及其与南方神话之间的关系，是研究福克纳不能不读的著作。爱荷华大学盖勒特·斯图尔特的著作《小说暴力：维多利亚小说的形义叙事学解读》从文体学与叙事学的角度，就维多利亚时期小说家笔下强大的语言力量的表述与情节之间的密切关系进行了细致的解读。该书研究方法独特，注重文本细读，是近年来小说研究的重要成果。

  在文化批评方面，哥伦比亚大学安德鲁·戴尔班科教授的《撒旦之死：美国人如何丧失了罪恶感》一书，如作者自己所说，是"一部美国精神传记"。作者对美国过去和现代之间的道德传统的割裂，特别是对美国社会面临的道德危机及精神信仰的匮乏进行了批判，作者也因此而被《时代杂志》评为2001年度"美国最佳社会评论家"。宾夕法尼亚大学让-米歇尔·拉巴泰教授的《1913：现代主义的摇篮》将现代主义文学纳入1913年这一特殊的年代，详细考察了1913年发生的一系列标志性文学艺术现象和政治事件，如非西方作家泰戈尔获得诺贝尔文学奖、一战爆发前最后的世界和平、叶芝和庞德的合作等，从全球文化思想变化及交融的角度审视现代主义文艺思潮的发端，视角独特，见解深刻。

  20世纪以来，美国的文学研究空前繁荣，出版了大量影响深远的学术著作，但我们只能从中挑选部分杰作，翻译介绍给中国读者。以上译介的著作，都是文学批评各个领域的代表性作品。从中可以看出，美国同行们在文学研究方面有其突出的优点：方法多样，务实求新，细致深入，特色鲜明。这些专著均有非常重要的学术参考价值，值得认真阅读和参考。我们希望这套丛书能够给中国读者的文学研究提供有益的借鉴。

  译丛选择的著述涉及文学、历史、哲学、政治、文化等多方面的内容，不易阅读、理解和翻译，因此对于译者而言是一项十分艰巨的任务。尽管各位译者做出了巨大努力，希望把这些学术著作翻译得完美，但是由于水平有限，仍然无法达到目标，在此请各位读者多加批评指正。

主编　聂珍钊

谢辞

"美国艺术与科学院院士文学理论与批评经典"即将由上海外语教育出版社出版，我们借此机会首先向中国外国文学学会会长、中国社会科学院外国文学研究所所长陈众议先生表示衷心感谢。陈众议先生长期关注中国的文学理论建设，关心中国的外国文学研究和学术发展，关心中外文学与文化的交流。这套丛书的选题、论证和整个翻译工作，都倾注了他的热情和关心。他的珍贵友谊、热情鼓励、宝贵建议，是我们完成此项工作的动力。还要衷心感谢玛乔瑞·帕洛夫教授。她是这套译丛的顾问，为我们初选的著作提供了实事求是的和富有建设性的学术评价，为我们联系每个作者和协商版权提供了重要帮助，在我们遇到困难的时候，她都能及时地热情地帮助我们。可以说，这套译丛得以面世，陈众议先生和玛乔瑞·帕洛夫教授是我们最需要感谢的人。

我们还要感谢这套丛书的各位作者，他们是：玛乔瑞·帕洛夫、查尔斯·伯恩斯坦、苏珊·斯图尔特、大卫·贝文顿、克劳德·罗森、埃里克·桑德奎斯特、盖勒特·斯图尔特、安德鲁·戴尔班科、让-米歇尔·拉巴泰。我们不仅要感谢他们同意我们翻译他们的著作并在中国出版，还要感谢在翻译过程中他们提供的各种帮助，感谢他们随时解答译者遇到的各种问题。我们相信，他们的著作在中国翻译出版，中国的学者和读者都将大受裨益。我们还要感谢这套译丛的美国出版社，是它们的充分合作和授权，才使这套译丛的中文翻译和出版得以顺利进行。

我们还要感谢庄智象教授、副编审孙静女士，以及所有著作的责任编辑。庄智象教授既是上海外语教育出版社社长，也是这套译丛的顾问。这套译丛从选题、翻译到出版，与他的指导和帮助是分不开的。这套译丛也是他特别倾心的一个项目，用他自己的话说，一个人一生要做几件有意义的事，而这个项目正是他一生中做的最有意义的事之一。孙静女士是出版社这套译丛的具体负责人，她不断对译丛的翻译工作提出具体指导和帮助，这套译丛倾注了她的大量心血。每部著作的责任编辑都是学识渊博的学者，他们对每部译著都进行了仔细认真的审校，提出十分重要的意见，消除其中的疏忽与瑕疵。我们还要感谢刘华初先生，他负责这套丛书的版权谈判。是他辛苦和有效的工作，为我们奠定了顺利完成这项工作的基础。还要感谢负责这套译丛的装帧设计的美编，因为是他的精心设计才最终使这套译丛的出版变得完美。

最后，我们还要感谢参与这项工作和为我们提供帮助的所有人。离开了大家的共同努力和来自各方面的帮助，要完成这样一项大的工程是不可想象的。对所有帮助过我们的人，我们心存感激。

聂珍钊　王松林

目录

译者序 I
序：《语言诗》的扩展领域 IX

我所知道的关于他的三四件事 1
思想的度量 13
写作与方法 27
艺术的状态 35
吸收的技巧 41
诗人批评家的报复，或者部分大于整体之和 115
多样性美国的诗学 127
诗学的实践 147

原文注释 153
附录：查尔斯·伯恩斯坦教授访谈录（聂珍钊） 167

译者序

查尔斯·伯恩斯坦文集《语言派诗学》的翻译工作，历时近两年，终于完成。这是继我参与主持翻译《查尔斯·伯恩斯坦诗选》(2011)之后的又一项关于伯恩斯坦的译介成果。在一定意义上，这是一种私人荣幸。我与伯恩斯坦教授相识于2003年春天，当时我在宾夕法尼亚大学访学，他也刚刚从纽约州立大学布法罗分校来到宾大任教。在他为博士生开设的现代主义诗歌课上，我第一次接触语言诗和他本人的诗学思想。记得有一次在课堂上，他让我和一位新加坡来的女生用汉语交谈，其他人则认真倾听这场用他们完全不懂的语言进行的谈话，并要作出阐释。我当时并没有充分认识到这种对声音介质的关注与伯恩斯坦诗学和诗歌创作有何关系，但是，这的确开始了我对他的诗学主张和诗歌的兴趣。后来，我邀请他访问中国并出席2007年在华中师范大学举行的"20世纪美国诗歌国际学术研讨会"；我们与其他中美学者一道共同筹建中美诗歌诗学协会(CAAP)，2011年9月他重访中国并出席中美诗歌诗学协会第一届年会；2011—2012年我以富布莱特研究学者身份再次访问宾夕法尼亚大学，他担当我的合作教授。2006年，聂珍钊教授和我一起策划翻译伯恩斯坦诗歌时，伯恩斯坦教授亲自拟定诗选目录，并不厌其烦地答疑解惑；2011年初，我们决定把他的文选纳入国家出版基金资助的"美国艺术与科学院院士文学理论与批评经典"译丛项目进行翻译出版时，他亲自从自己的煌煌论著中甄选出八篇最能代表他的诗学思想的重要作品，并对翻译给予学术指导。通过近十年来越来越密切的交流，我不仅真切感受到了伯恩斯坦睿智、热情、率真、奔放的人格魅力，而且更深刻全面地理解了他的学术思想和诗歌探索。可以说，本书(以及《诗选》)的翻译出版见证了我与伯恩斯坦教授的个人友谊和学术交流。同时，伯恩斯坦教授的诗学思想与诗学实践极具开拓性，对现存的诗学体系和诗歌理念具有革命性意义，因而，将他的诗学思想译介到中国，将会给中国学界和诗歌界带来巨大的观念冲击，激发新的探索。在这一意义上，本书的翻译出版对于中国学界和诗歌创作界具有重要的启示意义和借鉴意义。

伯恩斯坦教授是20世纪70年代兴起于美国的"语言诗派"的代表人物和理论家，先后任教于美国纽约州立大学布法罗分校、宾夕法尼亚大学、普林斯顿大学等高校，兼任美国艺术与科学院院士、中美诗歌诗学协会副会长等众多学术职务，主要从事诗歌创作与研究，在现代派和当代诗歌诗学研究方面探索尤深，他还与其他人合作创办了美国著名电子诗歌资源库"宾大之声"(PENNSOUND)、"电子诗歌中心"(Electronic Poetry Centre)等。他的创作涉及诗歌、剧本、论文等多种文类，出版了40余部著作，包括《天国里所有的威士忌》、《姑娘似的男人》、《现实国》等20余部诗集,《影子时代》、《盲人目击者》等五部剧本,《困难诗的攻击》、《一种诗学》、《内容之梦》等四部文集等,曾获古根海姆基金、纽约艺术基金、国家艺术基金资助和哈维·皮尔斯新诗奖等,应邀在美洲、欧洲、亚洲等世界各地做学术演讲和诗歌朗诵600余场,有关其作品和学术思想的研究论文和书评计有500余篇,发表在《TLS》、《批评调查》等众多报刊和学术著作中。

作为诗人和学者,伯恩斯坦教授以其丰硕的成果和独到的思想对美国和西方诗坛产生了重要影响。但是他从不以诗歌理论家自居,更愿意视自己为"对自己的作品进行反思的实践者"(见《查尔斯·伯恩斯坦教授访谈录》)。这句话正反映了他诗学思想的实用主义特点。他借用诗学一词将自己关于诗歌的理论思考与传统的诗歌理论区别开来。他承认自己的诗学大部分是实用性的,并且从理论上赋予"诗学"一词以实用性内涵。他在《诗学的实践》一文中说,诗学所指的是"历史上的各种诗歌理论,同时也指'诗歌行为'——即诗歌的创作过程本身。诗歌行为往往可以创造出诗歌理论没有预料到的新鲜艺术魅力——行为先于理论,实践改变理论。诗歌行为不仅包括诗歌创作,还包括诗歌表演。"伯恩斯坦的"诗学"所强调的正是"诗歌行为",强调诗学对诗歌创作过程的介入,强调诗学与诗歌创作过程的互动关系,即他所说的诗学是诗歌的其他形式的延伸,并以此批评、校正、丰富传统诗学。这一观点也直接塑造了他以诗论诗的诗学文论风格,颇有中国古代诗话词话之风,本书收录的《诗学的实践》、《吸收的技巧》等文章充分体现了这一特点。

伯恩斯坦不仅强调诗学的实用性,还强调诗学的多样性。他认为,诗学是一种行为,是对不断变化的环境的开明回应;诗学是技术性的而不是策略性的,不以道德或者系统理论作为基础,因此往往显得脆弱、混乱、不连贯或者不一致(见《诗学的实践》)。这是诗学实质的规定,也正是诗学多样性的表现,这一视角有利于清晰认识各种诗歌流派、诗歌理论之间的关系及其内部关系。在他看来,各种诗学相互搅拌但不混合,在追求亲缘关系的同时拒绝一致性,在拒绝一致性的同时又不丧失诗学的责任,即响应并支持使诗歌活动深化、强化、扩展的那些诗歌倾向和亲缘性。在他看来,多样化可以成为一种保留高度理想化、足以平息异议的美国统一文化观念的方式(见《艺术的境界》);诗学多样性既有助于保持个性差异,又有助于推动诗歌的革新和发展。诗学多样性不仅表现在美国诗坛,也表现在伯恩斯坦本人所代表的"语言诗派"。他在《多样性美国的诗学》一文中指出,美国现代主义诗歌中除传统观念上的主观和客观两种模式外,还有第三种模式(建构性模式)与之并存,20世纪后半叶现代主义的三种模式让位于他所说的整体方言诗,其下又有他所称的培养团体认同的地方方言诗和拒绝或干扰团体或个人身份结构的个人方言诗并存。就语言诗而言,这场兴起于20世纪70年代中后期的诗歌运动是一场没有任何教条的倡导诗歌创新的集体行动,诗人们走到一起,既是因为有共同反对的事物,也因为文体上的相似,但是他们认为"没有唯一的历史、唯一的诗学"(见《查尔斯·伯恩斯坦教授访谈录》)。正因为如此,本书收录的文章既在一定程度上代表着整个"语言诗派"的诗学追求,又反映了伯恩斯坦教授鲜明的思想个性。

伯恩斯坦诗学的认知论可以从三个方面来讨论。首先,他强调美学与政治结合,这是他与其他语言派诗人一道同那些视"后现代"为丢失了政治与美学观念性的批评家们进行论争的基础。他认为,美学意识和政治意识在本质上并非不同,而是恰恰相反,并且美学与政治的重新结合正是诗歌的真正目标(见《诗人批评家的报复》)。伯恩斯坦观念中的"美学",不是用于建构"一种美的理想,而是希望用判断、感知、价值等形成一个交锋的竞技场;在这个竞技场上,艺术品、文章不是固定原则的宣判者,而是作为意义的探针和思想的触角在此起作用"(见《诗人批评家的报复》)。这种美学在根本上是政治意识与美学意识融合的产物。在伯恩斯坦看来,艺术家应该承担公共知识分子的责任,诗歌,特别是语言诗,应该是政治的。他在接受聂珍钊教授访谈时明确指出:语言诗从一开始就"致力于从历史和意识形态的角度探讨诗学和美学、表现其对主流诗歌规范和美国政府政策的不认同。我们质疑一切'既定'的诗歌特点,从声音和表达到明晰和阐释;在此过程中产生出许多不同的、实际上相互矛盾的用于探讨诗歌和诗学的方法。我们希望把我们的诗歌与诗学和当时批判的、哲学的、形而上的以及政治的思潮相联系,并与人权运动、女权运动、反战运动建立内在的联系,这种愿望成为我们的作品的一个重要标志,也是我们获得那些或被赞扬或被批评的多种集体称谓的原因。"对于诗歌的政治性,他在《诗人批评家的报复》中做了进一步阐释:"诗歌政治"指"诗歌形式的政治而不是诗歌内容的功能";诗歌能够审视语言如何构成(而不是简单地反映)社会意义和价值观,如果受限于主流文化赖以自我复制的形式,你就无法彻底地批评主流文化,不是因为这些霸权性的形式能够"自我"妥协,而是因为它们的批评性已经被霸占了。无疑,在伯恩斯坦的诗学中,诗歌的政治溶于诗歌艺术形式之中,以美学形态呈现。这就使得他具有强烈政治性的诗学得以根植于美学,并且与文化批评和社会政治批评相区别。他特别强调对诗歌进行审美性阅读,而非主题性解读(见《艺术的状态》),认为前者才是真正通向诗歌意义和诗歌政治意蕴的路径。

  伯恩斯坦诗学认知论的第二个方面在于他关于诗歌意义的观点。首先,伯恩斯坦强调诗歌意义的建构性,而不是表现性。他在《多样性美国的诗学》中说,"诗歌可以成为思考的过程,而不是对已经盖棺定论的事物的报告;诗歌是对理解的调查过程,而不是对理解的阐述"。在他看来,"使诗成为诗的就是语境"(见《查尔斯·伯恩斯坦教授访谈录》),诗歌的意义产生于诗歌建构的过程之中;诗歌并不需要表达确切的意义或者将确切的意义转化到诗歌之中,而要以各种形式和手段来探索意义、创造意义;因而,为获取意义而读诗的读者是会失望的,这类读者愉快地流连于意义之中才会感到满意。伯恩斯坦关于诗歌意义建构性的观点对于现有的诗学理论和语言学理论而言极具革命性,颠覆了对诗歌的认知经验,对诗歌重新进行了定义。

  其次,伯恩斯坦引用麦卡弗里的"整体经济"的概念来强调意义的完整性。他解构了传统的内容(意义)—形式二元对立的观点,强调意义与形式的统一。他在《吸收的技巧》中指出:"如果将诗歌的视觉、听觉、/句法因素视为'无意义',特别是在/这一认知被理解为积极的或者/解放性的情况下——这已经是/当前大量关于在句法上不循规蹈矩的诗歌的/批评研讨的常态——那就表明了一种/试图逃避对意义的整体范畴和整合性范畴/承担责任的愿望;意义似乎只是一层/可以剥掉的外壳,或者可以/抖掉的包袱。"他进一步指出,"考虑/诗歌形式的动力机制并不一定意味着/漠视其内容;事实上,这分明就是/一个起点,因为它能够开启/多层次阅读。"由此可见，伯恩斯坦不但明确地表达了形式无法剥离于意义的观点，而且将形式上升到了建构意义的材料和过程的高度，形式即是意义。

"形式即意义"是伯恩斯坦关于诗歌意义的一个重要概念。伯恩斯坦所谓的形式，指的是"将事物组合在一起或者区别开来的方式，是解释压在我们所有人心头的重负的方式"（见《艺术的状态》）。他承认，任何形式都没有完全本质的意义，也不存在先天优越的形式，然而，"形式确实具有外在的、社会的意义，这些意义由必然带来评价的价值观的争论铸就而成"（见《诗人批评家的报复》）。在这里，伯恩斯坦将诗歌形式置于互文性理论和文化批评视野之中，从诗歌形式自身的构建模式及其与其他话语结构的模式的互文关系中看到了背后的价值和意义，正如他在《写作与方法》中所说的，"诗歌可以凭借话语结构的范例来关注意义的结构"。这正体现了诗歌基于审美性的政治性体现。在《诗人批评家的报复》中，他明确表达了这一观点："诗歌形式的政治承认一个事实，即诗歌的社会性维度与合作性维度——物质性维度——建构了我们将诗歌作为纯粹的个人表达进行阅读的能力。它还承认语言的视觉维度、生产方式与分配方式以及出版语境所产生的语义贡献。"因而，诗歌形式（包括换行符、声音模式、句法等因素）并非只是有助于诗歌的意义，而是确有意义。

解构主义语言观是伯恩斯坦诗学认知论的最重要内容。伯恩斯坦的语言观源于多个方面：维特根斯坦(Wittgenstein)帮助他认识到语言是如何塑造我们对世间万物的感知的；雅各布森认为口语突出了语言的物质（听觉的和句法的）特征的观点，帮助他重新认识诗歌功能，即诗歌不是对信息的传达，而是口语本身媒介间的一种结合；本雅明对"语言本身"(language as such)和媒介理论的思考及其拾得/引证语言的观点推动了伯恩斯坦对于语言的认知；爱默生关于"对一致性的背离"(aversion of conformity)的观点也促使伯恩斯坦和他的语言派诗人同事们更关注诗歌语言的建构形式。在伯恩斯坦的语言认知中，语言的物质性与社会性同样重要，而且语言的物质性首先是一种社会物质性，不仅是理念，也是一种责任。语言的这种属性受制于外在力量，但也使它具有建构世界的潜能，因而具有解构自身、解构其自身受到外力操纵而再现世界的能力。因此，与其他语言派诗人一样，伯恩斯坦强调语言的能指而非所指功能，认为语言建构世界而非表现世界或再现世界。他在《思想的度量》中明确指出："语言与世界不可分离，语言是建构世界的工具，因此我们不能说思考'伴随'着对世界的体验，因为它表达了体验。通过语言，我们体验世界，事实上，通过语言，意义进入世界，获得存在。[……]当然，我并不是说没有任何事物能超越人类的语言，或在语言之外，而是指意义只存在于语言之中。语言的前定性和世界的前定性是一样的。"伯恩斯坦在这里高调宣扬"意义只存在于语言之中"，旨在使语言摆脱外在的束缚、恢复其自然的能指潜能；而语言使用本身，既与语言之外的社会力量形成对话，又体现语言运用的技巧和策略，因而诗歌用语言建构意义的过程，既是政治性言说，又是审美性实践，这正是伯恩斯坦的诗学追求。

为实现自己的诗学追求，伯恩斯坦从一开始就采取反叛者的立场面对一切诗学传统和文化现实，甚至面对自己的诗学实践。反叛是伯恩斯坦诗学方法论的基本立场。他的反叛既是观念的，也是形式的；他以反叛的姿态拒绝诗歌形式和语言被轻易地吸收进文化惯例之中。他说，反叛是"为了维护个体经验的独特性；是为了反对正统语言的一致性，这种一致性把既定的秩序强加在发展变化的思想上；反叛是为了反对道德和宗教体系的清规戒律，它们不必要地对个人行为和表达进行约束"（见《查尔斯·伯恩斯坦教授访谈录》），因而是实现自由和真实的重要保障。一方面，现实中可能与完全不可能或超现实之间的界限不断扩大，只有反叛传统、大胆创新才能跟上现实的变化速度；另一方面，反叛是维护个体经验和诗人主体性的需要（见《艺术的状态》），而诗人的主体性即是"对于一个霸道的现实的不合理要求"（见《我所知道的关于他的三四件事》）。

伯恩斯坦的反叛在宏观上是政治的，在微观上则是美学的，并且通过语言表现出来。"以语言为中心写作"成为伯恩斯坦诗学方法论的核心。在伯恩斯坦的观念中，"语言是存在的共性，通过它们我们看到并理解了价值"（见《我所知道的关于他的三四件事》），但语言同时又受到权力的操控和主宰，致使"语词常常辜负我们"，"语法和拼写的规定原则使得语言好像游离于我们的控制之外"（见《我所知道的关于他的三四件事》），诗人的自我常常迷失在语言的规则和权威之中，因此诗人必须反叛语言的现实和现实的语言，去重新发现和探索语言，"参与到语言的建构之中——我们的行动重构——改变——现实"（见《我所知道的关于他的三四件事》），并且将语言作为"我们的"主体，通过语言的建构重建自我。

伯恩斯坦提出"以语言为中心写作"，不是要维护或重新树立语言的权威性，而是要消除语言的权威，将语言从权力的操纵中解放出来。他说，"如果我们不把语词看作是有固定代码、硬生生地接入语言的权威，而把它看做是可以一起跳跃的弹簧，或者是可以让我们在上面上下、左右、前后、全方位地用力跳跃的蹦床，那么词语就能带领我们到达任何地方"（见《诗人批评家的报复》）。他从斯泰因和其他现代主义时期的建构主义诗人那里寻找力量，将他们"否定和降低'权威词'的权威性"（见《多样性美国的诗学》）的诗学实践视为楷模，并把维罗妮卡·福瑞斯特—汤姆逊《论诗歌技巧》中的观点（"诗歌技巧的首要特征在于/其语言具有使诗歌/与经验世界既相连又断裂的/品质"，见《吸收的技巧》）作为注脚，他认为诗歌通过解除语言与经验世界的程式化关联重建语言与经验的联系，从而将读者的注意力引向语言本身，引向语言建构经验的各种可能性。

伯恩斯坦为此提出了具体的方法，即"反吸收技巧"。他通过深入考察诗歌的创作和阅读过程，指出，"吸收"及其对立面即不可渗透性、无动于衷、排斥、抵触，是诗歌创作和阅读中的中心问题；吸收是目的，反吸收则是手段和技巧，有助于更好地吸收。他在《吸收的技巧》中现身说法："在我的诗歌中，我/常常把晦涩的与非可吸收性的/元素、离题与/中断用作技术集成的/一部分，试图促成一种比传统的、/平淡的、吸收性的手段所能促成的/更加强大的/（'改装升级的'）/吸收。"反吸收即是指诗歌使用非吸收性元素将语言变得晦涩、不透明；要实现反吸收的效果，首先是要打破语言使用规范和惯例，以增强语言的不透明性。伯恩斯坦解释说，不透明性"意味着技巧、单调、/夸张、注意力分散、纷扰、/离题、中断、违规、/不得体、反传统、不统一、断裂、/碎片、奇异、形式华丽、洛可可式的、/巴洛克式的、结构的、做作的、想象的、冷嘲的、/形象的、滑稽场面、可笑的、弥散的、装饰性的、/令人反感、未进化、程序化、学究式、/剧场式、背景音乐、逗乐子：怀疑论、/疑虑、噪音、反抗"（见《吸收的技巧》）；其目的是挡在语言与经验之间，疏离两者的关系，从而尽量扩展诗歌语言的主体性，使诗歌语言本身的能指得到凸显，增强读者建构意义的空间。关于这一点，他在《诗人批评家的报复》中明确指出："如果读者或是听众不能弄清具体的指涉或思路，那又何妨——这正是我们日常生活中经历事物的方式。如果诗歌有时令人迷糊、没有确定的结尾，或者仅仅有暗示而不是明确性的，那么这首诗也许给读者或听众更多自我阐释和想象的空间。"

伯恩斯坦在强调以打破规程和惯例的手段来阻断语言与意义（经验）之间的关系的同时，还强调充分调动语言的物质形式，以增强语言的晦涩性和不透明性。在他看来，诗歌用语言的物质形式构建文本的过程，就是思想和意义呈现的过程；这样"不仅使头脑和心脏（不可分）的过程变得具体，而且揭示了写作产生的形式和结构、形式/形状的可塑性。因此写作可能是一种世界上的各种形态和物体逐渐形成的一种体验。这些形态/结构/形状的形成过程看不见——听不着——，却让人感知到书本之外的世界/而已经给予的语言是被假设的；另一方面，认可这些形式为工作原料，为写作中的活跃部分，暗示'我们'参与了自然和意义的构成"（见《思想的度量》）。伯恩斯坦认为，语言的视觉形态和声音形态两种形式都是诗歌必须充分利用的。他指出："'符号'是指看得见的书写符号。/阅读，鉴于其对符号的消耗和/吸收，又将符号抹去——词语失去了/（透明效果）并且被代之以/它们所描述的东西，即它们的'意义'。因而/[……]反吸收/作品则是要通过使符号晦涩来复现符号，/也就是说，要保留符号的可视性并/破坏符号'意义'"（见《吸收的技巧》）。他还主张以空间化手段对抽象的语言规则加以改造，从而形成反常规的视觉建构。他认为："通过不同的排序形式对语法空间的建构贯穿不同层次的写作，从一首诗歌中的音节、单词、词组、诗行、诗节的排序到一本书里诗歌或文章的整体布局。诗歌的写作包含一系列的置换，在新的配置中不断地打开空间。或者以隐喻确切的意义说明，写作包含衡量和注明一系列产生诗歌或文章动态的位移"（见《诗人批评家的报复》）。

语言的声音形态是伯恩斯坦反吸收诗学的重要内容。伯恩斯坦关注声音，但并不是把它作为书写文字的自然延伸，而是视之为一个不同的因素，视之为诗学作品这一复杂体的另外一层。他在批评兰兹的"声音漠视意义"这一观点的同时，部分地认可了兰兹在《音韵的物理学基础：论声音的美学》一书中提出的观点："诗歌的使命就是去拯救词语的物理元素，以艺术的形式将它呈于我们的视野"（见《吸收的技巧》），以期将词语从直接指涉意义的透明性中解救出来，以声音的形式增强诗歌文本的不可吸收性。他指出，"一首诗也并不一定会因为短而不具有/吸收性；相反，还可能存在某种/转喻性地实施吸收的/潜能，使这首诗/完全沉浸在/其自身内部的声音和语义的/动力机制之中：被吸收的声音或/完全被渗透的声音"（见《吸收的技巧》）。他认为，在人类语言中没有什么堪比说话声音的强大；尽管无法将它归于某种理性意义，因为它在语义上琢磨不透，它却有着最为具体的表达；即便是用无意义的音节演唱或哼吟出来的声音也会产生华丽的效果。他进一步指出，"因为声音'本身'的力量/足以抵得上声音唤醒意象的/力量；那些被轻轻敲击融入/这一力量的各种诗歌拒绝/让词语变得透明，却使它们强大"（见《吸收的技巧》）。正因为如此，他主张（并且躬身践行）在诗歌中使用不对称和切分法，即不平衡、倾斜、微音程；他认为用不谐和音（如碰撞声音和碰撞声音的模式)创造出强烈的声音节奏是可能的(见《查尔斯·伯恩斯坦教授访谈录》)。由此,诗歌文本构建了一个与文字文本相独立又相交叉的声音系统,阻挡在语言和意义之间。他同时也指出了突破这一不透明屏障的路径,即"细听":诗人和读者可以通过"细听"(与新批评提出的"细读"相对应)去重新建立声音与意义之间的可能的联系。

本书共收录了伯恩斯坦教授最具有代表性的八篇文章,后来又加上聂珍钊教授对查尔斯·伯恩斯坦的访谈以及查尔斯·伯恩斯坦本人补充来的一篇介绍语言诗成长的长序,较全面地反映了伯恩斯坦教授的基本诗学思想。这些文章反映了伯恩斯坦教授一贯主张的晦涩的书写风格,体现了他广博的知识及对现存知识的广泛挑战,所有这些给本书的翻译工作构成了无法回避的学术挑战,要求译者在翻译中必须不断超越自己的理论储备和认知视界才能把握他的诗歌和诗学论著的精神。本书各位译者殚精竭虑,穷其心智,但仍难免有讹译、漏译、误译之处,敬请广大读者批评指正。

原书作者序由我的博士生和访问学者张琼、王敏、闵敏、刘晓燕、段波共同翻译,我审校;《我所知道的关于他的三四件事》由王卓翻译;《写作与方法》由刘富丽翻译;《思想的度量》由刘晓燕翻译;《艺术的状态》由陈虹波翻译;《吸收的技巧》由我本人翻译;《诗人批评家的报复,或者部分大于整体之和》由史丽玲翻译;《多样性美国的诗学》由周昕翻译;《诗学的实践》由黎志敏翻译;附录《查尔斯·伯恩斯坦教授访谈录》由我、王松林、周昕、李海明等共同翻译完成。王卓、史丽玲对部分译稿进行了认真审校。本书由我本人统稿。

本书的翻译出版得到了上海外语教育出版社的大力支持,学术部孙静主任费心尤多,并给予了最大限度的时间宽容。谨此致以最诚挚的感谢。

罗良功

序：《语言诗》的扩展领域

我与布鲁斯·安德鲁斯（Bruce Andrews）编辑的杂志《语言诗》（L=A=N=G=U=A=G=E），于1978年发行第一期，1982年发行最后一期。我们在《语言诗》杂志的序言中发表了对这项编辑项目的总结：

> 自始至终，我们所强调的写作范围就是：那些关注语言与意义产生方式的作品，那些并不重视词汇、语法、过程、结构、句法、句序和题材的作品。所有这些尚存争议。但是，我们通过着眼于这一系列的诗学探索、着眼于相关的美学问题和政治问题，努力超越通信与对话，在一些方面寻求突破：打破作家们（与人、与场景之间的）不必要的自我封闭，更加充分地发展涉及美学相关活动的版面工作。(ix)

在最基本的层面上，《语言诗》是一个编辑行为，为选择、组合一系列迥然不同的诗学实践和批判思维提供了平台。我们尚未掌握某种已经存在的且完全形成的美学，只是更多地参与到这种美学的建构之中。20世纪70年代中期，我们在《语言诗》中所探索的诗歌方法，已经出现在几家小新闻杂志、报刊及一些地方性的系列读物中。L=A=N=G=U=A=G=E 及其许多不同名称——语言诗、语言诗群、语言写作、以语言为中心的写作——标记着诗歌活动领域的不同框架。这个活动领域没有统一的风格上的连贯性。布鲁斯·安德鲁斯称之为"所谓的"语言诗，或者更确切地说，"所谓的所谓语言写作"，显示了这些表述的矛盾性：因为这个诗群（的一部分）吸引人的地方之一就在于对命名、特性描述和标准化表现模式的抵制（或厌恶）。所以这种描述正是问题性的一部分，而且仍然是一个值得继续探讨的问题：这一系列诗歌活动到底是否一场运动或一个学派，是美学倾向还是便利标签？表述这一现象的名称到底是侮辱性标签还是促进群体团结的标准？

对有些实践者和倡导者，地方场景发挥了重要作用；对另一些人来说，这是一组定义美学的原则；但对其他一些人来说，跨越地理边界的交换是最重要的。所有这三方面都是这个故事的重要组成部分，但总体而言，表明了一种承诺，即诗歌是一种社会活动，同样，就个体作品的价值而言，表明了对交换价值的同样强调。

《语言诗》是个谈论一系列热点事件的场所，在这里可以宣讲差异，但不一定非得解决差异。这种对话跟当代官方诗文化的价值是完全不同的。这种不同不仅表现在诗是什么，诗干什么，诗怎么起作用，而且表现在对话基础上的群体和团体形成。因为《语言诗》的统一性不表现在一系列已经达成一致的美学原则，而表现在对当代主流诗歌保守教条的厌恶，所以《语言诗》及围绕它形成的诗歌和诗学是在争议中形成的，且仍然处在争议之中。然而，尽管该杂志有点无法无天，但就这一旗帜之下的活动整体而言——用维特根斯坦(Wittgenstein)的话来说——仍具有一脉相承的相似性。这种诗歌及其诗学大有完全取代那个时代备受追捧的诗歌之势。

《语言诗》在某些方面背离了现代主义先锋派阵营，虽然没有放弃辩论性干预，但尽量避免单一意思的宣言。这并不是说不存在社交上或美学上的孤立或对特定风格的叫卖，而是说它既无支配权，也不起定义作用。事实上，我们既全面小心又格外专注现代主义先锋派形成中比较教条的方面，这是《语言诗》中诗作形成的兴趣点之一。

《语言诗》主要关注20世纪30年代中期到20世纪50年代中期出生的美国和加拿大诗人。其中有些诗人跟该杂志有很多联系，但其他人(叫他们同路人)却很厌恶这种联系。无论是这两种力量推动异质性共存还是推动内部团结，它们都是这一领域的组成部分。我打算关注所有这些不同的力量所做的贡献。很多重要的诗人都出生于二战时期，即使他们中的一些人作为个人对某些理论表达和群体组成持怀疑态度，他们所创作的很多作品都是为了那时甚至是以后语言诗扩展领域的发展。回望过去，个性鲜明的老一辈诗人有克拉克·库利奇(Clark Coolidge)、林·何金尼安(Lyn Hejinian)、特德·格林沃德(Ted Greenwald)、罗伯特·格雷尼尔(Robert Grenier)、苏珊·豪(Susan Howe)、露丝玛丽·沃尔德罗普(Rosmarie Waldrop)、莱斯利·斯卡拉宾诺(Leslie Scalapino)和迈克尔·帕默(Michael Palmer)。这些诗人生于1945年甚至稍后，他们有时候拥有不同的代际意识，影响了我们的诗学。回望过去，个性鲜明而年轻十几岁的诗人有让·西利曼(Ron Silliman)、史蒂夫·麦卡弗里(Steve McCaffery)、布鲁斯·安德鲁斯、约翰娜·德鲁克(Johanna Drucker)、雷·阿曼特鲁特(Rae Armantrout)、哈里特·穆伦(Harryette Mullen)、鲍勃·佩雷尔曼(Bob Perelman)、博纳黛特·迈耶(Bernadette Mayer)、巴雷特·沃腾(Barrett Watten)、梅梅·伯森布拉格(Mei-mei Berssenbrugge)、杰克逊·麦克·劳(Jackson Mac Low)、汉娜·韦纳(Hannah Weiner)和大卫·布罗明吉(David Bromige)。虽然他们是创造美国新诗的一代，但他们的作品也是我们作品的一部分。很多其他诗人也为这个领域做出了重要贡献，因此，这样的列举必定遗漏了很多意义极为重大的贡献，其中的一些贡献将在下文详细说明。的确，正如20世纪90年代早期有人在为一本新的转瞬即逝的杂志征集诗歌时坚定地呼吁的那样：你也许是个语言诗人，而你却并不知晓。

纽约、旧金山湾区、华盛顿特区、多伦多是该杂志的主要据点。20世纪80年代晚期和20世纪90年代，该杂志在温哥华进行了最为集中的重组和扩展。此时，库特尼写作学派(Kootenay School of Writing)也加入进来。(主要杂志和选集见参考文献。)

在语言上富有创造力的英国诗歌与美国同类诗歌有密切联系，但同时又有自己的独特之处，且不断地自我创造。鲍勃·科宾(Bob Cobbing)的作家工作坊催生了一代大多以伦敦为基地的3V(乔伊斯的语言、声音、视觉)诗人。他们"混乱"的油印本是文字和图像的结合体。相反，剑桥是产生高度简洁的"高弹力"抒情诗的地方。如果说汤姆·雷沃斯(Tom Raworth)具有开放性、高速度、社会能量的诗歌是一个极端，那么J. H. 蒲龄恩(J. H. Prynne)紧围着铁丝网的克制性诗歌就是另一个极端。在这两极之间,还有艾伦·费希尔、玛吉·奥沙利文(Maggie O'Sullivan)、丹尼斯·莱利(Delise Riley)、克里斯·奇克(Cris Cheek)和比尔·格里菲斯(Bill Griffith)。艾伦·费希尔带有过程倾向性地探究着分离的形式和词汇,玛吉·奥沙利文以充沛的精力再现了几近神奇的咒文朗诵调,丹尼斯·莱利出色地书写着抒情诗,里斯·奇克进行着概念化的表演,比尔·格里菲斯发明了句法,且较注重重音。70年代和80年代,著名诗人肯·爱德华兹(Ken Edwards)在英国出版了最早与《语言诗》相关的作品。然而,如果要说与《语言诗》探讨的观点最相似的,莫过于维罗妮卡·弗里斯特—汤姆逊(Veronica Forrest-Thomson)在1978年发表的批判性著作《诗学技巧》(*Poetic Artifice*)了。

还有几个继续朝这个方向发展的英国和爱尔兰的年轻诗人,他们是卡罗琳·伯格威尔(Caroline Bergvall)、德鲁·米尔恩(Drew Milne)、凯瑟琳·沃尔什(Catherine Walsh)、蒂姆·阿特金斯(Tim Atkins)、米尔斯·钱皮恩(Miles Champion)、里德尔·奥尔森(Redell Olsen)。跟他们一起的还有罗伯特·谢泼德(Robert Sheppherd)、约翰·威尔金森(John Wilkinson)、彼得·米德尔顿(Peter Middleton)和费希尔,他们都为诗学和诗歌艺术做出了卓越贡献。在新西兰,我们与威斯坦·克诺(Wystan Curnow)、艾伦·罗尼(Alan Loney)、米歇尔·莱戈(Michelle Leggott)还有后来的利·戴维斯(Leigh Davis)有着非常紧密的联系。在澳大利亚,约翰·特兰特(John Tranter)的《护封杂志》(*Jacket Magazine*)也为英语语言革新性诗歌涵盖更广的领域做了卓有成效的工作,该杂志可能是过去十年最好的网络文艺杂志。

随着语言诗领域的扩展,出现了很多国际协会。正如芬兰诗人利维·莱托(Leevi Lehto)所倡导的那样,21世纪的语言诗正朝着跨国性使用英语的方向发展,并非以英语为母语的诗人把英语作为一种媒介进行激进的诗歌实验。美国诗人与加拿大诗人,与美洲其他国家(巴西、阿根廷、古巴、墨西哥)的诗人,与欧洲(包括俄国和斯堪的纳维亚半岛)和中国的诗人都建立了紧密的联系。但与法国诗人的联系格外突出,既表现在历史延续性上,也表现在联系的紧密性上,涌现出一大批活跃的诗人/译者,其中包括露丝玛丽和基思·沃尔德罗普(Keith Waldrop)、让·帕吉特(Ron Padgett)、科尔·斯温森(Cole Swenson)、诺玛·科尔(Norma Cole)、迈克尔·帕默和斯泰西·多丽丝(Stacy Doris)。他们翻译了很多法国诗人的诗,这些诗人有伊曼纽尔·霍克柯德(Emmanuel Hocquard)、克劳德·若叶特巨木德(Claude Royet-Journoud)、安玛丽·阿尔百阿克(Anne-Marie Albiach)、多米尼克·福尔卡德(Dominique Fourcade)、丹尼尔·克罗贝特(Danielle Collobert)、克里斯托弗·塔库斯(Christopher Tarkos)、奥利维尔·卡迪欧特(Olivier Cadiot)。很多在这里讨论过的美国诗人也被一些团队翻译成法语,这些团队包括大西洋办公室(Bureau sur l'Atlantique)、罗伊奥蒙特文艺中心(the Royaumont literary center)、"双重改变"(Double Change)。同时,由洛叶特—居诺(Royet-Journoud)和霍克柯德编辑的两部论文集也被翻译成了法文。

诗学与文学史

《语言诗》不仅刊登诗歌作品,还刊登诗学理论:对一个激进主义诗学——诗歌思维——的重视正是该杂志活动的扩展领域的关键特征。诗学不同于文学批评或文学报道，文学批评和文学报道主要参与诗实践，即艺术创造。在《语言诗》中，人们认为诗人的思考、调查和推测就是诗学。我们尤其强调对于批判思维和东拉西扯的写作的非解释性方法。离题写作就是诗歌写作创作动力的显现。在20世纪70年代的旧金山湾区，佩里尔曼发起了一系列的"交谈"，这些交谈鼓励大家随意地说出自己的思想过程；旧金山兰顿街80号接受了这种形式，并把它从这里传播开去。对于美国诗歌来说，这种对诗学的强调所带来的特殊贡献之一就是在语言诗的大环境下，诗人们出版了大量的评论文章书籍，其数量之多是历史上前所未有的。这些诗人包括：西利曼、何金尼安、斯卡拉宾诺、麦卡弗里、苏珊·豪、帕默、沃滕、尼克·皮昂比诺(Nick Piombino)、范妮·豪(Fanny Howe)、露丝玛丽·沃尔德罗普、穆伦、安德鲁斯、安·劳特巴赫(Ann Lauterbach)、梅瑟利(Messerli)、玛德琳·琴(Madeline Gins)、汉克·雷泽尔(Hank Lazer)、艾琳·迈尔斯(Eileen Myles)、阿比盖尔·查尔德(Abigail Child)、苏珊·斯图尔特(Susan Stewart)、罗斯·佩克诺·葛雷济尔(Loss Pequeño Glazier)、佩里尔曼、洛伦佐·托马斯(Lorenzo Thomas)、雷切尔·布劳·杜普莱西斯(Rachel Blau DuPlessis)、皮埃尔·约里斯(Pierre Joris)、凯思琳·弗雷泽(Kathleen Fraser)、格雷尼尔(Grenier)、史蒂芬·拉特克利夫、安·沃尔德曼(Anne Waldman)、让·帕吉特、迪克·希金斯(Dick Higgins)、埃琳·摩尔(Erin Moure)、艾迪娜·卡拉西克(Adeena Karasick)、诺玛·科尔、乔治·夸沙(George Quasha)、马琳·诺比斯·菲利普(Marlene Nourbese Philip)和琼·瑞塔莱克(Joan Retallack)。文学批评家们和诗人之间展开了越来越有意义的对话。玛乔瑞·帕洛夫(Marjorie Perloff)的文章"话语本身——论20世纪80年代的各类语言诗"(*American Poetry Review*, 1984)为把这本刊物介绍给更多的读者起到了积极的推动作用。帕洛夫后来的文章，还有杰罗姆·麦克盖恩(Jerome McGann)、杰德·拉舒腊(Jed Rasula)、迈克尔·戴维森(Michael Davidson)、艾伦·戈尔丁(Alan Golding)和A. L. 尼尔森(A. L. Nielsen)等人所著的书籍和论文都拓展了《语言诗》杂志中关于诗学的深度和广度。

　　20世纪70年代有关《语言诗》杂志的诗人几乎和大学没有关系，而到90年代，有些诗人已经开始担任教职(有些在完成硕士学业之后，有些则不是)。1991年，罗伯特·克里利(Robert Creeley)、苏珊·豪、雷蒙德·菲德曼(Raymond Federman)、丹尼斯·特德洛克(Dennis Tedlock)和我一起在纽约州立大学布法罗分校创办了这个诗学项目。这个博士项目延续黑山派学院的非传统艺术项目，在这个博士项目中，创新派诗人讲授文学而非创意写作，并且研究生们把诸如活跃的诗人、编辑和学者的作品结合起来学习。

　　《语言诗》杂志不仅和诗歌实践有关系，同时也是一次积极的尝试，尝试从修正主义者和反现代主义者的记述中回收、再利用激进的现代主义诗歌遗产。经过不懈努力，格特鲁德·斯泰因的作品成功地成为第一波现代主义运动的中心；同样重要的是，第二波现代主义者们诸如客体派诗人路易斯·朱可夫斯基(Louis Zukofsky)、乔治·奥朋(George Oppen)、劳琳·尼德克(Lorine Neidecker)以及劳拉·瑞汀(Laura Riding)、旻娜·洛伊(Mina Loy)也获得了极大的关注。该杂志也和俄国未来主义和形式主义有着明确而切实公认的联系。

序：《语言诗》的扩展领域　·XIII·

不像某些现代主义先锋派运动，《语言诗》的扩展领域中的诗人们在与诗界前辈决裂、创作新作品的同时，也卷入了前辈们美学和政治激进主义的扩张中。那些为数不多的诗人，比如布莱克(Blake)，在他的《思想之战》(Mental Fight)里，依然是先前的诗歌天使，就像马拉美和波德莱尔、坡和狄金森一样。

对诗人而言，最伟大的文学贡献还应归功于《美国新诗》(New American Poetry)的前一代人，这里我用唐·艾伦(Don Allen)在1960年出版的诗集名字作为这些诗歌和诗学的便捷的标签，他们包括：纽约派的巴巴拉·盖斯特(Barbara Guest)、约翰·阿什贝利(John Ashbery)、弗兰克·奥哈拉(Frank O'Hara)、詹姆斯·斯凯勒(James Schuyler)，垮掉派的威廉·伯罗斯(William Burroughs)、艾伦·金斯堡(Allen Ginsberg)、杰克·凯鲁亚克(Jack Kerouac)，旧金山文艺复兴的杰克·斯比塞(Jack Spicer)、罗宾·布莱瑟(Robin Blaser)、罗伯特·邓肯(Robert Duncan)、菲利普·维纶(Philip Whalen)，黑人艺术运动的阿米里·巴拉卡(Amiri Baraka)，投射派/黑山派的拉里·艾格纳(Larry Eigner)、查尔斯·奥尔森(Charles Olson)、罗伯特·克里利、约翰·维内思(John Wieners)，民族志诗学的鲁森伯格(Rothenberg)，谈话诗/表演诗的大卫·安汀(David Antin)。

框架和语境

1. 哲学和语言学

维特根斯坦作为一位奠基性的思想家，推动了语言转向，有人可能会愤愤不平地说，《语言诗》正是从他那里拾起了这一点。维特根斯坦的作品无法直接转化成诗学实践，他强调日常生活语言的重要性使他远离了那些重视被创造出来的奇特语言的诗歌。然而，对于《语言诗》内部和周围的作品而言，维特根斯坦对我们所使用的语言是如何塑造我们对世间万物感知的认识还是非常重要的。有些诗人特别提到维特根斯坦——他的命题风格是帕默诗歌中一个早期的幽灵，而对这部作品最充分的诗学解释出现在露丝玛丽·沃尔德罗普的《轮廓的复制》(Reproduction of Profile)一书中。露丝玛丽在书中把维特根斯坦的哲学对话转化成了性别化的交谈。和俄国未来主义有密切联系的语言学家罗曼·雅各布森提出了对诗歌功能最有影响力的解释：口语突出了语言的物质(听觉的和句法的)特征，这样我们与其把诗歌理解为对信息的传达，不如理解为口语本身媒介间的一种结合。另一个同样重要的哲学来源是瓦尔特·本雅明的作品，包括他对"语言本身"("language as such")连带媒介理论的兴趣和他对拾得/引证语言的重视。

这些哲学倾向的一个大背景可以在爱默生(Emerson)的文章中找到，在这样的环境中人们更重视过程而非预定或者固定的目标，并且认为语气和不一致性比体裁的一致性和连贯性具有更强的影响力。爱默生强调"对一致性的背离"("aversion of conformity")，这也是当代美国哲学家斯坦利·卡维尔(Stanley Cavell)所强调的，这与《语言诗》内部和周围的一些诗学主张产生了共鸣。尽管爱默生自己被"调和思想"所吸引，但这和后来诗人们所具有的更好辩的激动气质和意识形态上的相互抵触是不同的。在美国，语言诗和后结构主义同时兴起，尽管它们很多思想是相互叠加的，《语言诗》的目的却是把这些方法和激进诗歌的创作联系起来。在这样的背景下，这肯定会和以下作者的作品产生一种共生的联系。这些作者包括雅克·德里达（Jacques Derrida）、米歇尔·福柯（Michel Foucault）、伊曼纽尔·列维纳斯（Emmanuel Levinas）、吉尔·德勒兹（Gilles Deleuze）和费利克斯·加达里（Felix Guattari），特别是罗兰·巴特（Roland Barthes），他在《零度写作》（*Writing Degree Zero*）中谈到了关于作品的撰写。最近，语言学家乔治·莱考夫（George Lakoff）关于隐喻在构架意义上的重要性的作品与解构框架和重构的方法有直接的联系，这些方法普遍存在于这里谈论的诗歌中。

2. 意识形态

与《语言诗》有关的诗人出现在反越战期间，那时候二战的阴影仍然笼罩在我们身上。他们中有些人非常积极地参与了20世纪60年代的反战运动，而且都深刻地受到50年代和60年代民权运动的影响。这一代诗人经历了本世纪中叶的二战大屠杀和日本的原子弹爆炸之后，对被广为接受的科技、经济和文化进步的理念产生了怀疑，比较著名的有关于60年代及其反文化主义的描述，内容有吸食迷幻药的反现实主义和性方面的反性别主义等。

那时候诗人们都强烈渴望把反政治、反文化的观点和语言上的创意写作联系起来，明确地想与平民主义者写实、老套的左翼艺术割裂开来。在最基本的层面，有一种理解认为话语并不总是代表他们想说的那个意思，即语言永远不是中性的，它总是会透漏出说话者的思想兴趣以及未言明的信息。这也是1990年我编辑的诗集《诗歌形式的政治学：诗歌和公共政策》（*The Politics of Poetic Form: Poetry and Public Policy*）所关注的焦点。这个观点并不是说诗歌是"单纯的"，可以超越这些兴趣——被诗人所厌弃的那种浪漫主义的意识形态（麦冈恩语），而是说诗歌可以通过"使之陌生"（"making strange"）或"陌生化"（"defamiliarizing"）（这个术语来自于俄国未来主义者维克托·什克洛夫斯基）来"揭露策略"（"lay bare the device"），即：诗歌可以在语言中或通过语言使我们观念中的隐喻性更为明了。这个方法也和贝尔托·布莱希特（Bertolt Brecht）的"疏离"（"alienation"）或"间离"（"distancing"）效应[《陌生化效果》（*Verfrumdumseffect*）]有关系：即一个人可以斜视他所经历的东西，以稍许了解其产生的方式。诚然，马克思对此影响很大，尤其是他后期对路易·阿尔都塞（Louis Althusser）1970年发表的《意识形态和意识形态的国家机器》（"Ideology and Ideological State Apparatuses"）一文所做出的解读。法兰克福学派的意识形态批判，尤其是西奥多·阿多诺（Theodor Adorno）的著作，为理解这些问题提供了另一个有用的框架。但是应该注意的是，这个领域中的大部分才华横溢的诗人都没有读过这里详述的政治、哲学以及语言思想家的作品，更遑论被他们直接影响了。然而，他们的观点却无处不在，例如，当时普遍希望能够建构一个"对立诗学"，这是埃里卡·亨特（Erica Hunt）在《诗歌形式的政治》（*The Politics of Poetic Form*）一书中的一篇具有影响力的文章标题。

3. 女权主义

20世纪70年代的女权运动对诗歌实践和社会结构都产生了很大的影响，这并不是说在我们中间以及在我们的文化中，牵涉到其中的诗人可以免受厌女症的影响。(戴维森的作品中已经讨论过有关美国新诗社团里的强制性同性交际)。从形式上来说，女权主义给语法和抒情诗的性别叙事提供了一种触手可及而又撩人的区别性视角，这在魁北克诗人妮可·布罗萨德(Nicole Brossard)的书中已举例说明过。何金尼安的著名文章《拒绝结束》("The Rejection of Closure")和她对那些渴望以一种浮士德的方式来掌握知识的想法的批判有密切的联系。该文章收录于她2000年出版的《调查的语言》(*The Language of Inquiry*)一书中。她将这种联系与她根据谢赫拉莎德(Scheherazade)提出的拒绝结束的认识论作了对比。受女权主义启发，何金尼安的批判给可供选择的、探索性的、以研究为导向的诗学观打下了基础。

然而，从1983年凯思琳·弗雷泽担任编辑开始，杂志为探讨这些问题提供了一个极其重要的空间，特别是由以下这些人创作的批评文章和诗歌：豪、德鲁克、杜普莱西斯、斯卡拉宾诺、卡拉·哈里曼(Carla Harryman)、阿曼特鲁特(Armantrout)、穆伦、亨特、沃尔德罗普、劳特巴赫、奥沙利文、摩尔、迈尔斯、琼·瑞塔莱克和克里斯·塔什(Chris Tysh)；后继的作家——更年轻一些的作家譬如朱丽安娜·施帕尔(Juliana Spahr)、伯格维尔(Bergvall)、丽莎·罗伯森(Lisa Robertson)、纳达·戈登(Nada Gordon)和特蕾西·莫里斯(Tracie Morris)——以非同寻常的、意想不到的方式在上述领域进行探索。

4. 透明、指涉、意义、读者

西利曼在1977年的文章《话语的消失，世界的出现》("Disappearance of the Word, Appearance of the World")中集中讨论了很多传统写作中的透明效应，在这个效应中语言被作为一种工具来使用，就好像一个窗口，给我们展现的不过是窗子另一边的东西。对西利曼来说，玻璃的痕迹被擦去了(代表着语言的社会物质性)，这使得语言成了一种商品，这使人们重视它最后产生了什么，而它产生的过程却被抑制了。

西利曼主张诗歌应该使语言的社会物质性更明显(或更不透明)。大约在同一时期，麦卡弗里(McCaffery)和安德鲁斯也在探究"指涉政治学"(politics of the referent)，并提倡诗歌应该突出声音和句法。意义和指涉没有在这首新诗里消失，但是其他产生意义的途径，以及大量的语言指涉的可能性被激活了。这种"以语言为中心"(language-centered)的写作并不是想要替代其他所有形式的写作，而是要为诗歌开辟新的空间，反对教条主义。这种教条主义认为写作的唯一目的是创作明白易懂、具有传统代表性的作品，或以我为中心的抒情表达——作者情感的直接抒发(似乎不以语言作为媒介)。

在这个意义上，西利曼、麦卡弗里和安德鲁斯主张诗歌不要机械地使用词语，而是要创造一种由非目的性驱使的美学空间，能够在言语材料的反射、投影和感觉投入中产生愉悦。这种作品能够使读者成为一个不同于以往的角色，正如麦克·劳(Mac Low)所说：作品不是以语言为中心的，而是以感知者（或读者）为中心。读者的想象被激发：他们并没有被告知需要思考、感觉或理解的内容而是被鼓励进行直觉的飞跃：相互激发——正如我想说的——而不是被动地消费。的确，很多诗人创造了一个"小的（或大的）词语机器"（威廉·卡洛斯·威廉姆斯语）、半自动的物体或奇妙的装置，这些东西做的比说的多。这样，诗歌成为一种建设行为，而不是传递预设的信息。

5. 表达、自我、声音、修辞、情感

从直白易懂转向模糊晦涩反映出诗歌是一种修辞的模式而不是直接的事实表达。然而，《语言诗》典型的实用主义诗学拒绝了令人质疑的阐释学，后者认为事实和意义基本上为不可知，这在视觉艺术中通常与后结构主义和后现代主义联系在一起。《语言诗》并不以解构作为其自身的目的，而是要重构、侵位和实施：它是建构性的。在诗歌中，演绎的逻辑和自然主义的情节让位于作品中元素之间直观感受的、美学设计的或者程式安排的联系。诗歌并不是被想象为一种固定的能够传达一种预先确定或可释义的自我内心的声音，而是一幅拼贴画或者说文本元素的聚合体：不是声音，是所有发声的过程。诗歌的表达不在于诗人自治性的抒情声音所传达的信息，而在于一个情感的和动态的创作领域的活动过程。然而，传统的抒情诗陈述或者明说了它的情感内容，这种新的诗歌则展现了它的表达感情的状态。此举是从清空情绪行为到一种新的语言感知的变化。在这种诗歌中自我并不是假定的，而是在诗歌语言与读者回应的合作中找到的。

6. 言说

在《这》(This)杂志第一期中，格雷尼尔(Grenier)的《我讨厌言说》(I HATE SPEECH)一文经常被误读为反对言说的宣言；不过，别忘了这句话本身就是一种言说行为。格雷尼尔反对的是在传统的"以声音为中心"的诗歌中话语被驯化、被具体化的方式。的确，方言、土语、俚语和言说行为——发声而不是声音——遍及我们在这里讨论的诗歌。格林沃德的作品有着切合实际的词汇，他的作品植根于口语，即使作品把口语变成一种技巧或变体和重组。有标志性的方言同样在雷沃斯(Raworth)、洛伦佐·托马斯和迈克尔·吉兹(Michael Gizzi)的作品中扮演着非常重要的角色。穆伦的《缪斯和苦工》(*Muse & Drudge*)是方言和日常的"民间"素材的杰作，他用童谣、美国非裔歌曲、召唤、言语创作成一首狂野的抒情歌谣，这些都植根于其所体现的节奏中。

7. 极简主义

从20世纪60年代后期到70年代中期，克拉克·库利奇和阿兰姆·萨罗扬(Aram Saroyan)创造了只有最基本的语言单位的诗歌，从一页上只有一个单词到并置的两个单词，从仅由介词构成的诗歌到有限词汇的排列。格林沃德的《言之有理》(*Makes Sense*, 1975)和雷沃斯的《爱司》(*Ace*, 1974)等诗歌里的诗行只有一个单词的现象,也应该在这一背景之下来考虑;基特·鲁滨逊(Kit Robinson)的《多尔奇诗节》(*Dolch Stanzas*, 1976)是一组短小的由英语中最常使用的单词构成的集合;卡尔·安德烈(Carl Andre)70年代的网格诗也与此有关联。这些极简主义诗歌关注的是小的语言单位,它们通过重复和序列中内在的位移或者排列形式被赋予节奏。格雷尼尔1978年的《句群》(*Sentences*)由500张"大号"的索引卡片组成,每张上有一首短诗或者片言只语,摆脱了装订成册的书本的限定。这部作品可以以任何顺序来阅读;这不是一个小诗的集子而是一首各段落之间可以转换的长诗。

8. 分离、碎片、重组、拼贴、叠加、聚合

20世纪70、80年代和《语言诗》有关的诗歌最典型的文体特征之一是分离或并列。为了创造一个诗的力场,元素之间的逻辑关联被省略,这个力场依赖于声音、节奏、主题和直观感受到的联系或者结构程序/限制。这种类型的诗歌,既有西利曼1978年的《爪哇式涂蜡器》(*Tjanting*)[该诗用斐波那契(Fibonacci)序列来决定每一段的句子数量];也有苏珊·豪的诗歌,她对史料进行修辞性的奇异并置,使沉默者能够发出声音。斯卡拉宾诺在其诗歌中使用语言位移/替换创造出四维的声音全息图,这种全息图带有强烈的情感共鸣。这些只是创作方法中的一小部分,它们并不是创作出碎片而是来自于碎片(通常被认为是社会给予的)。这些作品使用分离和叠加创造一种聚合(本雅明语)和有节奏感的振荡,每一次都表现出新的文本愉悦性。

9. 程序、程式、规约

避免明显的"自然的"写作风格和传统形式也导致了规约、程序、程式、新发明的结构和混合形式的广泛使用。虽然受到麦克·劳对被发现语言(他称之为"diastic",以便通读这些给定文本)的"偶然"操作使用(文本—选择程序),和法国的乌利波(OuLiPo)小组对规约使用的影响,很多《语言诗》的作品用这些方法来创造构成诗歌的素材或者决定诗歌的外部形式,同时在这些人为的形式和规约中自由地创作它的文本。而且人们经常更改或违反规约。经常使用程序模式的瑞塔莱克意识到《诗的赌注》(*The Poethical Wager*, 2003)中约翰·凯奇的重要性。从1990年起,随着编程媒体中数字诗学和诗歌的出现,对规约和运算法则的使用不断增加。格莱泽尔、克里斯·芬克豪瑟(Chris Funkhouser)、马太·科尔切博姆、约翰·凯利(John Cayley)、杰罗姆·罗森伯格(Jerome Rothenberg)和布赖恩·基姆·斯蒂芬斯(Brian Kim Stefans)也促使此处讨论的这部作品进入新的领域。

克雷格·德沃金(Craig Dworkin)在他的诗歌和散文中扩展了程序概念诗学的可能性,探索接近不可读和无意识的极致规约。目前,最著名的"基于规约"的诗歌作品是克里斯蒂恩·博克(Christian Bök)2001年的《精神正常》(*Eunoia*),这是一部散文形式的作品,每章

只使用一个元音。博克正在推进这些限制，使其超越人类的极限，他目前正在创作一首通过DNA的排序生成的诗歌，讽刺非常适用于他的创作项目的构思。

10. 散文

很多和《语言诗》有关的诗歌作品都使用散文形式，而不是韵文。这些诗歌对散文的使用不同于由波德莱尔的散文诗发展而来的"散文诗"体裁。诗人们已经发展了两种不同的形式：内爆句式和序列化的句子。

在散文的写作方面，《语言诗》也呼吁新的方法。新的方法应该避免阐述，喜用硬性组合、情绪交替转换和语调、夸张法、谜语、充分的抒情、节奏的推进、电报文体的直观性、离题话、格言、对立性、调查研究以及对话形式。我们在以下这些人的作品中都看到了这一点：纳撒尼尔·麦基（Nathaniel Mackey）正在写作的书信体小说/随笔《自仍然散发着香水味的破瓶子》(*From a Broken Bottle Traces of Perfume Still Emanate*)，苏珊·豪1985年的《我的艾米丽·迪金森》(*My Emily Dickinson*)以及随后的散文集，斯卡拉宾诺1994年的《现象如何呈现》(*How Phenomena Appear to Unfold*)和之后的文集，本·弗里德兰德（Ben Friedlander）2004年的《同时联播》(*Simulcast*)（用时事内容重写坡的散文），布鲁斯·布恩（Bruce Boone）1978年的《我与鲍勃同行》(*My Walk with Bob*)，乔·布雷纳德（Joe Brainard）的《我记得》(*I Remember*)(1970)，艾伦·戴维斯（Alan Davies）的《标志》(*Signage*)(1987)，以及麦冈恩（McGann）的对话（多重声音的）批评。尼克·皮昂比诺的《模糊的边界》(*Boundary of Blur*)(1993)和《理论的客体》(*Theoretical Objects*)(1999)最充分地探讨了自我揭露、自由联想和精神分析（在这些作品的内容和形式上）之间的联系。

11. 自由写作

内爆句法散文有时被认为是"自由写作"或即兴散文，甚至被认为是"自动的"写作或无意识写作（没有任何分析性的规划，随便把在脑中浮现的东西写在纸上）：短语相互矛盾，如果有句子的话，词语就在扩展的句子中窜来窜去。事实上，这种写作方法有很多技巧，很多概念决定了其形式和风格。伯纳黛特·迈耶的《记忆》(*Memory*)和《学习的渴望》(*Studying Hunger*)(1976)就是典范，而库利奇70年代到80年代的"散文体"(prosoid)作品显然是"受了爵士乐影响的"即兴创作。大概在同一时期，彼得·西顿（Peter Seaton）创造了这种类型的最密集、最权威、最难以驾驭的作品（有时融合了韵文和散文），而琳恩·德雷尔（Lynne Dreyer）把她创作的散文作品比作游泳的经历。相比之下，詹姆斯·谢里（James Sherry）从事写作，并诗意地推翻了散文体裁"散"的一面。有些作品中透着一种日记体/杂志的感觉，最明显的是汉娜·韦纳（Hannah Weiner）1975年的《透视杂志》(*Clairvoyant Journal*)，它由三种冲突的"声音"组成：一种是透视可见的（大写的），它一种是评论性的（斜体），一种是叙述性的。对韦纳来说，视觉上设置的散文（并列式字体）是一种理想的映射意识的媒介，不能理解为一个单一的或统一的声音,而应理解为多种声音的融合、冲突。

12. 新句

西利曼开始用"新句"这一术语来描述句子中连续或间断的语序,就像我们会在《爪哇式涂蜡器》里读到的一样。这种类型的作品比较多,但最广为人知是何金尼安1980年出版的自传《我的生活》(*My Life*)。该书是她37岁时写就的,里面有37篇散文片段,由37个句子组成;其中的关键句子在作品中以不同的顺序反复出现(当她45岁时,她将作品扩充成45句话)。另一个同类型的著名作品是佩里尔曼1978年的《A. K. A》,里面的句式变化多端,从一般陈述到格言警句,到哲学思索,到自传,到悼念文。大卫·布罗明吉的《我的诗》(*My Poetry*)里面并列交织着对其作品的评论,非常有趣。这些散文式诗歌的创作方法最近在一些作品中得到进一步扩展,如斯巴(Spahr)引人入胜、意义复杂的散文《转换》(*The Transformation*, 2007)以及卡纳迪安斯·杰夫·德克森(Canadians Jeff Derksen)和凯文·戴维斯(Kevin Davis)被广为引用、政治意义强烈的作品。

13. 弹力抒情诗

抒情诗是1975年后的创新诗学中的一个令人恼火的术语;对抒情诗的抵制反而导致新抒情诗以各种令人惊讶的形式复活。这些新抒情诗形式介于以句子为主体的、杂乱无章的新散文体诗歌和传统的以自我为中心、表达个人的真诚或顿悟的自由体诗之间。20世纪70年代,迪安·沃德(Diane Ward)出版了一系列诗歌,似乎在用诗来呈现人际关系中亲密或疏远的空间。劳特巴赫为发展一种清澈的、有时挽歌式的、程序化的抒情诗创造了很多机会,他使用片段式语言营造大量的声音效果:语言被撕碎的时刻得到刻意呈现。作为读者,当我们尽力发音时,就可以将它们拼凑在一起。帕默则发展了一种分析性抒情诗(非"我"为中心),通常在结构上主题清晰。

阿曼特鲁特创造了一种形式独特的新句式抒情诗,这种抒情诗中每个类似句子的单元都被拆分成短语元素,每一个部分都被揭开来展示它的黑暗物质。这些部分重新合在一起,就好像是梦中的魔方丢了几块,然后又拼在一起一样。阿曼特鲁特的玄言诗通常介于讽刺、离奇或辛辣的社会批判之间。伊莱恩·埃魁(Elaine Equi)则将令人困惑的流行文化引用与对美国日常生活的讽刺性评论并置。梅瑟利在七、八十年代创作的新抒情诗常用谜语和双关语来创造流行语,增强吸引力。约翰·姚(John Yau)则开创了一种受超现实主义影响的社会抒情诗,探讨文化身份和人际关系。弗瑞德·华(Fred Wah)的社会诗歌则向即兴创作的方向发展。

诺曼·费彻(Norman Fischer)是一位禅学牧师,他使用抒情诗和开放式结尾的形式来表现反思和冥想。汉克·雷泽尔曾极富说服力地写过他和费彻在新的非"我"中心的诗歌里糅合了禅、爵士乐和开放性结尾的反思的论著。艾伦·戴维斯那精确、离奇、神秘但又非常美妙的诗歌也不可思议地受到禅宗的影响。

弹力抒情诗常用不拘一格的形式,我把它称为"裸形式主义"(Nude Formalism):特德·巴瑞甘(Ted Berrigan)1964年的系列爱情诗《十四行诗》(Sonnets)里面遍布着不同特性的文学"抢断",乔瑟夫·卡洛沃罗(Joseph Ceravolo)1965年的《黎明的冲动》(Fits of Dawn)句法上令人欣喜;接下来的几十年中,威尔·亚历山大(Will Alexander)的狂想曲似的"外空生物"进入超现实的宇宙旅程,玛吉·奥沙利文的作品被称为"碰撞诗歌"——颤抖的、音乐般的、断续而富有魅力的诗歌。加入这类诗歌创新实验的稍微年轻些的诗人的作品包括:彼得·吉兹(Peter Gizzi)的抽象而且节奏感被减弱了的"门槛诗";纳达·戈登滑稽的"凸显"句法和丰富辞藻的诗歌[如她2007年的《愚蠢》(Folly)];李·安·布朗(Lee Ann Brown)通常展示民谣体诗的多元组合形式的诗歌;伊丽莎白·威利斯(Elizabeth Willis)综合前拉斐尔派、认识论和历史反叙事的诗歌;斯泰西·多丽丝(Stacy Doris)概念化的诗歌形式;金明密(Myung Mi Kim)建构韩语和英语之间的强烈反差的诗歌;以及罗德·史密斯(Rod Smith)言简意赅的智慧的诗歌。

14. 挪用、引用、引文、原创性、文献和新发现

诗歌渐渐变得不再像抒情诗一样直接表达自我,这伴随着人们对原创性的质疑:自我被看成是精英联谊会而不是自主的个体;口头语言被视为一个浩瀚的集体记录,可供挖掘出来用于诗歌创作,可以作为文件记录、拼贴画或重写本,也可在作品中对"样品"广泛使用。对所发现的语言再次部分利用是因为对引用材料的美学趣味以及对被引用部分或所呈现的部分有明显的感觉:不透明的"需要注视的语言"[罗伯特·史密森(Robert Smithson)语]。

自20世纪90年代以来,"前卫诗"和"概念诗"都进一步探索了这种疑问。K·西勒姆·穆哈默德(K. Silem Mohammed)《鹿头国》(Deer Head Nation, 2003)中的"前卫诗"是许多以数字"信息开采"作为创作工具创作的诗作中的一首。在此例中,书名是谷歌搜索词,根据搜索到的网页创作了诗歌,这些诗通常有着奇异的美国主题。吉娜·奥斯曼(Jena Osman)则追求一种新的文件记录式的诗学。肯尼斯·哥德史密斯(Kenneth Goldsmith)创作了(或收集了,因为"非创造性写作"是他的名片)一系列史诗般的作品,他找到的素材(例如录制的天气预报或交通报告)在他的诗中直接呈现,没有任何剪辑。哥德史密斯是一个具有魔术师或杂耍家气质的诗人,他利用所发现的语言中的基本材料,魔法般地变出大量的原创性思想,创作出许多原创性的、严肃的、珍贵的诗作。

15. 合作

交流是《语言诗》的核心,而交流也升华为诗人之间频繁的合作,并变成了一些最富有创意的作品的文体铸造厂。《语言诗》发表了由安德鲁斯、麦卡弗里、西利曼、雷·迪帕尔玛(Ray Dipalma)和我创作的超长诗《传奇》(Legend, 1980)。迈耶和库利奇合作,何金

尼安、哈里曼与斯卡拉宾诺合作，麦卡弗里和波普·尼克尔(bp Nichol)合作。诗人和其他领域的艺术家的合作更为普遍。20世纪90年代斯蒂夫·克雷(Steve Clay)的"格兰那瑞图书公司"(Granary Books)成立后，成为诗人/艺术家合作创作的作品的主要出版商。

16. 诗歌塑胶炸弹

2001年，杰·桑德斯(Jay Sanders)和我在纽约共同筹办了一场题为"诗歌塑胶炸弹"(Poetry Plastique)的展览，主要是展出一些不再局限于书页的诗歌，从视觉诗和具象诗到诗歌雕塑、绘画、场景安置等。德鲁克(Drucker)在她的艺术著作和一些批评性研究中，非常全面地探讨了诗歌的视觉物质性。从1986年到1996年，苏珊·碧(Susan Bee)和米拉·斯柯(Mira Schor)编辑了《意/义/》(M/E/A/N/I/N/G)杂志，主要关注的是艺术家的写作，部分地拓展了语言诗派的工作。维脱·阿柯西(Vito Acconci)和伯纳黛特·迈耶的杂志《0—9》(1967—1969)为诗歌和概念艺术的交叉提供了丰富的资源。1971年，阿拉卡娃(Arakawa)和麦德琳·金(Madeline Gin)的《意义的机制》(Mechanism of Meaning)为语言诗树立了重要的榜样。在这种语境下，思考语言诗作和图书艺术家对我们大有启发。当时的图书艺术家有罗伯特·史密森、劳伦斯·韦纳(Lawrence Weiner)、汤姆·菲利普(Tom Phillips)、理查德·塔特(Richard Tuttle)、许冰(Xu Bing)、埃利森·诺尔斯(Alison Knowles)、迪克·希金斯(Dick Higgins)和利哥拉诺/里斯(Ligorano/Reese)；当时还有格雷尼尔的手绘诗、迪帕尔玛的橡皮图章著作、麦卡弗里的打印机作品、林潭(Tan Lin)的环境设置、罗纳德·约翰逊(Ronald Johnson)的《方舟》(Ark)。著作之外的地点的特殊性是诗歌塑胶炸弹的另一个维度。最近，赖特尔·肖(Lytle Shaw)在《田野作品集》(Fieldworks，新闻)中提到史密森的诗歌与地点特殊性建立了紧密联系。

17. 翻译、转换创作、个人习语、流浪诗

用编造的语言进行诗歌写作是俄国未来主义和刘易斯·卡罗(Lewis Carroll)的传统。他们的这种传统跟声音诗和视觉诗都密切相关。弗兰克·库恩斯特勒(Frank Kuenstler)1964年的《镜头》(Lens)、大卫·梅尔尼克(David Melnick)1975年的《皮科特》(Pcoet)以及皮·因曼(P. Inman)20世纪70、80年代的很多作品突出了使用个人习语的可能性，且在词汇层面采取了非标准化。1983年，梅尔尼克继《皮科特》之后出版了《阿伊达的男人》(Men in Aida)。这是一部风格怪异、同音异义的荷马史诗，它将希腊发音翻译成了美式习语。翻译诗学向我们传递了很多关于语言诗扩展领域的信息。这与学者/翻译家劳伦斯·维纳蒂(Lawrence Venuti)和卓瑞斯(Joris)关于这一话题的批判性研究非常近似，还与麦卡弗里和尼克尔在70年代所作的关于翻译的猜想(写于多伦多研究组)非常相似：翻译作为隐喻，或不如说隐喻作为翻译——从英语到英语，从方言到习语，从思想到文本，从视觉到口头……卓瑞斯为在不同语言之间的空间中建构"流浪诗学"(Nomadic poetics)提供了范例：既彰显了诗歌作为语言的他者

化,也展示了诗歌作为第二语言的一面。诺比斯—菲利普(Nourbese-Philip)的诗歌集中表现了用他者语言写作的痛苦。多层级(Multilectical)诗歌也许是诗歌的新视野。特蕾莎·哈·强·查(Theresa Hak Kyung Cha)1982年的《笔录者》(*Dictee*)和安妮·塔多(Anne Tardo)2003年的《迪克迪克的孤独》(*The Diddik's Solitude*)都属于此类诗歌。

18. 表演

在《语言诗》中,所有的诗歌都是一种表演,而不是陈述或空洞的内容。在最基础的层面,朗诵诗歌使作品在声音中获得新生。不仅要朗诵,还要听前面所探讨的诗人朗诵,他们中有许多人已形成了自己鲜明的、非常低调的或个性张扬的表演风格。我编辑的文集《精听:诗歌和表演的文字》(*Close Listening: Poetry and the Performed Word*, 1998)探讨了这个主题。凯文·吉利安(Kevin Killian)和大卫·布拉泽尔(David Brazil)2010年编辑出版的文集《诗人戏剧集:1945—1985》(*The Kenning Anthology of Poets Theater: 1945—1985*)收入了哈里曼、佩里尔曼、沃尔德曼、罗宾逊、格林沃德、安德鲁斯、戈登、斯卡拉宾诺、沃尔德罗普夫妇、斯蒂夫·本森(Steve Benson)、托马斯、艾伦·伯翰默、和菲奥娜·坦普尔顿(Fiona Templeton)等人的作品。查尔斯·伯克会斯(Charles Borkhuis)也在此列。吉利安是湾区诗人剧院的主要力量,他给剧院带来一种类似于查尔斯·路德拉姆(Charles Ludlam)的"荒谬戏剧公司"的怪异力量。梅瑟利不论是在出版工作方面,还是在自己的创作方面,都是诗人戏剧的强有力的推动者。坦普尔顿和麦克·威尔曼(Mac Wellman)像理查德·弗曼(Richard Foreman)一样,都是诗人兼戏剧家,是纽约的诗人剧院的主导力量。声音诗和其概念扩展是表演的另一个方面,这在《语言诗》里得到进一步发展。20世纪70、80年代,麦卡弗里和本森的创作和表演深切相连,而在1982年,安德鲁斯开始长期与舞蹈家莎莉·希尔维斯(Sally Silvers)合作进行诗歌表演。伯格维尔(Bergvall)和波克(Bök)、罗德里格·托斯卡诺(Rodrigo Toscano)、莫里斯等人也从事了伯格维尔称为新形式的"表演写作"。莫里斯将表演诗和声音诗的特点结合起来,创造了令人震撼的近似歌曲的诗篇;她的作品经常受到美国黑人音乐形式及主题的影响。

这些诗人中的大多数都曾与音乐家、电影制片人和舞蹈家合作过。亨利·希尔斯(Henry Hills)1985年拍摄的电影《金钱》(*Money*)记录了当时纽约的场景。同希尔斯一样,同为电影制片人的诗人阿比盖尔·查尔德(Abigail Child)在当时的纽约是一个中心人物,就如制片人沃伦·桑伯特(Warren Sonbert)是旧金山湾区的重要人物一样。

19. 生态诗学

20世纪70—80年代,克里斯托弗·迪欧尼(Christopher Dewdney)以一种节奏鲜明的、内爆句法突出的散文形式,创作了一系列地质层状的诗歌。这些诗歌兼具空想性和反乌托邦的特点;罗纳德·约翰逊具有拼接画风格的抒情诗则深入探讨人的心灵、家园及地球等主题。

《生态诗学》（*Ecopetics*）——乔纳森·斯金纳（Jonathan Skinner）的同名杂志正是以此为理论建构的——将形式突破融入作为生态系统和（反）语言的/即环境的写作之中。博森伯拉齐（Berssenbrugge）在其细腻的抒情长句中将语言作为表现超感知和扩张了的、非自我中心的意识的媒介。

20. 展望：不和谐音、格调、怪诞

  《语言诗》的遗产越具开放性，我们的探索就越成功。无论是北美诗歌与诗学的历史性时刻，还是语言艺术（《语言诗》之后及同时拓展的领域）和诗歌的哲学及政治学倾向都具备了兼收并蓄、形式重构及方向革新的特点。
  《语言诗》追求诗歌反传统、反标准化，并反对已被普遍接受的形式，经常推崇音调的突然转变、错误、奇特和非正常表达，也就是一种开始就不健全的诗歌［见戴维森，《左手的协奏曲：残缺性及陌生的身体》（*Lefthand: Disability and the Defamiliar Body*），2008］。这就是我所说的奇异玄学的规则［由"奇怪"和"玄学"合成的词，法国现代主义者阿尔弗烈德·杰瑞（Alfred Jarry）关于异常、虚构性对策和背离常规的"科学理论"］。不和谐无疑是荒诞玄学的显著表现，或许也标志着与许多自由诗推崇的和谐、旋律优美或讲究音调等特点的彻底决裂。20世纪80年代，安德鲁斯完善了一种不谐和的甚至是愤怒的诗歌，在微观层面摆脱了文化的附庸，尤为精致地将其融入对自身的认知。相反，千年伊始，林潭则创造出了一种"氛围"诗学：易听懂、低调，且都是从那些易懂的材料中基于宏观考量抽样选取的。
  《语言诗》的未来发展空间存在于想象的两极之间：不和谐和氛围、不透明性和极易理解性、概念和美学，这些技巧的反讽和这些反讽的技巧。
  在《语言诗》的拓展领域之外，这种诗学的任务就是承认错误、畸形及系统失败。
  现在世界全变得荒诞了！

查尔斯·伯恩斯坦

网络资源：

  日食数字档案（english.utah.edu/eclipse）
  电子诗歌中心（epc.buffalo.edu）
  宾大之声（writing.upenn.edu/pennsound）

文献参考：

  此文参考了我所编辑的若干文集：

《1975年以来的美国诗歌》,《边界》特刊2, 36:3(达勒姆：杜克大学出版社, 2009)
《精听：诗歌和表演的文字》(纽约：牛津大学出版社, 1998)
《诗43首》(1984),《边界》特刊2, 14:1/2, 1985
《语言诗》($L=A=N=G=U=A=G=E$)，与布鲁斯·安德鲁斯合编(卡本代尔和爱德华·兹维尔：南伊利诺伊大学，1984)
"语言采样员",《巴黎评论》, No. 86 (Winter, 1982),
《诗歌形式的政治：诗歌与公共政策》(纽约：Roof, 1990)

20世纪70、80年代一些最具影响力的杂志和出版社包括：西利曼的《Tottel's》，詹姆斯·谢里的《屋顶》杂志和他的赛格公司旗下的出版社，道格拉斯·梅瑟利的《La Bas》和日月出版社，何金尼安的图文吧出版社，沃滕的《这》杂志和出版社，艾伦·戴维斯的《一百张海报》，乔弗里·杨的《图形》，佩雷尔曼的《山》，本·弗里德兰德和安德鲁·谢林(Andrew Schelling)的《吉米和露西的 K 形房子》，汤姆·贝克特(Tom Beckett)的《困难》，以及何金尼安和沃滕的《诗学》；如果是更广义的创新诗歌，还包括勒兰·希克曼(Leland Hickman)的《地震》和克莱顿·埃什尔曼(Clayton Eshleman)的《硫黄》。

主要选集有：《在美国大树上》，西利曼编著(国家诗歌基金会，1986)；《语言诗》，梅瑟利编著(新方向，1987)；《技巧与不确定性：新诗学》，克里斯托弗·比奇(Christopher Beach)编著(阿拉巴马，1998)。重要的还有：西利曼的两部文集：《住所》(《黄金时代》新刊1: 2.1975),《现实主义："语言"写作》(《铁木》20, NO. 10, 1982)。

一些收录年限更久的选集为作品提供了更丰富的语境：《文字的革命：1914—1945美国先锋诗歌选》，杰罗姆·罗森伯格编著(西伯里出版社，1974)；《诺顿后现代诗歌选》，保罗·胡佛(Paul Hoover)编著(诺顿，1994)；《来自世纪的另一边：新编美国诗歌选(1960—1990)》，梅瑟利编著(日月出版社，1994)；《新千年诗歌：加州大学现代后现代诗歌选读》第二卷，杰罗姆·罗森伯格和皮埃尔·约里斯编著(加州大学出版社，1998)；《每个再见都不会离去：美国非裔创新诗歌选》，埃尔顿·林恩·尼尔森和劳里·拉米(Lauri Ramey)编著(阿拉巴马大学，2006)。

* 本文于2012年1月发表于乔·布雷、艾莉森·吉本斯、布赖恩·麦克黑尔编辑的《路特雷奇实验文学指南》(*Routledge Companion to Experimental Literature*)一书中。

我所知道的关于他的三四件事

一、"……真理的彼岸世界消逝以后，历史的任务就是确立此岸世界的真理。……"[1]——马克思(Marx)

二、过着行尸走肉的生活　　　　　　　　　　每天
去上班　　　　　　就像生活在坟墓里　　　　坐在
你的办公室　　　　　　　你关上门　　　　那里有
打字机　　可能有三四台　　　　　　　每天朝九晚五
却只有三个小时在工作
　　　如果我没听到昨天晚上九点的新闻
我就听伍佰广播电台[2]的新闻
　我也读报纸　　　我干点这再干点那
消磨时间　　　有时候我也一觉睡到十一点　　　　我
把双脚举到自己的办公桌上　　　　双手抱头
　　闭目养神　　时间就一点点消磨过去了如果我听收音机　　我打封信
我写篇文章　　　　那会使得我为医药杂志写的文章
　　　　　读起来与普鲁斯特[3]写的不相上下
　　　　或者有时候我想　　　最初　　　　　　工作
好像更好忍受　　　　　　　更有意义些
只不过是个消遣和收入的来源　　　只是暂时的
直到我失去了工作　　　　　　不是现在
但是　　　　　　　　多数情况下我处理事情都是
令人沮丧的　　我也不太清楚到底为什么
　　　　　　　　　　　　　当然
写作　　写作　　　　　　　　　甚至这般
讲话　　都总是好像让我　　　　　完全
心平气和　　因此　　　　我在想我不知道
这会是我自己　　　　　你知道　　　　　　这
可能是某种　　　　　我疯狂的德/行的根源
　　　　那些真正有价值的事情不总是
当你经历它们的时候出现　　　　　恰如
当下　　我经历的那许许多多　　　就只是一种

---

[1] 此言出自马克思1843年撰写的《黑格尔法哲学批判》导言。详见马克思恩格斯选集(第1卷)。北京：人民出版社，1995年，第2页。

[2] 伍佰广播电台(Wbai)是太平洋广播网的分支，总部位于纽约，是一家拥有大量听众群的非商业广播电台。

[3] 普鲁斯特(Marcel Proust, 1871—1922)，法国著名作家，代表作《追忆逝水年华》。

空间的　　　　　强烈的感觉　　　　　而且是
空空如也的空间　　　　有点像斯坦利·库布里克[1]电影
　有点像许许多多的物件　　　　各顾各地飘浮
　我没有特别地感觉　　　　　与我有什么干系
　没给我什么　　　　　也没让我感觉好受
　　我真的感觉好像最好的时候　　　　是
我什么也不在乎的时候　　　它们是否让我感觉好受
它们是否和我有什么关系都不重要　　　那可是
非常愉快的感觉　　　　那可是在此时此刻
真正有价值的感觉　　　　就坐在那什么也不做
　那就是写作对我的意义　　　　或者就是
坐在那　　有时候当我　　我坐在我的办公室里
　坐在我的椅子上　　闭目养神　　　　　让
我的头脑信马由缰　　有一种　　什么也不在乎
的感觉　　一切顺其自然　　　　　　我喜欢那样
　　然而有真正的联系
你知道　　　　有时候　　　　光顾
　不管是偶尔听一曲音乐
　还是有时与某些人相聚
　　　　侃侃而谈　　　　　　　　不过一切
都与记忆　　　和记性相关　　　历史上　　那曾经
　曾经举足轻重的一切　　　　不如何故其重要性
大打折扣　　　　　　　　我蓦然回首
才发现那些好像真正有价值的事情　　　　　　　以及
货真价实的东西　　比如说　　　在我们交谈的时候
　我的行为方式　　　　　　　　如果
我想要表现得　　可圈可点　　体体面面　　　或者
正义公道　　　或者不论是什么　　　我们认为自己
应该表现出的样子　　　　　我们说　　那挺混蛋
那和我们的判断　　　可不是一回事　　　　我
的意思是　　　使其发生　　　建构起那件事
　的确好像　　你知道　　　　　有点
价值　　　有趣地令人精神振奋　　　好啊

---

[1] 斯坦利·库布里克(Stanley Kubrick, 1928—1999)，美国著名的电影导演。著名作品《奇爱博士》(*Dr. Strangelove*)、《2001太空漫游》(*2001: A Space Odssey*)、《发条橙》(*A Clockwork Orange*)、《闪灵》(*Shining*)等都是电影史上的经典之作。

妙极了　　　　或者一部电影　　　　　时而
片刻　　几小时　　　但是　　　　有些东西
在　　　真正　　　　　经历
　　　它的时候　　的确好像　　　茫茫然不知所以
以一种大部分　　空缺的方式　　不过　　　　也
　　以一种说得过去的方式　　还行吧　还可以　　挺新鲜
墨西哥　　　是空虚的
　　　　真的　你知道　我　　　　就在工作之后
　　　在我弄清楚这事之后　　　　　　彻底离开了
　　　但我能集中精力　　记住
　　　我迄今说过的　　似乎没什么联系的　　各种各样的事
　　　你看我注定就是属于不相关的人　　好像没着没落
　　　　　　有点蠢笨　　但是我真的能记得我所说过的
各种各样的事儿　　　　我有点儿　　　　我不知道
它几乎是一种意念　　　　　　它是令我
魂牵梦绕的事情　　　写作　　　　我和写作的关系
就象　　　　　我和苏珊的关系一样
或者　　或者说　　是我的工作　　　又不仅仅是我的
工作　　　　尽管它给我制造了数不清的唇枪舌剑
真的是　　　　　　你能想象为这个没心没肺的医疗服务机构工作有多糟糕
写作就有多糟糕
你不想为它工作的原因　在于它对于你的剥削　　　你被利用了
你的身体被利用了　　　　从这个意义上说
我的写作对我来说是　　　　　一种令人心绪不宁的经历
　　　我不得不日复一日地　　　　在一间办公室里坐着
被剥削　　此外　尽管如此　　　　真正让我心烦的是
勾心斗角　　是　　　　　　　别人的态度
莫名其妙　　在白天他们可以游刃有余地
为所欲为　　　　　　　他们能当
经理　他们能当老板　　　　　他们可以对身边的人
发号施令　　　　　　让女人接电话
　　批评我打字不好　　　说我应该让
秘书承担所有的打字工作　　他们基本上能够
施展浑身解数　　　　为这家大公司工作
为它服务　　　　进一步博取它的特殊利益
　　它实际上是一家非盈利公司

就是吃吃喝喝或者　　　　　　　是副业
　　在私下里跟你说　　　　　　　　真正
　　工作的人　　　　他们的工作
方式　　　　　整天兢兢业业的人
不是他们　　真正的那些人　　真正的
那个人　　　是　　别人　　　　　　　他们
朝九晚五　　有自由价值　　　对于
公司的经营运转　　　　　　对于这份工作要求他们做的事情
挑剔不满　　　　　　　　他们实际上与
工作中的那个人不是一回事　　　　他们还有另一副面孔
　　他们的自我晚上回家
看电视　　　　　　　　去看电影
出去跳舞　　社会化了　　　　　那才是
真实的　　　那才是真实的他们　　　那个有点
公共化的自我　　工作的自我　　只不过就是一个
为了确保过上体面的生活的伪装而已
为了他们的家人　　为了他们自己　　　或者为了
拥有一个有点社会权力的机会　　　　作怪的又是
那个极度扭曲的关于什么是成功人士的观念
　　正是这个关于人的观念使我
　　　质疑　　　　　　　我们通常持有的什么是人的
整体观念　　　　　　　　你可以想象
你在社会意义上的所作所为　　　你的行为　　　举止
并不是你　　　　　　你实际上是那个碌碌无为的
小人物　　　　　　有点象空档
　　但一旦你挂上挡
　　当你自己作用于挡位　　　　　　　那不是你
　　或者说那只是受制于他人的你
当你想要说好的　我喜欢　那么我就会说　哦 那是我
　　但是当你真的做些有起色的事情时
那不是你　　那个真实的你是这个
个人化的自我　　　　　　　你甚至遇到这样的情况
你的同事　　　或者职场的
朋友　　与私交的朋友不同　　　　好吧
他是我私交不错的朋友　　　　这个人只不过
是职场朋友　　这种不断的纠结　　　　这种

不断的回避　　　　　　　　　　你的所做所为成就了你
　迄今为止　你的自我不过是它在
社会场景下的行为方式　　　人　究竟　　　　　还能是什么呢
　不过是对一连串行动负责的一个能指
　如果自我还是个人物的话　　　　　它只是那个自我的行动
附着于躯体　依附于头脑　　而那个
责任是针对你的行动　　　不是针对你
晚上回家　也不是针对你想要做什么　　　　如果如果如果如果
有一天　时机成熟　　　这种人的强烈的空虚感
产生于工作场所　　　　　　　　这种
与他人　　缺乏联系的　　　　强烈的孤独感
　　因为如果人们不是一直真的认为
身着套装　胡须刮得光光
　　　语言退化　含糊其辞
道听途说　毫无主见　　　却感觉最为安全
的人就是自己　那就无从与他人建立联系　　　一切都是那么
中立　　　你可能在一个地方工作了一年
又一年　　却真的感觉没有　　没有和其他任何人
有碰撞　　　　　　没有和那里的任何人有所接触
　　　你可能和他们同时出去午餐　　　却好像
与幽灵相伴　　　　没有办法逃避你的
所作所为　　　　　　即使你感觉你的所为有悖你的
初衷　　所说并非由衷之言　　　你的着装风格
并不是你想要的　　　你的商务函的用语
词不达意　　　　　　你对你服从的或确定的劳动分工
并不赞同　　　　　　　也不想实行
　　　　你对合作者的态度
不是竞争的　　对秘书的态度
也不是漠视的　　不管你想不想
你就是这样的　　　　而且别人认为这些事情都是
故意的　可能是你　没错就是你　　　是不是
你　　它们都被当成你
　　　　　　从早到晚无处可逃的自我
宣称那个从五点到夜半的自我　　　　或者
夜半到八点的自我　　　　与这个自我真的不一样
　　　我们变得表里不一就是因为我们做各种各样不同的

```
事情      是件挺难的事            挺难
接受当你上班时你被迫成了另一个人
                  没有几个人感觉自己愿意
成为他们的工作产品的附属品          但是我们就是
它们的附属品了            我的意思不是
  当然 显然      生产火药的工人不用
对战争负责        但是这种回避
承认剥削的蛛丝马迹        当然
对野心     对经理和
高级职员    以及    施展骗术
在自己的言行外投射一个自我       实际上
是一种生活方式
```

三、厕纸意识

"应该永远不说应该"。

你不负责任。你可能是白人。你可能是男人。你可能是异性恋。你可能是美国人。你可能正为政府工作。你可能是总统。但是除了你自己那点事儿你对什么都不负责任。不过要是你能把自己门前的雪扫干净了——你尽力了——也挺棒,也挺妙,也行了。

四、"'科学主义'意味着科学对自身的信念:即,深信我们不再把科学理解成一种可能的知识形式而是一定要认为知识等同于科学"。——尤尔根·哈贝马斯[1]

五、滑稽的插曲

正是中产阶级心理的帝国主义要求减少词语的数量以便能够承受描绘世界图景的负担。因为名词的无产阶级的质朴性至少也被中产阶级意识对语言的侵入所扭曲,实际上,就像宣言所言,物质存在客观的残渣余孽的储藏室,名词就是此种观念青睐的主要词语类型。即:阶级主义、统治阶级、第三世界、剥削、修正主义、资本、盈利、工人、生产方式、异化。"动词"的形式主要是为了运用这个——一般地说——主要结构——"剥削"、"盈利",以及"斗争"[1]应运而生的。个人行为被描绘成因各种命题交汇而固定的个性化例证。那么,当政治写作把自己看做是描写而不是文本:不是看作在这个世界中而是关于这个世界,它变得方向迷失,这就是我们的论题。阐释学与科学针锋相对,并指控科学以其行为—经验主义再次颠覆了人类理解的对话性本质。

六、有趣的是,我不想干那种终日坐在那里却无所事事的工作。离家145英里。你不去不是没

---

[1] 尤尔根·哈贝马斯(Jürgen Habermas, 1929—)德国当代最重要的哲学家、社会理论家之一。

有理由。却禁不住想到它。特别想要睡觉。躺下了。却满脑子乱糟糟的事情。为什么那样折磨人，不断地折磨人。辗转反侧，空气污浊，大笨蛋。不敢认真面对它。逃避：电影。与**拉里·瑞沃斯**[1]共舞已经相当令人厌倦了。**标记**：不用机器做。**手工制作**。于是你身临其境，自言自语——就是这个，这个在外面，你是那个一切都尽在掌握的家伙。**老爹**——哦，你是英雄。**哎呀呀**。甚至永不知疲倦。怎么回事——死了——至少满脸皱纹了。安静……我能听到我的心怦怦乱跳。**放轻松**。恐惧吞噬了……我特别害怕它听起来会怎么样。飘浮的残骸。一美元抄本。胃的呕吐物。噪音，干扰，我无法工作。**喝杯茶冷静一下**。我们 是 是 是 政治？泰然处之：没有全盘计划。

七、总的来说，我想大约从12岁开始，我就总是压抑任何我本可以表达的多愁善感或者诸如羸弱、恐惧等强烈的情感，除非在我与之有性关系的女人面前。那时候，我开始明白我的父母是如何以一种极端的方式要求我表达多愁善感、承诺、关照、幸福的生日纪念光明节，以至于我再也不想表达那些情感了。在家庭的氛围中那样的情感表达好像是强制性的，它们把我进一步禁锢由我的家庭造成的嫉妒/占有/控制之中。我完全不再相信在这个天伦之所依赖他人——因为我知道我不想依赖我的父母。我把自己对父母的感觉扩展到他人——表现出来就是我那看起来事不关己高高挂起的态度、愤世嫉俗、冷若冰霜、不动声色的理智和冷漠。我知道这种与他人的距离感实际上是操控社会权力的工具。我开始认为我唯一的安全感建立在我自己能做什么上，单枪匹马——比如说，取得好成绩，工作有业绩，提案新颖，创出佳作。我的安全感建立在我个人能完全操控的东西上。（一般来说这是一个"男性阶级特权"，因为，比方说，一位单身母亲仅仅为了生存就要被迫依赖他人，然而我却基本能说，别人都去它的吧，我为自己活。）事实上，这种牢牢掌控个人命运，保持距离，真的能得到社会权力——很难打倒那样的人，也很难接近他们。不管怎样，即便是意识到这些，我发现一旦与他人有瓜葛，而不是个人掌控自己的生活时，找到安全感还是很难。我发现通过真正相信/需要/联系他人而放弃另一种安全（就是一种权力）让人提心吊胆。问题的关键是在与他人发生联系时，我对自己的安全/家园就真的失去了控制——因为我的权力有明确的限制，我可能不得不做非我所愿的事情或者非我兴趣所在的事情，我就会受到伤害，我可能对于如何防止他人的伤害显得无能为力。换言之，一旦与他人发生联系，我不得不在坚持自己的需要/观念时也接受他们的。这太抽象吗？

问题是我依旧能够感觉自己对别人的冷漠/疏远。我发现克服它挺难。我变得提防别人（自我保护）或者尖酸刻薄/机智幽默（自我肯定）。有些人洞若观火，一眼就看穿了我。但是我想这可能是不必要的疏离。我不认为自己让别人有一见如故的感觉——也就是说，好像对他们热情、帮助、支持。不是的，我有时候觉得，给人一种得到"遮风避雨的保护伞"的感觉倒是反而成为人们设法躲避的风雨了。我有一种让人不寒而栗的技巧，我如清教徒般地相信人们应该知道世道艰难，他们应该坚强、冷峻地面对它。（即便是好的政治学如此表达会有什么后

---

[1] 拉里·瑞沃斯（Larry Rivers, 1925—2002），美国艺术家、音乐家、电影导演、演员。

果?)人们应该明白这一点,但我只是有时候能转化那个现实,并超越它,让人们知道一个人与那些他在意的人分担困苦。我就是他们中的一员。我们中的一个。

八、"有些人崇尚孤独——我不是他们中的一个;我为孤独付出过代价,但至少我不欠债了。"一个先驱者:崇尚孤独,享受孤独,在一个要求个人的碎片化作为融入社会的代价的世界里,把孤独作为一个完整存在的方式——梭罗(Thoreau)和克尔凯郭尔(Kierkegaard)等人,在最好和最坏的意义上的崇拜者。于是有反对之声,人们认识到崇尚孤独迫使人处于孤立状态。**但是**:独处的回报不过就是不欠债;不欠任何人任何东西,自给自足的人,全靠自己,一切尽在掌控——独处中的安全错觉,如果你洁身自好管好孩子一切都会不错,处处留心你自己,人不为己天诛地灭。于是世界的蹂躏迫使我们都成为勇士,被毁灭的我们控制着我们的个人生活,为我们不得不放弃的内心的温暖而战。"她说进来吧我让你在这里躲避风雨。"她她她,等待着:随时准备安慰、供养、支持我们那沉沦的自我。于是我们接受了安慰,但我们自己却没有转化——她真诚地安慰着,为我们遮风挡雨,但是我们还待在那个"钢筋水泥的"世界(一个似钢如铁的观点)——"我们之间"无话可说。这就"没有什么冒险的了",因为我们固守着自己的孤独,只是接受着别人的温暖。"她说进来吧我让你在这里躲避风雨。"然而如果我们自己不彼此提供避风港,那它又从何而来呢?没有那个避风港就总有"一道立在我们之间的墙";那么那个似钢如铁的观点就应验了:"什么都无关紧要,死亡才是唯一要命的事情。"可是?:"爱是如此简单,借用一个片语,你一直都懂得爱而我现在正在学习爱。"如此简单,但说出来却好像如此伤感,好像伤感是一个诅咒,当我们以自我否定为代价排斥我们的家庭/国家/社会所要求的爱的时候,它阻止我们明白爱是多么的简单。因此飞快逃离伤感而压制的义务;礼貌的问候和被要求的,深感内疚的爱;躲进独处和个人掌控的安全,不需要任何人;如果我们不害怕走进自己,也不害怕让他人走进我们的生活,爱就是如此简单,借用一个警句,我们是彼此的港湾,爱的原初意义失去了。但是当秘密尽人皆知的时候("你一直都知道"),要是我们已经"彼此说了那些话",冒了那些"险",一切依旧。这些话听起来很煽情——我爱你我想念你,它以一阵阵疼痛刺伤了我——分离的词语,亲密的词语,伤害的词语,欢乐的词语——我却如鲠在喉:没有什么深度,没有什么独特的感觉;人人都说这些话。但是他们的表达还是能够打破这个咒语。"我发誓我能改变。""这是我要付的代价。"——承诺就是从我们每一个人居住的陌生国度"跨越界限";终究有一天消融到现在之中。

九、"就像拼写。你知道,在英语中拼写正确的全部意义真的有点像一种贵族观念。你能够根据他们拼写得一模一样的事实分辨出少数受过教育的精英。我被告知这要归功于他们那庞大的教育系统……因为在莎士比亚(Shakespeare)的时代他拼写他自己的名字的方式就多种多样,更不用说别的词了。你知道,这真的就像一堆材料,它们能够辨认出你是受过教育的人群中的一员。想想我们在学校里用于学习正确拼写的时间。那可真是对时间的巨大浪

费。"——克拉克·库利奇[1]

十、伦理学和美学变得越来越"不合时宜"了。衣着和句法以及得体的举止从现成的模式模仿而来,这是一个模仿过程而非诠释的过程。职员和秘书花时间规规矩矩地打字,把有特色的表达从语言中删除了,为的是保持一种不黑不白的中立——"不显山不露水"——语言流畅,符合文字说明性的过渡之要求。

主题句。然而;但是;结果是。扯淡,扯淡,全是扯淡。从头到尾流水账。结束语。

含义,关联,真理"触手可及",不是我们为真理献身,而是人云亦云,随波逐流。(也许,说不定哪天我们就成专家了。)

事情是这样的。"清楚的写作是清晰的思考的最好图画。"提供一个清晰的视角。(一种专横的明晰献给一个专横的世界。)现实的官方版本,伦理被转化成为道德符号,而美学转化成把脸刮得干干净净,被贴上了公共现实的标签,而我们就像学习一门新的语言一样学习这些。(拼字法和表述清楚只不过是词汇和礼仪的另一种说法。)

霸道的现实,就其基本要求而言,与其说它是现实的一个版本,倒不如说它就是这个版本,即,(霸道的)清晰。现实的组合是超个人的:一个人的错误和平庸不是现实组合的基本部分。标准化的拼写、版面设计和标点进入一个标准化的世界——时钟和月球的轨迹以及光速。社会科学以自然科学为模式的认识论的自我认知成为可能,语法成为一门社会科学。这样语言就从其使用者的参与的控制中被摈除并递交到国家的手中。文本不再被视作要求阐释:合适的拼写和句法原则是通过与普遍化的语法符码的协商决定的,而这样的语法符码被从它们的语境化的文本来源中除去了。(希伯来文的手写文本不但其伦理和仪式原则的意义,甚至其元音的位置都需要阐释。)去语境化的语言规则编码强化了语言从其用法中分离出来在规则的层面上操演的观点。这些规则不是"信手拈来"的,而是通过教授而"习得的"。无法说出恰当的语言不是被看做错误认知而是被看做谬误。我们每一个人都参与到语言的建构之中——我们的行动重构现实、改变现实,人们对此的理解逐渐模糊。

谁控制现实是一个问题。现实是"就在那里"呢(像科学主义告诉我们的那样)还是一种与我们的行为形塑其构成的相互作用呢?语法和拼写的规定原则使得语言好像游离于我们的控制之外。而一种挣脱我们控制的语言,即便只是看起来——是取自我们的世界——在这个世界中语言成了描述这个世界的工具,词语只不过是呈现这个世界的工具。这一点反映在趋向统一拼写和语法的历史运动中,其指导思想是强调非个性化表达、流畅的过渡、摈除繁言缛语,诸如此类——任何可能聚焦于语言本身的特征。相反的情况就拿斯特恩[2]的作品为例吧,他的作品的品相和文本,文本的——不透明性——渗透于作品之间;一种中庸的、透明的散文体在最近的某些小说中发展起来,在这些作品中词语好像想要被看穿,被看穿到纸张之外那个被描绘的世界。同样,在目前流行的中庸之道的诗歌中,我们看到表面的韵脚和头韵消

---

[1] 克拉克·库利奇(Clark Coolidge, 1939—),美国语言派诗人。
[2] 即劳伦斯·斯特恩(Lawrence Sterne, 1743—1768),18世纪英国作家,代表作《项狄传》。

失殆尽，韵律的形式之所以保留也主要是为了使它们能够正式成为"诗歌"。(更接近手写和头口传统的较老的文本部分地对此给出了答案，但是有了统一印刷的机器不见得一定要有统一格式的写作，也不见得要投射一个超个人的世界。)

现代主义精神一直十分重视致力于重新确立被逐渐幻想成为主体性的价值。面对一个霸道的现实，"主体性"首先被定义为"只不过是特质性"，那被低估的观念的残余，在黑暗中摸索的想象力的谜团，只有通过学习才能解决。但是这恰恰是一个民族的终极*主体性*：通过否定我们通过语言拥有的对世界构成的权力的有效性剥夺我们的人性中的权力的源泉。主体性的神话和它被贬低为仅剩特质性——要克服的障碍——把天生的权力分散在我们异化的平凡之中：异化是我们平庸的来源而不是某种分开了我们的东西。我认为这就是马克思认为无产阶级的异化意识不可避免地能够改善人类的关系的原因，"团结"将比任何其他人类力量都更加强大。

对于一个霸道的现实的不合理要求，诗性反应一直被用来定义主体性，通过一种尼采式的拔高，主体性不再是"微不足道"，而是"至关重要"。诗人的孤独和浪漫的形象不断地适应着这种反应。一种无意识对立策略应运而生——官方的行为和形式腐败了，扭曲了，而只有私人的、个体的才是真实的。垮掉派——为了抽象和宣扬一种立场，承认这对于真正的诗歌的伤害——就是一个典型例证，就像超现实主义本身就是一种影响。这两种模式——此时让他们代表更为广泛的文学反应——立足于反应。垮掉派诗歌，就其本身而言，实在无法超越异化的戏剧性；其大刀阔斧、必不可少的形式创新的起因(毫不夸张地说)使墨守成规者惊愕不已。(此狂想曲的另一面至少也是田园诗的浪漫主义；其最大的意义在于打消了对语言存在的戏剧化的幻想。)同样，超现实主义本身也仅仅是戏剧化了我们与官方现实的疏离，因为它完全根植于中产阶级的时空观：只不过扭曲了它而已。垮掉派和超现实主义从本质上说都是诗歌的姿态，即：现实与我们从学校教育中了解的关于它的观念是不同的，它更奇妙，更——。借用斯坦利·卡维尔[1]的话说，在这些模式中，那瞬间没有脚踏实地，而是被灵化了：异化没有被击溃，只是被景观化了。[2]现在需要的不是极端外在性的进一步戏剧化而是极致内在性的在场化。这些模式表明了一种方式。超现实主义和垮掉派革新了页面上句法和词语的安放形式，扩展了内容和词汇的范畴，使得形式、文本和意识的萦绕变得比描写更为重要。不幸的是，目前大多数诗歌没有突破，停滞在确立感觉的内在世界价值、非理性的(怪诞的)联系、社会禁忌和个人生活的想法，以超越并反抗"官方的"现实。[3]好像我们并不知道"糟糕的语法"表达得比正确的语法更真实，学问和专业技能并不真的能传递知识，个人好奇与公共关注没有契合。我们并不是不需要一次又一次地听到这些事情，但是有很多事情我们可以做，而不仅仅是强调我们失去了世界的存在的事实，或者是描写我们疏离的处境。(好像仅仅悲痛就足够了，而不是做些什么。)世界重生的承诺能够(已经)由诗歌实现。甚至在阶级斗争的过程完成之前。诗歌，聚焦于其词语的条件——一种语言的词语不是就在那里，而

---

[1] 斯坦利·卡维尔(Stanley Cavell, 1926)，美国当代著名分析哲学家。

是在这里，作为我们的平凡的安放地的语言——暂且让真我重新回归我们自己。

十一、"在家里，人们不是因为讲话才彼此理解而是因为他们心有灵犀。"——爱德华·福克斯[1]

十二、我们投身于政治斗争，显然是为了现存资本分配改变的需要，致力于建立工厂、学校和医院的合作机构，寻找到一种民主，使得每一位参与者的权利与我们赋予她或他的责任相一致。在群体或者行动的斗争中，谈论中或者决策中，没有前置的方式或者答案。这就有麻烦了——这种不断的写作和写作质疑不是一种消遣吗？不是无足轻重吗……？好吧，但是语言与我们息息相关，就像"行动"百分之百与我们相关。不管怎样，你怎么设想把行动与反思分离开呢？你可能说我们有双重责任，我们不把其中的一个和另一个分开。写作本身没有推进阶级斗争。"它是肥料不是工具。"庞德（Ezra Pound）的政治学不会以任何方式贬低他作品的力量和意义。它们也不会局限于其作品的美学和政治价值。然而，那不能以任何方式把他从其政治责任中赦免。社会信誉——谈论如何衡量它可能有点傻——真的是"双重"责任的增殖。零即便乘以一个天文数字也得不出一个大的数字。我说的不是"私人的"文学活动与"公共的"行为分开。我的意思是说一个人肩负多种责任（只有当谈到某种特定的冲突的时候，才适合说"双重"）——不能因为你穿得光鲜就可仗势欺人。责任没完没了。诗人，嗯，在某种意义上说是一种额外的责任——男人或者女人不会因为不写诗而失去"信誉"。不是美学意识和政治意识从本质上不同，恰恰相反，但是这真的是目标：我们目前面对多重要求的——在实践中——重新结合。诗歌的力量的确能——暂时地——通过提供现实的例证，在这个鸿沟之间架起桥梁。这只是冰山一角。但是对于我们而言，可悲的是，现在没有创造者能够收获他/她辛苦付出的合法回报。因此我们的责任还是多元的，我们被呼唤着将其完全实现。

十三、我们想象着在自己个人的幻想世界和有意义的行动的可能性之间存在着鸿沟。因此滔滔不绝地声讨缺少什么挺容易的，絮絮叨叨地说这说那，却还是感觉无能为力。"要做点什么。"但是这条鸿沟与其说在测量着我们的欲望或是压抑或是无能，不如说在测量着我们自己。坚持认为这条鸿沟只是我们的商品生活的另一个虚幻的部分一直是某种美学持续的败笔。它是我们的集体之根。

十四、以语言为中心的写作的基本方面是它的关系的各种可能性，即，它是"我们"的主体，在这个主体中"我们"是我们的共性的基础。

语言是存在的共性，通过它我们看到并理解了价值。它的探索是人们共同基础的探索。写作脱离了单纯描写，外在定向指令，趋向以其词语、物质性、"个性"（现实性）为中心的创

---

[1] 爱德华·福克斯（Eduard Fuchs, 1870—1940），德国艺术史家，著作有《欧洲各民族讽刺艺术史》、《欧洲爱情史》等。

作。在冲动之下,写作成为一种对人类自我的同一性、我们沟通之处的调查:在世界上,在词语中,在我们自己身上。

十五、破与立的任务实现的情境、关系和条件。人们渴望,并且宣称一条简化的笔画不过是表面的层层涟漪。全体民众:通过一场革命,人民赋予了自我一种扭转乾坤的力量,突然发现又退回到昔日时光,恢复旧时名字,依然头顶暗淡灯光,身后皮鞭长长。一时间仿佛人人前途光明,诸事顺利,却不料又阴云密布。巧舌如簧也猜不出谜语,报纸上赚大钱的执着想法不过是法庭的牺牲品,甚至是更为模棱两可的数据。一组密码是打开所有宝库的芝麻开门。招牌铺天盖地,无处不在。神父现身,声泪俱下地宣传道德改革的必要性。兴起了一阵反对老师的运动。(甚至中产阶级民主主义都被冠以社会主义的头衔。)角斗士发现他们的理想完全被工业产品淹没了,恺撒大帝正亲自监管。史前的阿波罗神像在严肃的代言人的口中化为乌有。他们投其所好,以一种合适的最新行为方式打倒封建主义的方式,就像刚刚学会一种新的语言的人总是不由自主地将其翻译成母语一样。"财产、家庭、宗教、秩序。"官僚机构锦衣玉食。个人回归了呆如木鸡的隐居生活,农民栖身于茅草房。一群家伙却发迹发家。——当真正的目的实现了,社会也就变得完善了。就像我们一旦开辟了新天地,就不会再留恋从前了。这个事件本身就像一场晴天霹雳。

1. 写作(作为)(和)思想

> 凭着信任，都降临到
> 我的命运，错误的信号，新鲜的开端，
> 缓慢的速度和沉重的理性，
> 看得见的盲目——这些思想——
> 接着是内容，还有那无法停止的
> 思想的语言[1]

　　语言是思想和写作的原料。我们用语言思考和写作，它在二者间建立起内在联系。

　　语言与世界不可分离，语言是建构世界的工具，因此我们不能说思考"伴随"着对世界的体验，因为它表达了体验。通过语言，我们体验世界，事实上，通过语言，意义进入世界，获得存在。作为人类，我们来到世界上，就被语言所包围；世界和语言存在于我们之前及之后。我们学习语言，就是学习使世界得以被发现的术语。语言是我们进行社交的工具，是我们得以进入(我们)某种文化的途径。当然，我并不是说没有任何事物能超越人类的语言，或在语言之外，而是指意义只存在于语言之中。语言的前定性和世界的前定性是一样的。

　　语言并不伴随"思考"这个观点与"语言并不伴随而是建构世界"类似。"当我用语言思考的时候，我的头脑中除了语言表达之外，并没有'意义'：语言本身就是表达思想的工具。"[2]

　　"语言传递的是什么？它传递的是与之相应的思维形态。重要的是，思维形态以语言传递自身，而非借助于语言。因此，语言并没有言说者，如果这意味着人们借助于语言来交流的话……因为如果万物要传递自身的话，那是以语言来进行的，所以最终是通过[人]来实现的。"[3]

　　语言之于世界，正如身体之于个人；这样，谈论"灵魂"则是谈论身体的投影。就此意义而言，要减少语言无所不在的现象——因为对语言的存在过于熟悉而忽略了其对世间的价值观和各种事物的建构力——就是避开身体以及随之而来的时间和空间的物质性。

> 他已走了
> 带着他的身体
> 这段时间
> 我一直在思考
> 我曾经爱的

思想的度量

原来是他思想的美[4]

谈论语言和思考时,我想将写作的原料、材料依次列好,从而将关于写作的讨论建立于其介质之上,而不是建立于关于主题或形式的先设的文学观念之上。我想提议将"思想"作为一个使讨论有实质性基础的概念。"思想"作为文学创作的概念基础,暗示了弹跳、跳跃、分歧、重复、沟通、分裂、俗语、系列联想及记忆等的可能性;作为一种文学样式,它依赖于与自发性、自由联想、即兴创作相关联的种种概念。

许多作家试图求助于脑海中似乎永无休止的思想流,或捕捉思想的形象或画面,或在写作中真切地表现思想。有些作家则让思想成为作品的内容,例如冥想诗或沉思诗等文学体裁即是如此。让作品具有思想,是写作的基本热情和欲望。它是写诗和读诗的吸引力之一。

一些相对近期的作品运用了将人物的思想公之于众的力量,如列尼·布鲁斯(Lenny Bruce)后期的即兴谈话、凯鲁亚克(Jack Kerouac)在《科迪的幻觉》(*Visions of Cody*)中的谈话的手稿、戴维·安廷(David Antin)的谈话片段。即兴而谈——"不假思索地"——可以是将思想转化为言语的一种方式,这种言语的活力经过即兴思想和谈话节奏的组织,使大脑思索的领域更为开阔。相反,礼貌的、咬文嚼字的谈话更像是一种修饰过的装腔作势的行为,而不是思想;同样,即兴辩论与演讲一样,更像是正式的书面写作的复制品,却不直接利用"思考"的外观来构建其文学模式。在安廷的作品中,文体的变幻显出有控制的散漫,故事讲述者一直都拽紧了缰绳,从而保持了被强调的话语(安廷这么认为)的散漫性。[5]谈话独白,一种主要基于公众场合的思想模式的形式,在杂志《山峦》(*Hill*)的"谈话"栏目[6]中也可以读到。这两个例子都用磁带录音来捕捉现场谈话的风格。当然,谈话作为写出来的思想的模式有其局限性,就是它很大程度上被讲话技巧和修辞技巧重新组合过了。列尼·布鲁斯的《生活在古兰剧院》(Live at the Curran Theater)也许是最少使用这些技巧的作品,主要是因为布鲁斯想说出他的"人性的"执意和系列联想,他坚信这些是社会的内容,这种坚信更推动了他这样去做。未受监控的或私密的谈话记录是否更准确地记载(描绘?描述?)思维过程?这一点也许可以从《科迪的幻觉》中的节奏强烈的说唱中看到,而不是埃迪·弗里德曼(Ed Friendman)的《电话簿》(*Telephone Book*)中以讲述轶闻趣事的语气为主的电话记录。《电话簿》这部作品暗示了非正式的谈话更像是一种行为而非思想,或启发你思索两者之间有何区别。[7]也许最吸引人的模式是自言自语:独白是文学作品中思想的主要例子,除非其戏剧结构被看做是戏剧化的思想而不是将其展现出来。

当然,"意识流"写作最富有生气地满足了写作中思想的欲望,因此也是将写作作为思想的一个主要例子。汉娜·韦纳(Hannah Weiner)在其日志中使这种模式具有当代文学性,从而找到一种方式来记载她那时断时续的思想,头脑中的思想突然显现,一种思虑中断,而另一个形象又随之登场。[8]然而,这些例子似乎同样受到文体的局限,被扔进了文学形式的领域而不是表现思想。但这会导致这一调研沿着寻找无法分享的个人的幻想体验的道路走下去。思想无疑是一种个人体验;问题在于如果我们试图确定"思想"是什么,我们投射的是将其作为实体的形象,而不是语言的实际内容。这正如做梦,一旦我们试图重述梦境,它就从指缝间溜走了：我们都知道说梦和做梦全然不同。

做梦和思想是热内·笛卡尔(René Descartes)的《冥想集》(Meditations)中的主题。笛卡尔300年前就已生动地实践过冥想和思索的形式，这种形式又在近期一些诗歌文本[9]中以类似的方式运用。笛卡尔将所思所想写下来，使你感到在阅读其作品时，你与他同在，结果是你会认同他的思想，你会觉得你有同样的想法。但是尽管笛卡尔对某个问题的思考过程描绘得非常清楚，他的沉思更像是对思维过程的正式表达，而不是沉浸于其中；这种对推理和清晰度的理想化有助于调和思想闲散力量的拉力。罗伯特·克里利(Robert Creeley)同样觉得冥想有其可傲之处——认为思想一旦被表达、被检查、被揣摩、被衡量——就更关乎思考过程的肌理，是实施而不是再现。在"度量"中，冥想的形式被用来创作思想的音乐，思想变成原料，从而有了度量。

> 我不能
> 向后退
> 或向前
> 我被困在
> 时间里
> 被当做尺度。
> 我们在想什么
> 我们想什么呢——
>
> 没有其他理由
> 我们思考
> 只不过想——
> 独立思考。[10]

在特德·格林沃德(Ted Greenwald)的作品中，和克里利一样，头脑里的思想给诗歌增添了活力——

> 站在大脑的旁边
> 长久而深刻地检阅着
> 每一颗微粒正在设计着
> 自我，哈！美妙的印象
>
> 我未曾料到
> 我能把握
> 即使不知道到底该在哪儿

放置思想……

吐出一连串的喘息……
一想及所来为何
想着要找到一个办法……
将自己重新拼凑在一起[11]

沉思的音乐性和节奏感成为生命的形式，正如存在于生命体里的生命。事实上，在格林沃德看来，思想的黏性只不过是思想着的身体的物质存在。在迈克尔·高特利伯(Michael Gottlieb)的《本土色彩/鲜明的否定者》(Local Color/Eidetic Deniers)中，思想跃出了沉思的座椅，和感知融在一起(正如与文本并置的拼贴式的照片所强调的)。当思想穿越他/我们时，我们凝视思想，这一过程的纯粹的美如此清晰地表达出来，我们为之折服，并找到了衡量的尺度。

脑海中的下午　巨大的交易
清新的风伴随着滔滔不绝的谈论……
像岩石滑坡……完善的裂缝逻辑……
被遮掩的位置　精心计算出的联合　犹豫[12]

这种动机——去看看"世界"将如何在眼前展现，如何运作：对人类文化的研究/创造。因此并不只是对表达"我的"思想有兴趣，思想思考整个世界。这样，自由联想式的"思维"过程的图谱，即大脑/知觉活动的内在顺序，也给写作提供了一种模式，与普通的阐释性的和再现性的模式形成鲜明对比，而那种阐释性的、再现性的模式着眼于从一件事到另一件事的其他形式的变化，从而允许写作能持续地以"新"方法呈现出来——各种形式、模式和句法如何创造出完全不同的字符实体，而不是相同事物的不同的解释。思想的产物。写作的欲望成为这一活动的目的，就是那样。

阅读克里利的《诗篇》(A Piece)(《一和/一，二，/三》)[13]或布莱恩·麦克英利(Brian McInerney)的《世界》(The World)，对沉思的清楚表述即是很好的例子，说明文字如何能进入读者阅读时的总体意识，在阅读中，读者被引导着很快地与文本直面相对，"内容"与"阅读体验"互相交融，内容成为阅读的体验，意识到语言及其活动、声音、书页。

外头的
是
一个思想，

一个连绵不绝的思想
躺下，

写在一页纸上——

关于房间的念头。

为你,
只给你

我一个人,
引导着进入

思想,一个

解决方法

记下,读着
在这页纸上。[14]

也许,这种类型的诗比较典型的代表是路易斯·朱可夫斯基(Louis Zukofsky)的《重新再来》(Anew) #20:

  这支新曲的歌词不过是虚无
  但曲调让这虚无圆满
  石头似的越来越坚硬 硬过沉默
  曲调的形象就在这歌词之间。[15]

同样,在朱可夫斯基的《这是快乐的生—活》(It's a Gay Li-ife)这首诗中,诗歌的词语性作为语言被具体化的一种方式被凸显,使其在书页上清晰可见,每个音素都有自己的读音,这样音素转化为词素,转化为单词,转化为词组,转化为"诗",被感觉、听见,变得具体、真实。

  世上没什么
   像那诗—歌
   它是 马的
  美味

  世上没什么

像花—生—脆片
它是　　白齿的
美味[16]

语言不是要尽可能变得透明,这样其他品质就会作为一个技巧问题(通过在文体层面制造出词语性和结构均不可见的错觉)被压制;语言应该趋向不透明/浓稠性——通过将媒介变得半透明,使语言可见。确切地描绘思想及其运动的圆满。头脑/知觉/思想的类型……直到……诗歌的真实性中的世界的真实性。诗歌变成感观的领域,体验"作者"的"独立"。[参见:奥尔森(Charles Olson)的《投射诗》(Projective Verse)一文:每种感知启发下一种:诗歌的形式记录了感知,这样消除了传统地"继承下来的"形式,那些形式剥夺了诗歌的活力。]对引人注意的事物进行反常规的排列,这样引人注意的事物就显得生动鲜明——要试图去排列顺序而非假设顺序,包括声音/音节/音素的顺序。从将"思考活动"看成是"自我"的活动,进入一个创造/感知观念的世界。思考事物即世界。这样,诗歌最终就是另一种特殊存在,因此是世界上的客体,就像我自己,我与之同在。我并非回到"作为某种自我中心"的自我,而是"体验置身于世界之中的自我",我已经把自己连同揭示出来的意义和局限性置于世界之中。

"局限/是我们中的任何一个/置身于其中的所在"(奥尔森)。"……它自身的秩序能述说一切"(朱可夫斯基)。

我这里所说的并不是动机理论而是欲望:让语言晦涩,这样就像世界不断生成,物体不断生成一样,写作会越来越意识到自身。这不仅使头脑和心脏(不可分)的过程变得具体,而且揭示了写作产生的形式和结构、形式/形状的可塑性。因此写作可能是一种世界上的各种形态和物体逐渐形成的一种体验。这些形态/结构/形状的形成过程看不见——听不着——,却让人感知到书本之外的世界/而已经给予的语言是被假设的;另一方面,认可这些形式为工作原料,为写作中的活跃部分,暗示"我们"参与了自然和意义的构成。写作时(或"任何情况下")不可能逃离结构/形式,它们永远存在——"打破"形式和"重构"形式。要看见它们——要听见它们——认为其与"内容"不可分离。

2. 结构和建构

我一直在谈论把"思考"作为运用语言和写作原料的途径。这部分地与文学性和说明性形式相反,后者倾向于将写作——由此将感觉/思考/表达——引导到特定的路线上去。通过将"思考"时的自由联想的顺序和关系想象成一种模式,可以对构成可能性的新领域加以定位,可以覆盖内容/表达/意义的范围。我还想提出一种相反的方式,可以从外部而非内部入手去看待写作,这样也能够得出同样的结论:把对结构(建构,程序)的运用作为一种获取必要意义的维度的方式,从而完整地表达我的体验和感知。——但脱离习以为常的心理或文学轨道,脱离自动的或前设的模式的价值何在?首先,这些模式使我们无视自己的感觉/意识、这个世界以及其他所发生的一切。但不止如此,这个欲望会揭示独特性、语调和肌理,以及诸如(经验的)"内容""总结"之类。将写作这种活动自身作为一种活跃的过程,作为自己自主的、自足的活动的事实。这样一来,作者会对作品和其含义的不同侧面有更积极的回应,也更有责任心。当然,我并不是宣扬要将语言制造意义的方式直观化;似乎强调语言的含纳力就够了,似乎诗歌不再像以前一样是对意义的揭示,而是以语言为媒介的一个活跃的过程,要求认可语言总是发生于形式和结构中。"形式从来都只不过是内容的延伸"——没有无身体的灵魂或无灵魂的身体。正是通过结构,世界才得以展现;它们无法回避,正如身体也无法回避一样。但并没有适合所有情况的固定的结构;它们必须总是翻新［被(重新)发现］。

在建构性的文章中,外在的结构或参数或作品生成的方法变得明白可见,比如通过其"印刷排列";或清晰可听,比如通过其"句法语音";或通过上述两种方法。用"建构的"这个词,我部分是指写作策略过于极端或激烈的现象,这会加深诗歌的人工的、不自然的感觉——最近有不少作品都是这样,包括:杰克逊·麦克·劳(Jackson Mac Low)偶然得来的建筑诗;克拉克·库利奇在《宝丽莱》(Polaroid)中的受束缚的、重复的词汇;让·派治特(Ron Padgett)的《俳句》(Haiku)——"首行:五音节/第二行:七音节/末行:五音节";保罗·维奥利(Paul Violi)所作的关于一个虚构的词汇表的"索引"或特里·维奇(Terry Winch)虚构成分同样多的简历;林·何金尼安(Lyn Hejinian)的《写作是记忆的助手》(Writing Is an Aid to Memory),其中诗行按字母顺序排列,营造出一种抒情的强度;凯特·罗宾逊(Kit Robinson)的《多尔西诗章》(Dolch Stanzas),它完全是用来自多尔西(Dolch)词表的常用词创作而成,詹姆士·雪利(James Sherry)也把类似的词汇表作为舞蹈曲谱的一部分;蒂娜·德瑞格(Tina Darragh)在《匐犬(伏天)里的π》(Pi in the Skye)中所展示出来的声音、套话、和位置之间的互相依赖关系;大卫·布罗明吉的《我的诗》(My Poetry)是由其作品的评论片断所组成的。以上不过是随手举的几个例子。在历史上,杰罗姆·罗森伯格的《一本很大的犹太书》(A Big Jewish Book)中所记录的希伯来字母代码和"词汇事件"彼此相关;对当前的语境来说更关键的是那些俄国早期现代主义作家们如维克托·什克洛夫斯基(Viktor Shklovsky)和福里梅·赫列勃尼科夫(Velimin Khlebnikov)[1]等的作品——例如,赫列勃尼科夫的"兆姆"("zaum")(非标准词)诗及其《笑的咒语》(Incantation by Laughter),后者完全由关于笑的词的前缀和后缀所组合而成。[17]［可比较:斯蒂芬·里奇(Steve Reich)/菲利普·格拉斯(Philip Glass)/查尔梅格尼·派勒斯汀(Charlemagne Palestine),迈克尔·斯诺(Michael Snow);埃德·纳哈德(Ad Reinhardt);梅尔维奇(Malevich),埃尔·利西斯基(El Lissitzky),莫霍利—纳格(Moholy-Nagy)。］(说明文富有建构性,例如,弗朗西斯·培根(Francis Bacon),其典型句法、句子和段落秩序都很夸张地清晰可见?!)——最后,这种有意识的建构的结果就是"使其陌生",即"异化效果":能够看见并感觉到词汇构成的力量和重量,而词汇的活力则不被注意;要像实物一样去感觉它,使语言具有声音,并通过诸如此法,揭示其意义。

在视觉艺术中,建构性基础可能比在写作中更为明显,写作时我们会被诱导着接受自然"言语"衍生的句法或从"逻辑"中衍生出的漫谈。首先,建构一向被认为是视觉作品不可或

---

[1] 赫列勃尼科夫(Khlebnikov, 1885—1922),俄国杰出的先锋作家之一,未来主义诗人,作品在全世界广为流传。

缺的一部分，而在雕塑中，更是其精粹。然而，从根本上讲，建构其实是写作的中心。如果有人学习过如何写新闻报道（人物，事件，时间，地点，原因）或曾学习过说明文方面的课程，他会被教导如何写提纲，这样能够建立参数和代码，这样读者就会注意到这些并解码。在某种意义上，《纽约时报》的封面就是一种拼贴或同步联立，里面的页面和每篇文章里都明显带着经过排列的关于位置和排序的分级意义。排序和序列表达价值。如果在诗歌中，我们希望对作品、对文本负责，那么我们必须重视顺序，将顺序作为所做的事情的关键部分。关于顺序的观点暗示了序列的存在，但我还想让它暗示排列的模式/形状/形式/结构。但问题是要搞清楚什么是排序的单元——音素，语素，单词，短语，句子，等等。（句法是一连串单词的排列。）那么，什么是组合或排列的衡量尺度呢？这个尺度是我们在写诗时所发现的，而不是我们想当然的。这几乎可以澄清我把诗歌当做一种写作类型的含义，尽管那会排斥诗歌作为写作类型的普通特征，它将使用传统的尺度，如以抑扬格五音步作为衡量尺度。但我在这里所提出的诗歌并没有理所当然地用到某种尺度，而是发现了它，将它清晰地表达出来。在这种语境中，建构性作品的价值就在于它将这一衡量尺度明白地表现给读者的耳朵和眼睛，这样我们就能明察其结构，以及它如何运用结构来创造（调节）意义。因此，主动展现了世界中的意义如何形成。这种方法显示了排列和序列如何凸显价值，形式如何限制/决定你在该形式中能陈述些什么。这还暗示了所有的写作存在于形式、形状中，作为模式存在于一种文风、体裁中。有些写作会让你或多或少地意识到这个事实——这其实是写作中的结构矢量。刚开始谈论最近一些诗歌将"思考"作为一种体裁的现象时，我举了几个例子，来说明顺序的观点其实是基于头脑的"自发"活动。我想将这种"自然的""自由联想式"模式与人为的"建构"模式叠加在一起：两者都将"衡量尺度"引入讨论，将发现衡量尺度作为项目的一部分，因此两者都有价值。任何顺序的展现和措施的实现都暗示了一种世界观。在写作实践中，顺序和结构融入"文本"，纳入经验领域，并作为整体的一部分存在。

> 她默默地测量着时间。
> 她是世界上独立的巧匠
> 她在世间歌唱。当她歌唱时，大海，
> 无论它曾有怎样的自我，变成了
> 她的歌谣本身，因为她就是创造者。于是我们，
> 当我们注视着她在那儿独自大步行走，
> 我们知道那里从来没有她的世界，
> 除了她曾歌唱的以及正在歌唱的，所创造的。[18]

3. 隐私

我想接着转换——从关于诗歌的结构性和建构性的视角转换到一个对写作而言似乎更"内在的"起点，然后暂时回到笛卡尔独坐在书房里的画面。他将"隐私"看做是写作的主

要方面。诗歌是公共场所里的一项隐秘性的活动——所谓的公共场所，既指"语言"被所有人共享，也指书页供自己（及他人）一读再读。对某些人而言，对隐密的搜寻——按照自己的主张，对自己真实，为自己真实——其形式本身已经摆脱了高度标准化和制度化的形式——事实上，摆脱了任何先前被认可的形式——无论这些文学形式推崇的是均匀、五音步和高调，还是干巴巴的白描性，或者漂浮于优美诗节之间的虚构的机巧性，或论述中带有"非虚构"的阐释形式，或……——摆脱了自动的或先设的模式。感知（或思想，或经验）具有可触摸性，如何达到这一点？语言的重量和密度被置于语调中——耳朵——使作文的明确性、独特性能被感知。顺序其实是来自个人对"隐私"的倾听，听见——在隐秘状态下，即使没有"我"，也似乎是世界的顺序。这种衡量方法，这些被排列的音节，单词后面是思想，再后面是短语，将这个世界呈现在书页上，使其意义被发现。"对于我们而言，事物的最重要的方面都被隐蔽起来了，因为它们过于简单，过于熟悉。（人们没能注意周边的事物——是因为它总在眼前。）其询问的现实基础并没有打动人。除非那个事实在某个时刻曾经打动过他——这意味着：我们未被那看上去最强大、最吸引人的东西打动。"[19]

在某种意义上，写作是对隐私的挖掘和展现，这是写诗时最重要的心灵欲望。一个人，独自沉浸在他的思绪中，手里握着笔……事实上，写诗的社会条件——一般来说并不是为了金钱交易而作——使其，从社会学角度来讲，倾向于属于私密的（个人的）范畴，是为"快乐"而做的工作。作者私下里会对所写的作品以及如何写成的进行最后的判断（尽管这通常是消费者在品牌间选择的自动化的隐私——社会准则会对个人选择比对集体选择施加更大影响）。用来描绘诗歌的积极价值的术语——个人的，内省的，动人的，等等——表现了诗歌作为一种私密的表现被公开的情景。在文学写作中，"我们的"生活中的"个人的"秘密被裸露——一些不能说出来的禁忌被打破，关于欲望和行为的似乎最里层的秘密被吐露。甚至，事实上，那些最常见的不安全感和自恋——"在公共场合戴着面具"——也显示了它们"平常人"的面孔。然而，奇怪的是，作者所展示出来的东西越个人化，作品就越会被当做众所周知的真理，从而不再只属于作者。这几乎有点像心理分析的神话——我们最隐秘的幻想和梦境是我们的行为被"公众"理解的关键。

卢梭的《忏悔录》（Confessions）明显是一个可以回顾过往的地方，这个文本打破了追求"诚实"（"真实性"，"可靠性"）中关于行为和欲望的公众幻想（如虚伪等）。（该作品自身——体裁是回忆录——不再是私密的表达，而是一种公众叙述。[20]当然，在那时，这种类型的作品既勇敢又大胆。显然，那时人们还可能因个人的隐私生活的细节而震惊，但现在已不会再如此。如今，诸如此类的细节充斥了文学作品的市场——从非常令人厌恶的到纯洁无辜的自白，都是我们日常阅读和收听的一部分，似乎没有"公众"人物的私生活还能保持隐秘。最近，许多人的经历——黑人，同性恋，女人——获得承认，被当做文学创作的重要部分，被允许进入公众视域，披露了被一步步隐秘化、被沉默的经历。这些人过去在主流文化中都是听不见、看不见的。这种倾诉"隐私"的程度使内省的模式越来越注重修饰手法（越来越不私密）。在此，不同的"禁忌"内容可读作是一种文学手段，给予私密和可靠的表象。个人的传闻轶事在某种程度上必须克服其关于操纵性的指控，这样才能极大程度地挖掘隐私先前所享有的权力。这并不是由于我们怀疑个人生活的自白的真实性,而是这些自白所采用的文体和内容大多是可预见的,从某种意义上讲,大多已经"公开化"了。因此,还有什么会是"隐私的"呢?

对于写作而言,隐私这个概念的力量之一在于如果要提及私密(根据维特根斯坦的区分,是"真实性"而不是"真实")的事情[21],那么关于清晰性和解释的要求可以弃之不理。私密地谈话,就是自由地谈论自己想说的事情,而不是指应该说的事情。困惑、矛盾、偏执、联想式推理等都能自由表达。文章的形式不必保持一致——也不必表现出力量或控制。与之相反,或进一步说,隐私的表达也许会显得无法与人交流。似乎对我的这些隐秘的感觉(或思想或情绪),没有人能像我自己一样了解。似乎我的思想和情绪都被隐藏起来了,别人无从得知——我对别人而言在很大程度上是个谜,而他人从根本上讲,对我而言也是个谜或是个封闭的世界(因为我无法感知他人所感知的,见他人所见的,等等)。每个人的隐秘的思想在某种程度上无法交流也许能解释为何某些诗读起来比较"晦涩"或难懂。似乎它完全是用"隐秘的"语言写就的作品,所有人都被排斥在外,所有人都是局外者。有关隐秘语言的想法是幻觉,因为语言本身具有共同性,是公共领域。其形式和内容绝不是隐私的——它们的本质是社会性的。"隐私"写作部分上是这些作品的传统的和当代的实践的结果,总是受到更大层面的社会生产的调节。对意义的探究或呈现仅仅依赖于个人自己的推测和坚持,个人听取和寻找意义的方法不是孤立的活动,相反,探索的是人类共同的领域。"因为被隐藏的事情是没有人关注的。"[22]

关于离别的强烈体验是写作中隐私的持续魅力的一部分,它能使一些本来看不见的体验变得具体:从而使我们也能看见被陌生化的世界,好像置身于梦境,熟悉的一切变得陌生。"我们不能察觉一些事物只是因为它总在眼前……我们未能看到曾经看上去最有吸引力、最强大的事物所打动。"我们看见的是衡量尺度,语言就是衡量尺度。正是持着这个观念,我们创作——我们自己,私下里(这样的话,衡量尺度就是被听见的)——这样私人的行为就揭示了大众的内容。这样,由于孤独而远离我们的写作——深奥、晦涩、难懂——现在却是由于其距离而变得更公众化,其距离是音乐的衡量尺度。在隐私中,个人自身消失了,给我们留下了整个世界。

4. 诗歌的政治价值——闲散

在《忏悔录》中,卢梭写到他关于私密和闲散生活的"伟大计划"和当时社交场上的闲散生活大不一样。"所以,闲散生活对我足矣。如果我无所事事,我宁愿梦醒而不愿沉睡着做梦……无拘束地生活,外表看上去闲适无比……我所爱的闲逸不是一个游手好闲者的闲逸,游手好闲者是抱着膀子待在那里一动也不动,是脑子和四肢都无所作为的。我所爱的闲逸是儿童的闲逸,他不停地活动着,却又什么也不做;是散漫的老者的闲逸,浮想联翩,而双臂却是静止的。"[23]

闲散是诗歌中的主要诉求——写作只为了自己，而不是为了别的什么，不是为了这样或那样的事情，不是为支持某种观念，也不是要告诉你一个远处正在发生的故事，而是就在这儿，悠闲地、满足地坐享清静，认为其很有价值，称之为非工具性（这种写作自身并不携带任何意义，比如可传播的信息，这样就使那里的写作变成主要是提供信息，使其受到局限）语言没有并没有开动马力，而是无所事事。懒惰是一种固执，以自己的步速、自己的方法持续着，却什么也不做，就是那样（试比较：田野里的百合花，等等。）与之相反，工具性就是为生产一件产品而做的劳动，要达到目的的方法。（工厂系统生产的模式。）语言被用来进行交流，而非它自身就是交流。

> 人们使用的度量是时光凝练的劳作
> 在那里抽象的事物与制造出来的
> 货物全然不同，融合了所有的色彩
> 对他和他的邻居隐藏了它们的自然用途。[24]

抽象的系统：特性，无关联的事件，只不过是个外壳，价值寄托于（依附于）事件的结果而存在，仅仅因为是通往某个过程的目的之方法而有价值。仅仅因为是生产的物品，是产品而有价值。

> 买进即为出售品，我们的价值安排……
> 但看到我们的中心并未显示人类劳力的
> 变化，我们的价值疏离。[25]

写作犹如恍惚，写作犹如外出午餐。写作犹如休假。写作零度。悠闲是反静止的（一旦功能缺失，就会变得疏离）。写作就像闲散的思考（不只是达到错位的终点的手段，而且成为对世界的揭示）。
调查/恢复/对世界的幻想即是自足。

> ……歌曲的确切如何
> 迫使抽象从等值转变成
> 我们几乎达到的劳动。[26]

诗歌是如何闲散下来的？它是最高强度的劳动、高度专注、注重细节的产物。注意节奏，注意事件的排列顺序，这些事件是世界自身如何表意的例示。

> 说到这里的事物
> 我们生活其间"看见它们
> 就是了解自我"。

> 所发生的事件，一个
> 无穷系列的部分……[27]

语言自己闲散下来——撤职——这样，即使将文本当做"诗歌"来阅读，也意味着将语言看成是引证的——至少是双重作用，传递信息，音调的品质、旋律、独特性/表达的特质、摆动、振动、频带强度、回音，等等，比如，不仅仅是它意味着什么，还有如何意味着什么（一个多少显示出的双重性——媒介的另一个技术矢量）。听听意义的建构是如何发生的，这本身就是一个发生的过程（"诗歌的音乐就是声音开始意指事物的经历，"[28]它是内容的音乐）；如果我们"珍惜"的不是抽象化、工具化、异化的价值，那么这一过程就是不必要的。

> 双手，心脏，不是价值造就了我们[29]

让语言绝对共鸣的能力。我们（愿意）居住的世界的声音。诗歌是这些特性的证据——证明。

> 那是我们的，那是我们自己，
> 这就是我们的欢庆
> 兴奋无比，像真实一样古老
> 它照亮了言语。[30]

附记：

让·西利曼（Ron Silliman）评论说："你自闲散和隐秘中制造出诗歌和诗人任何时候都在工作的形象，身处于相同意识形态的信息的所有生产阶层中的形象，这至少有点理想化。诗歌不和经济挂钩这一事实并不会改变其经济决策，却仅仅显示它作为决策的弱点，因此矛盾和不可避免的过度决策产生了……诗歌不是在那些出版人的私人空间内产生的——这就是那些消费他们所生产的产品的人和那些交换产品的人之间的最大区别（我们即是如此），两者截然不同……我们最终得到的是诗人的形象，而不是某个特定的诗人或某一流派或某代人的形象，我不信这个……在一定程度上，这问题是去历史化——你泛化了诗歌这个词，以至于它似乎没有时间限制，几乎在任意特定的时间点都得不出有意义的区别（有点糟糕）——在不牢靠的建筑上的部分。……我感觉你必须承认文学作品的基本的社会性（诗歌首先作为一个整体而存在，它可以分解成一些精心结构的组合，每位诗人处于链条的终端，远离中心）。[但是]，你应该将诗人看成（超历史的、超美学的）个体，中心亦是如此……忠实于你在诗歌中强调脆弱性、怀疑和将其作为语言代码而操纵的错误目的……"

——我并非特别赞成你提出的关于社会先于个体的观点，但是我感觉将"隐私"作为一个话题来使用，其实避免了语言和表达"私秘的"可能性，除非是以一种不引人注意的（如，隐蔽的）方式，因为语言本质上是一种社会媒介，诗歌是一种社会（如，集体）表达。"闲散"的思想与下面这个事实相关，即注意的方法/对社会的/传统的语言形式的批评，而不是与它们中的生硬的操作相关，这种相关导向更深层次的社会显示——我不想暗示这种方法不仅"本质"上是"隐私的"或"个人的",而且是社会调节的结果,正如你所说的"集体体验"。这种"集体"体验依然不同于一个大的集体结构的标准的语言练习,个体体验当然通常在任何组合里面都大不相同。(语言是共有的,但我们每个人都必须学习它——说它,表现它——为我们自己。)在某种程度上,你提出的"个体的",我认为需要定义清楚,不是作为一个孤立的浪漫派个体,而是作为在与他人的阅读和写作活动积极配合的集体工作中学习到的方法论实践。我不接受关于人的心理中心论,事实上,我质疑在前述主要例证中到底是否存在预构的"人"。(尽管"人"也许是我们所制造的最本质的投影)。我提议我做这些事情是为了找回对意识和世界的集体性的本质的内在理解。"我们的"仔细勘察是诗词的中心性。来自集体性的投影的力量必须得到承认,并被充分发挥,这是个历史场景,是主体。因此我坚持认为断续的视角的价值(内在于"隐私"和"闲散"的方面)是如实展示社会的中心性意义。如果我满足于"诗歌"这个术语,就是允许这个媒介自身从其历史中所获得的(法宝?言说妄想?)力量展现出来:表现出个体性和集体性的互相依附,彼此缠绕、解开、再缠绕。

——C. B.(即查尔斯·伯恩斯坦)

1. 风格的局限性/现象的可能性

探究哲学和文学创作间的差别可以解释哲学和诗歌的本质，更为重要的是，还可以用来解释写作和思维内部诸如文类文体或专业差异的演变与意蕴。就此而言，这种深入探析是有价值的。诗歌之所以成为诗歌，哲学之所以成为哲学，在很大程度上取决于思维和写作的传统、出版的社会环境、专业协会及读者；当然，还有历史和社会习俗的诸多事实，而非任何一方的"载体"或"思想"的内在必要性。因此，这样的探讨最终将进入到特定话语模式的社会意义之中，这一话题不仅是诗歌创作的文体之源，也是哲学的内容之一。

传统的哲学研究的是世界的本质和人们认识世界的可能性；从广义上来讲，它研究的是认识、现象、客体、思想、个人、意义和行为诸方面的本质。在论述哲学与文学密切关系的《经验的结构》(*Structures of Experience*)一书中，理查德·库恩斯(Richard Kuhns)写道："哲学质询'什么使经验成为可能？'以及'什么使得这种经验成为可能？'文学营造现实，而哲学则需要为其做出解释。"库恩斯认为哲学与文学的区别在于二者提出的诉求、文本所诉诸的对象。哲学诉诸效度及论证(即诉诸非个性的、超个人的、"客观的"抽象化，诉诸逻辑)，而诗歌诉诸记忆与联觉(即读者自身的经验)。库恩斯接下来提出两种既有关联又有差异的话语模式。"哲学"必须以"逻辑性"论证和"非矛盾"作为话语的基本文本模式；而"诗歌"则可能排斥论证，虽然论证也可能会包含在诗歌中。——我不接受库恩斯这种传统的区分，即使接受，我也要补充一点：诗歌可以凭借话语结构的范例来关注意义的结构——这一类型的话语是如何影响其中的内容的。

哲学与诗歌间另一种传统的区分如今听起来已经不合时宜：哲学研究的是系统建构和一致性的问题，而诗歌关注的是语言之美与情感。姑且不论这种区分所具有的诡异的二元性(仿佛一致性和对确定性的诉求是与情感无关的！)，但就这一观点本身而言，它臆断界定诗歌与哲学的根据是其活动的产品，哲学的文本必须前后一致，诗歌的文本则必须言辞优美。而事实上，哲学与诗歌至少同样可以得以界定，这不是哲学和诗学的思考结果，而是哲学或诗学思考(活动)的过程。

在"七十岁自画像"(Self-Portrait)[出自《人生/境况种种》(*Life/Situations*)]一文中，让—保罗·萨特(Jean-Paul Sartre)指出，尽管文学应该有多种含义，"在哲学领域，每个句子应该只具有一种意义"；他甚至为《存在与虚无》(*Being and Nothingness*)那"过于文学性的"语言而谴责自己，他认为"《存在与虚无》的语言应该是严格地技术性的。正是技术性短语的积累产生了整体意义",这一意义在整体上"拥有多个层面。"另一方面,文学是文体风格的问题,这种文体风格要求在写作和全面修改时付出更多的努力。"风格的形成不在于锤炼某一个句子",而是要在遣词造句时,"始终把整个场景、章节……整部作品熟记于心。"因此,一个句子中就有了多层含义的叠加。——在这种语境中,萨特的观点很有趣,因为他用范例清楚地说明了如何在诗歌/哲学间划出界线,这在他的小说与非小说作品中都广为人知。但是我认为,《存在与虚无》在某种意义上比《理性时代》(*The Age of Reason*)更富诗性,因为我发现它更趋向于在结构上对感知和经验进行研究——"存在"所针对的就是"记忆和联觉";而小说似乎通常都是用理性的手段论证、证实、举例说明各种各样的"问题"。

  的确,如果我们把这一点作为首要的哲学问题(当然很多哲学家不这样认为),即对事件、人物、经历、客体等等的描述(本体论)是正处于讨论中的非公理化的问题,那么艺术形式不仅仅可以如库恩斯所言——"定义人类经验的结构",而且可以研究描述人类经验的表达方式和其中的意蕴。这样,诗歌和哲学承当了共同的任务:对现象的可能性(本质)和结构进行研究。对于这一点,维特根斯坦的《哲学研究》(*Philosophical Investigations*)中的话语可以作为箴言:"我们感到似乎要穿透现象;然而,我们的研究并非针对现象,而是,正如某些人所说,针对的是现象的'可能性。'"

  结果,写作实践中的文体或风格变成一个以方法为核心的问题,而非一个透明的既定形式。正是对哲学的这种理解导致海德格尔(Heidegger)在后来的作品中排斥哲学,取而代之;在《论思维》(*What Is Called Thinking*)中,他呼吁为"真正的思维"提供指导;这种理解还可能导致最近在写爱默生的斯坦利·卡维尔谈论哲学研究与情绪的关系;也可能导致那么多诗人感到有必要完全摒弃作为诗歌基础的哲学,就像克雷格·沃森(Craig Watson)最近评论的,哲学使认知流于伤感。这样说的原因是,人们理所当然的确依恋自己的体系;但是不应该颠覆看到方法本身的、体系的和寻找知觉的方法的可能性。在《瓦尔登湖》(*Walden*)中,梭罗写道:"近来哲学教授满天飞,哲学家一个都没有。然而教授是可羡的,因为教授的生活是可羡的。但是,要做一个哲学家的活,不但要有精妙的思想,不但要建立起一个学派来,而且要那样地爱智慧,从而按照智慧的指示生活……他们不仅从理论的角度,也从实用的角度解决生活的问题。大学者和大思想家的成功通常都是朝臣式的成功。他们像父辈一样按照习俗应付生活,所以根本不能成为更好的人类始祖……哲学家始终走在时代前列,即便是其生活的外在表现形式也是如此。他不像其同时代人那样地吃喝、居住、穿衣、取暖。既然是一个哲学家,怎会没有比别人更好地保持生命热能的方法呢?"我就是引用这段话的最后一句——方法的向心性。

  如果哲学的特点就是包涵清晰的、说理性的论据,旨在导向有效的逻辑,那么它在体系上就要受到解释性实践的制约。我认为把哲学局限于这种特定话语的模式是没有意义的,其一是因为这会排除一些哲学佳作,其二是因为这意味着理性最"清晰的"表达方式就是论述。然而我却认为,当代的说理文作为一种写作模式,简直更接近一种高雅思维的风格,其严格、正式的程度到了与其历史纽带中的笛卡儿和培根切断联系的程度,它不再是思维或推理的表现,而是18世纪推理典范的再现(和简化)。然而,在诗歌与哲学语境之外,这种实践的霸权地位却几乎没有受到质疑。在这一层面上,我将把哲学行为和诗学行为描述为政治表达,拒绝把说理的原则作为其对有效性的基本要求。

无论对于诗歌,还是对于哲学,话语成分的秩序来自价值的构成和事实上的经验,因而一直处于探讨中,永远无法假定。

在某种程度上,上述都是风格的问题;风格是可以选择的,无法简单评价哪一种在本质上最好。但是要承认这一点就有哲学假设,这些假设是某些文体风格实践的基础——它们与理性、客体、世界、人、道德、正义等方面的性质相关。在某一历史时刻人们会选择某种道路,这正如风格,它会表达理性和权威准科学的声音——即使如此,就像托马斯·库恩(Thomas Kuhn)在《科学革命的结构》(The Structure of Scientific Revolution)中指出的那样,这种"正常的"科学语言无法解释科学进程中处于中心地位的范式转换——这一声音是家长式的、独白的、权威的,而且是非个人化的。这种权威的朴素文体的优势[在诸如斯特伦克(Strunk)和怀特(White)的指南中都有传授]和它作为明晰与理性化身的价值维系,相对来讲,是最近的现象,毫无疑问,其社会意义只有靠研究社会形态的史学家们寻根溯源才能得以澄清。莫里斯·卡罗尔(Morris Croll)在陈述16世纪晚期反西塞罗(anti-Ciceronian)散文文风的兴起时,阐明了这些发展的早期阶段。在某些方面,这种发展与现行的批评方式,比如当代的解释形式,十分相似,它摒弃了预设的、一成不变的规矩,并试图"描述大脑的思考,而不是思想"。蒙田(Montaigne)再清晰不过地举例说明了这个运动,尤其是在方法论方面意识到了风格的意蕴:"我脱离了轨道,与其说是疏忽,不如说是得到许可。我的想法一个接一个出现,但有时它在远处,它们互相观望,然而侧目而视……懒惰的读者才会失去目标,不是我……我不断变化,无拘无束。我的风格,我的头脑飘忽不定……我的意思是,我的材料会大显身手。它充分显示哪里变化,哪里结束,哪里开始,哪里继续,无需借用词语、连词或者连接词即可让那些听觉迟钝或马马虎虎的人听到,也不用为我自己粉饰。"

毫无疑问,我们当代朴素的文风史,强调连接词,严格控制离题,并且坚持自我粉饰。为解释这种越来越标准化的趋势,这一历史可以追溯到一百年前,并有必要对工业革命和大众识字能力的后果进行说明。但是我们必须记住的关键机制不是目前首选形式与其可能的替代品的规则,而是区分和辨别的机制本身,这一机制让某些语言实践合法化(正确、清晰、连贯),而另一些则不足取(错误、模糊、无意义、反社会、含混、荒谬、不合逻辑、粗糙、失语……)。这种"排除机制"被米歇尔·福柯描述为"犯罪的"、"狂乱的",他还评论道,这种机制本身和它的技巧及其程序在制造和保护19世纪资产阶级优越的等级权力关系时发挥了作用。如此说来,区分内在的意义不是关键,也就是说,关键的不是某种标准,而是标准化自身。"实际所发生的,"福柯在《两个讲座》(Two Lectures)[出自《权力与知识》(Power/Knowledge)]中写道,"排除的机制……在某一时间点开始……揭示他们的政治用途,给他们自己增添经济利益,结果自然就是,突现他们是由殖民化、全球机制和整个的国家体制所供养的。我们只有抓住这些关于权力的技巧,并显示经济优势或者来自于他们的政治功利……才能够理解这些机制如何有效地与整个社会融为一体。"社会形态史的一部分任务是把何为中立、何为既定作为选择性的权力工具带入人们的视野。积极的诗歌或哲学的部分任务就是用他们偏爱的批评方法来探索这些工具，并研发一些取而代之的方法，这些方法可以作为真理和意义的模式，不依赖于占统治地位的结构来获得权力。

当代人采纳解释性模式，因为它有效地解决了社会既定利益的问题，使用的手段就是消除对立语言的声音，把连贯性等同于中规中矩、优雅得体的话语。在这种语境中，萨特（Sartre）讲述了《人民事业报》（*La Cause de peuple*）[1]的故事，这份巴黎报纸被政府紧紧盯上了，终于，在20世纪70年代，该报的编辑们被捕，这是因为该报与萨特自己的左派报纸《现代》（*Les Temps moderne*）不同，它不用资产阶级的话语讲话，而是让工人们用自己更为尖刻的语言述说全法国的反叛和暴行。我想在学校反对接受黑人英语词汇的暴行也是一个类似的例子，这个例子对标准化作用下的合法功能产生了威胁。

问题一直就是：这种语言实践的意义是什么？它传播的价值是什么？它在多大程度上鼓励对自身价值的理解或可见性？或者，它在多大程度上压抑那种意识？它在多大程度上与读者进行对话，在多大程度上命令或摆布读者？它的社会功能是自由的还是压制的？比起那些美学问题，这些问题有待更广泛的探讨，要敞开大门，这样，美学和伦理学才能合而为一。因此，它们就不仅适合于艺术情境，还是更普适的工作语言、国家语言、家庭语言和街头语言。我对这些问题的理解不仅来自于职业作家的工作经历，也来自于读写诗歌的经验。的确，绝大多数报酬稳定的写作职业，如果不是明确地做广告，都必须使用权威的朴素文体；必需使用充满条条框框的写作方法，这个事实可以回答为什么这不单单是文风选择问题，也是社会统治问题：我们没有选择工作场所的语言或者出生的家庭的语言的自由，不过我们在限度之内有反抗它的自由。我并不是因此就主张我们不该教授说明文，我也想不出更多有价值的生存技能，"但是一个人如果学着像白人一样地穿衣，他也不必认为白人穿衣品味就最好。"话说回来，我们面临的危险就是，我们以如此正式和客观化的方式教授写作，以至于大多数人都作为"他者"而与写作疏离了。用艾伦·戴维斯（Alan Davies）的话讲，应该把写作作为一种工具的演示来教授，而不是将其当做价值中立的产品，不是将其神秘化。如果把写作视为价值中立的产品，使产品形成的价值创造过程被压制成一种规范模式，这种模式本身就是帝制化的。连贯不能被削降为任何一套既定工具的产品。这也没必要强求所有写作在文体方面都是创新的，甚至郑重其事地自觉遵守这一点——尽管那也是有价值的——而是风格和模式都有无法逃避、能够也应该理解的社会意义。

这种理解应该导致公众实际话语中文体和语气的消失殆尽，包括在专业哲学和学术领域，还有报纸、杂志、广播和电视。即使在当代哲学占主导地位的文体中，所选择文体内潜在的口气和语气也鲜见广泛使用。事实上，目前，唯一有意义的、大多数哲学作品的中立语气的朴素风格的替代物就是更严肃的审慎口吻，少见怪异、愤怒、混乱、迟钝或者嘲讽的口气，仿佛这些都是已经废弃的语气一般，这些人类经验的领域就这样无法触及了。不仅仅方法的问题受到压抑，甚至风格内部语气的各种可能性都被削减了！

---

[1] 法国报纸《解放报》的前身。译者注。

所有写作都是方法的实例,写作可以采用或者研究一种方法。在这个意义上,风格和模式总是处于探究中的问题,因为所有的文体在社会意义上都是需要调节的习俗,随时有待于再商议。

然而,在削弱写作的风格和语气的同时,这些类别作为可选择性成分也受到了抑制。借用一个与巴雷特·瓦顿(Barrett Watten)的观点相类似的划分方法,我们可以说技巧、风格、模式(或文体)及其方法构成了一个同心圆,每一个术语都依次围成更大的圆,这一更大的圆可以明示其内部所有类别的可能性。换句话讲,一种技巧存在于使用这种技巧的风格所处的语境中,一种风格可以视为文体或模式的实例,而模式又用更宽泛的方法来表示。不同的作品可以表明这些范畴的巨大差异。举个例子,一排乡间房屋,主人们可以通过细微的变化(个性化)来掩饰其风格的整齐划一。又如,艺术和电影评论通常关注文风或技巧,而对大行其道的模式或方法却不予理睬,这种情况的出现不是由于人们对这些方面视而不见,就是由于确信这些方面没有内容或无法衡量。的确,很多"正常的"哲学和诗歌仅仅采纳一种文体并研究其中的技巧,既不考虑更大范围的形态所包含的意蕴,也不考虑它可能的方法。与此相反,一种"建设性的"模式会显示模式本身就是内容,值得探究,其意义的可能性被研究、描述,这个过程本身就被视为方法。

建设性的创作实践让我看到了一个愿景,在诗歌和哲学写作中我们都可以接近它,那就是多重话语的文本,即一部作品在"超空间"里包含许多不同的语言类型、风格和模式。这样的文本实践用的是对话性的或者杂语性的而非独白的方法。自柏拉图以来,哲学作品中对话的缺失已经成为一个核心问题;卡维尔把这一观点运用于自己的作品中,而梭罗则讨论了"一个保持缄默的文本"中的对话。当然,《哲学研究》是本世纪此类文本的一个主要实例,也是把这种实践作为方法的主要实例。关于这一点,我能够轻而易举地想出更多极端的形式:对比鲜明的语气和论证模式、不断转换的文体风格和视角会显露个别的模式及其意义,富有启发性;也许,还会进一步加强海德格尔对"真正的思考"进行研究的呼吁(思考也是一种建构。)确实,我能想象出一种写作,它可以激发哲学洞察力,但是本质上还是跳跃的织体——义象——它的诉求不是论证的有效性,而是其意义在本体论层面上的真实性。

散文体作品的另一类型在劳拉·(瑞汀·)杰克逊[Laura (Riding) Jackson]的后期创作中初现端倪。(瑞汀·)杰克逊的作品始终在研究意义的极限及其我们所使用的试图表意的形式之极限。经历了20年活跃的诗歌创作实践后,1938年她与诗歌一刀两断,因为诗歌"阻断了最终实现真理的和谐语言"。如果她是哲学家,从某种意义上说,她可能会以类似的方式放弃,就像维特根斯坦在本世纪早期放弃了他和罗素(Russell)创造的话语,或者像海德格尔晚期创作中所做的,认为哲学与"真正的思考"不一致。(瑞汀·)杰克逊对诗歌的放弃戳穿了哲学与诗歌的差别,意味着二者的专业化——也就是技巧——才是错误之所在。我在这里想言明的是,如果哲学只是被降格为进行论证的一个模式,那么注意力就会从(瑞汀·)杰克逊可能声称的"讲述我们所有人的真理"转移到这种模式本身技术的完善,有点儿像弥补某些论证技巧,提升形式的优雅,这在《理智》(*Mind*)的每一页上都清晰可见。然而,(瑞汀·)杰克逊指出,这种专业化在诗歌创作中也是危险的,因为她感到优美的表达所使用的技巧必然会代替"雄辩",而对于诗人来讲,"雄辩"才是诗歌的首要动机。如果在诗意地想象此处的雄辩为何物时,过度地引经据典,那么上述观点就是值得考虑的。(瑞汀·)杰克逊在《雄辩》(*The Telling*)中不是要表明自己论证的内在效度、自己作品或表达的优美及技术精湛程度,她要呼吁的是,作为读者,有关我们自己的经历、记忆的真实性。当我们回指"自己"时,会意识到自己是读者;一部作品通过对读者说话能够不让它的词语消失。

在《抒情歌谣集》(*Lyrical Ballads*)的"序言"里,华兹华斯(Wordsworth)写道:"我听亚里士多德(Aristotle)说过,诗是所有写作中最有哲学意义的,这话不错:诗歌的目的在于真理,不是个别的和局部的真理,而是普遍的、常起作用的真理;它不靠外在的证据存在,而是靠热情深入人心;诗歌的对象在于真理,这种真理本身就是证据,可以给它上诉的法庭提供作证能力和置信度,又从同一法庭得到这些。诗是人性和自然的形象。"

2. 自我:作为他人思想的问题

和哲学一样,诗歌可以研究现象(事件、客体、自我)和人类对现象的了解,不仅仅是举例,而是研发方法。这并不意味着这两种传统特色不鲜明,而是在每一传统的方方面面,尤其是在方法的基本要素方面,本身的传统与另一传统有诸多相同之处,这些相同点要比传统自身各个方面体现的相同点更多。这两种实践之间的区别与其说是内在价值的问题,不如说是专业化和读者细分与文本对象细分的问题。

在哲学意义上,20世纪写作趣味盎然的课题之一是意识的映射,这项研究含蓄地涉及了"思想"和"自我"的本质,的确,也涉及了两个概念建构的相互关系。这次运动中出现了多面旗帜:意识流、精神自动症、超现实主义、记忆、自由联想、印象主义、表现主义,这些旗帜代表了本世纪上半叶大部分趣味性的写作,实际上,它们也以各种形式持续到现今,包括以人物、自白及自传模式记载生活。从认识论角度讲,这种写作的研究价值在于思想的另一种模式,它把这种思想模式运用于新古典主义和准科学推论的理性建构,因为遣词造句和思想图式基于对事物的认知、经历和主观记忆,而非那些"客观的"、非个性化的文风所产生的更富说理性的文字,这些文体将思想(自我)映射为既有世界的中立观察者。更重要的是,这种写作鼓励另一种阅读方式,这种阅读可以延展到具体写作实践之外。实际上,所有的写作作为自我的踪迹都有无尽的阐释空间。

然而,这个阅读/写作的概念虽然确确实实通过把个人作用前景化呈现了思想的不同图示,但是和其他更多非个性化的形式一样,它也是一个文本的投射,与读者隔离。传统的阅读/写作文体通过人物的独白进行投射,事件和人物都假定为预设的,话语局限在列举这些事件和人物的范围内,对它们作出评判(写作变成所谓的"了解世界的透明窗口")。传统上,就是这幅现实画面给怀疑论提供了最强有力的立足点。(我怎么知道自己亲眼所见不是幻觉?我怎么知道外部世界、他人的思想,独立于我而存在?)因为这幅画面——用维特根斯坦的话讲,"让我们着迷"自身就是语言的"妖术"——从一开始就革除了我在世上作为平等的一员去建构意义的作用,取而代之,它描绘的是我对既定意义做出的被动的假设。这已经成为阅读文本、了解世界和阐述性文体的一个范式——中立的读者请当心——它自身投射的是这种主体/客体、主体/主体的分裂。我们面前展示的是一幅图画，图中的人只是游客，根本影响不了世界；但是我们看世界的时候，无法不同时触摸它、改变它。

在协调人类对世界认识的过程中，通过详细描绘自我的作用，写作中意识的投射的确减弱了与他人思想的隔离感。形成意识的痕迹并使它特殊或个性化的那些特性表明，建构思想或现实是无法消除偏见的，这与很多传统写作模式的语气中所声称的普遍性形成鲜明对比。事实上，承认并描绘这种偏见破除了写作中独白式的符咒，对于外部世界来讲，这样的写作被视为一种透明的媒质，然而它做到这一点，凭借的仅仅是把自我投射作为方法的中心。最终，这种写作行为使得读者与置身文中的自我隔离，这正如传统写作让读者与文中描绘的世界隔离一样。虽然自我的影迹可能限制读者，它也把读者形象化了；虽然它批评超个人的超验投射，它也对个人进行玄学虚构。这种经验自动地从我跳回到自我，在自足的状态中形成了闭合空间。这种并列能有力地创造(再造)自然本身的条件，因此就成为人类经验及人类与其关系的一个模式。但是我感到同时置身于自然之外又被自然所塑造，不仅于此，我还感到自己在建构自然！"自我"写作在文本内建构现实，就这一点来讲，它能证明最后一个条件，可是把这种建构作为意识的影迹来解读，把它假想的自我展示给读者，会在结构上把这一论证中立化。以客观的模式进行的阅读/写作使我与世界间的隔离显得怪异而富于戏剧性，仿佛仅仅展示了德·基里可(de Chirico)画的建筑物空洞的正面，然而，以主观的模式进行的阅读/写作能强化那种隔离感，那种隔离感是由我自己体验他者性的过程中所出现的莫名其妙的拟态所引起的。并列、毗邻的意义在于至少没有把我排除在外，排除在精神错乱之外；这个位置是置于历史当中的，受时间、地点和身体的制约；确实，与不偏不倚的假想相比，自我经验的这番陈述把我与"自在之物"的关系描述得更加精确。

另一种概念化的阅读和写作可呈现完全不同于意识映射的图示。这种概念化的阅读和写作再次把文本视为映射，但这次是在模型、轮廓或者图例上而不是在影迹的意义上，不是把作品当做"作者的"投射/记忆/联想过程的产品，而是读者(观者)的投射/建构。文本号召读者积极参与意义的建构过程，读者成为中立的观察者，既不观察被描述出来的外观，也不观察约定的内在。这种文本在形式上涉及反应/阐释的过程，因此使读者意识到自己既是意义的生产者，也是其消费者。它号召读者行动、质问、自我检查：重新思考并重塑习惯、自动性、习俗及信仰，通过这些，也只有通过这些，我们才能了解、阐释世界；它坚持在任何情况下，没有阐释就没有了解，并选择先把这一阐释过程变为观点，再积极地吸收它，而不是通过消除它的踪迹被动地利用它。

怀疑主义的问题就出在它的假设上，其假设认为知识是可以占有的，而非仅仅是一种约定的关系；它的观点只在一种话语中占主导地位，这种话语要为形形色色的情形寻求单一的知识定义，而不是具体问题具体分析。一种融和阐释与互动——用途——的写作坚持把理解当做反应而不是中和认知。通过消除停滞的、独白式的、在预设的过程中已经封闭的世界图景，那幅"令我们着迷的""图景"消融了，与此同时，我们在原地又获得一个新世界，我们必须与这个新世界互动方可理解它：在这个世界里，我不钻研你的人物角色，也不全神贯注地凝视你的身心,而是在特定的情形中对你做出反应,我呼唤你的名字。

个体是一种话语的产物,不是所有话语作用下的实体,社会中的权力关系同样如此。无论是通过人物还是通过更开放的意识映射这个领域,把自我作为组织原则的写作(或阅读)都诉诸某一实体,这一实体与说明文对逻辑的需求一样,是人工的、社会意义上的建构。同样,"自我"写作或"自我"阅读没有对普遍性或者片面性的内在要求;其合乎方法论的假设既给了它描写的能力,也给了它解释的能力,同时还设定了范围。虽然这种写作/阅读经验可能因为对抗科学话语模式的霸权地位而产生战略意义,然而我们支持这种对抗的人不必维护这种观点,即任何模式在本质上都是到达真理的最直接途径;当然,我们努力的方向是仔细审视不同的写作/阅读模式发挥的社会功用,以及它们在社会关系中把等级权力关系合法化或者建构、破坏等级权力关系时是如何发挥作用的。

写作作为映射,可以让读者读进去,也可以让他们走出字里行间,在一个"思考"的投射域做一番篡改["思考"为第六感,借用理查·福曼(Richard Foreman)的概念,一个认知/阐释的维度或功能,更类似味觉或嗅觉,而非视觉,或者更像一种视觉,假如你能把视觉想象成一种思维,正如荒川(Arakawa)在他的著作中提出的,如此一来,"语言变成一个视觉命题",或者如约翰·伯格(John Berger)在《观看之道》(*Ways of Seeing*)中讨论的那样]。因此,文本的意义只有通过读者对这个超文本的积极建构才能形成。读者的建构转变了文本,这有点类似立体幻灯机对两个图像的转换,除非最后的建构与每一位读者(观者)都不一致。确实,这种概念化能够允许最终建构的意义有多种不确定的可能性,这就像罗伯特·莫里斯(Robert Morris)在20世纪60年代晚期因其一尊最小的雕塑所建立的理论;或者是更受抑制的状态,就像约翰·凯奇(John Cage)与杰克逊·麦克·劳的随机创作一样,在他们的创作中,内容方面更大的特异性会缩小可能性的范围。然而,我用映射或模式这样的术语,意思是想提高设计、细节和意图的程度,这样,最终建构的各种各样的意义彼此间将会有较接近的"家族相似性",事实上,他们之间的差异也是文本意图(有益的?)策略的一部分。

(当然,我不是暗示哪一部作品对读者最具强制性,哪一部以规模和不确定性诱发读者的投射并因此影响作品中或作品背后权威性的运用。这种强迫和控制基于一种特殊的投射,制约投射的因素有其所处的语境、投射内容的最小化以及对引起投射的事实的抑制。相反,我所讨论的是让大家意识到投射可以作为内容的一部分这一事实。的确,所有形式,所有模式,所有方法都是强制性的,因为它们与权力有关。我建议把这一点带入人们的视线,这是一种有潜在的释放作用的批评方法。)

文本作为映射或模式,其最终的形成需要读者的积极反应这一概念是一种阅读理论。此阅读概念超越文本,扩延到了整个世界及对人类文化进行读取的范围,深化了马克思主义的批评活动及弗洛伊德(Freud)的心理阐释。在这样的写作中,文本的自主权不是讨论内容,读者和作者间的关系也未经示意或戏剧化。与基于自我或逻辑的文本中预设的阐释相反,作为模式,文本形式上的自主权引起了反应,即篡改。文本的在场要求我衡量与它之间的关系,估计它的范围。它永远都不会不完整,永远都不会闭合。它的完整性由包容而非排斥构成。它的自主权不在于自我或逻辑,而是自然界和周围世界。它的真理不是假定的,而是制造的。

艺术的状态

当然,美国诗歌并非单一的状态,而是各种不同的状态、情绪、焦虑、放荡、抛弃、沮丧、默许、得意、愤怒、狂喜;就像我们的诗歌也并非单一的音乐,而是多种互不兼容的音乐;并非单一的情感,而是不同感觉的相互撞击:各种不同声音组成宏大刺耳的音响,这些音调如同赫斯特街道的嘈杂声与大古力大坝喷涌的水流声、八月午后中央公园的喧闹声与威廉王子海湾被石油包裹的鸟雀的悲鸣声一样,相距甚远。

强烈的意识形态差异正是美国诗歌状况的特征,正是这些意识形态的不同分化了我们活动的公共领域,使其变得极不稳定、充满活力、引人入胜。

从19世纪末"新美国"的各种诗歌中我听到的是一种对统一的含蓄拒绝,这种统一来自于我们奇妙、博大、滔滔不绝的语言。说到这里,我尤其要表达自己对那些坚持自己路线、找到自己的方式去追踪被隐藏或被拒绝或者从未存在的世界的诗歌的独特热情——这种情形在这本书中随处可见。

诗歌在追求新形式的过程中总是或者可能会背离一致性。所谓形式,我指的是将事物组合在一起或者区分开来的方式,是解释压在我们所有人心头的重负的方式,或是诗歌如同从魔术师深邃诡谲的黑帽中突然飞出的天鹅一样被抛入想象的高空,就像当天空突然变成白色或紫色或日辉耀眼的亮蓝,从而使我们更深地呼吸的方式。它也指我们所有人如何解读时常令人费解地萦绕我们的东西,抑或指口吃的人吐出的结巴的词句和女歌手在调整跑调的颤音。如果形式回避一致性,那么它就可以分散美国文化对同化永不满足的渴望,同时也是自恨。同化的过程中两种文化元素时而一致,时而背离,是个令人躁郁的循环,在文化进行十分有效的自我调节和自我审查的过程中,这个循环成了关键的催化剂。

诗歌回避一致性,就说明它已经进入了当代,表达着此刻与彼时所掌握的手段之间的压力和冲突。在这一点上,我是想说我最关注那些打破事物常规,包括文学常规的诗歌,那些持异议,包括在形式上持异议的诗歌,以及那些为从不曾被表达出来的意义发声并让大众听到的诗歌。

特别有趣的是,有一些人,他们对坚持时代性、独创性和差异性的当代诗歌进行最激烈的抗议,指责其语言贫瘠、具有欺骗性或雷同性,但是却又虚妄地赞扬个性声音的卓越,他们在细微灵感的鼓动下创作出来的作品与同时期其他作家的作品其实并无大异,更有甚者,他们只承认那些符合他们狭小视野下特定风格和主题的诗歌的价值。如果说诗歌是一种手艺,而创作的方式有对错之分,那么比起那些完美织就的可预测的顿悟,我宁愿喜欢那种错的创作方式,因为至少其中的碎片、瑕疵和笨拙表现出生命的迹象。

意识形态,无论是在某种特定的限制性的视角、倾听方式、好恶倾向方面，还是在别的任何方面，无不以其最洪亮的声音通过诗歌作品的音乐性及其多层指涉向诗歌传达出一种物质化的社会存在的密度。装作中立、作壁上观地从弱者中选出最优，不带任何"意识形态的不满"（就像一位偏见性很强的诗人最近所表现的那样，在否定偏见的过程中却恰恰标榜了自己的偏见），不过是一种再平常不过的故弄玄虚和欺骗的手段，旨在支撑某人论述的权威。就像乔治·布什（George Bush）对"特殊利益集团"的诽谤，到最后，我们这些"屁屁们"才发现他只是一个用精美的声光表演、优雅的餐桌礼仪和大众喜爱的媒体造势包装出来的小巫师。

吸引我的那一种诗歌和诗学并不将其蕴含的内容完全外现，这些内容包括一首诗歌里或一部文集中互相冲突的视角、多样化的语言类型和风格。这种诗歌或诗学表现了诗歌艺术在超越20世纪、超越现代和后现代主义时代的过程中所呈现出来的各种状态。

但这并不是说要超越散文和诗歌的界限。如果人们想要阅读以诗歌形式写成的、有明确注解的长篇散文，那么我也希望他们怀着同样强烈的欲望像阅读诗歌一样读完这篇散文。

诗歌至少应该像电视节目一样有趣，并且远远比后者出乎意料。但是现实却一直在给诗歌制造麻烦，因为现实中可能与完全不可能或超现实之间的界限不断变化，遭遇风险时太过谨慎的诗歌将无法赶上现实的变化速度。

我现在正想到仅在柏林墙拆毁几个月后出现在莫斯科广播中的一条麦当劳广告，那正是苏联国内动荡、经济接近紊乱的时期。这并不像社会评论所说的，是荒诞的概念艺术模仿品，而是在引导我们相信，"真正的"俄国人也和纽约塞奥西特的大卫（Dave）、贝蒂（Betty）和孩子们一样在享用国际化包装的圣餐。

我们对其他人和文化的印象似乎从无知变为被恶意的谎言蒙蔽，两种处境之间几乎没有任何中间地带。诗歌则可以在这个人为构造的社会去现实化过程中钉入一个"楔子"（即使它通常不这样做），即在个案、细节真相及其群像中提供一个让人关注的中间地带，一个构建在其他地方被避免或忽略了的社会性、想象性事实和轮廓。但是为了实现这个目标，诗人必须对所处文化的现状有像电视广告设计者一样高的敏感度，这就是说他们必须愿意投身到与官方的世界印象的游击对抗中，这些官方印象就像用大汤匙强行塞入我们喉咙的佩托比斯摩胃药，可以暂时缓解胃气和痢疾，而这些症状表明那些无法控制的现实并未消失而只是被移出了公众视线最确切的信号。

这意味着我们不能仅仅依赖过去的工具和形式，即使是新近的过去，而必须发明新的方法和形式以应对变化不暇的现时挑战。

创新是一种对形势变化的回应。这种创新不是指诗歌作品如技术模型一样"进步"了，或是说"今天我们能制造出比前些年更好的汽车"。这从来就不是质量提升的问题。现实中的细节、个案及其组合总是在不断变化，而诗歌就是表现这种变化的方式之一。

一次又一次地，诗歌讨论的激烈论战中，我们一再地抨击割据或分裂的问题。在最近20年中，一大批自主诗歌团体纷纷出现，它们拥有不同的读者群、创作者、出版商和作品系列，甚至越来越多地拥有各自的阶层以及设置奖励和评估参与者的新标准。对这一现象，我们应作何评价呢？

对这种新读者群激增现象的一种回应就是对共同读者群的缺乏表示惋惜。我并不是指那些想要重新建立西方文学价值评价标准的人,这种人的民族优越感和意识形态的盲目性在后面的一些文章中会谈到。

我更看重的是支撑理想多样性文化的多元思想,在这种情况下,不同团体的诗人互相阅读彼此的作品,随时了解诗歌领域各方面的发展。就像所有现代大学里所宣扬的那样,多样化的理念是文化多元化趋势最明显的体现,更重要的还体现在高中和大学多元文化课程的设置。

问题并不在于教育体制和舆论宣传所造就的种族性阅读习惯中这些激进选项的引入,而在于引入的这些选项通常旨在改良现状,而不具有政治和美学上的探索性。我发现从"多样性"回复到新批评主义和民主主义的共同读者群观念之间的巨大连续性,这种连续性时常(虽然并非总是)将未经弥合的意识形态分歧、对立转化成代表地方色彩、性别、种族、性向、民族、区域、国家、阶级甚至历史时期的流行,其中的每个群体或时期都会或者已经选定了众所周知的形象代表。

这个过程通常都会预设或暗中企图建立一个通用的美学评判标准。 在这种情况下,多样化可以成为一种保留高度理想化、足以平息异议的美国统一文化观念的方式。因为多样化和共同读者群的双重观点回避了异端艺术和边缘诗歌对通用美学评价标准和共同读者群价值的挑战。

我们应该像摆脱疾病一样摆脱一种思想,那就是认为我们所有人都可以用一种普适的诗歌语言进行交谈。历史仍旧在破坏我们的语言文字,只有当历史本身消失的时候我们才能变得彼此透明。因为只要社会关系是倾斜的,诗歌中的话语永远不可能变得中立。

有些诗歌群体被诬蔑为微不足道和不着调,甚至无法体现多样性,因而被大众传媒驱逐,这一行为恰是对所谓的多样性文化空间的嘲笑。当公众对一名白人异性恋男少年悲剧地死于艾滋病和数千名同性恋男性的死一样给予关注的时候,这种驱逐和排斥就销声匿迹了。

我有时甚至怀疑,男人是否能理解隔壁女人和自己母亲的声音,因为我每天都会听到普遍存在的理性的男性话语,他们试图像使用腹语术一样地控制女性身体。即使同为男性,必须挑明这些人并不代表我们、不为我们说话,他们只是嘲讽那些男性本可有成却鲜有所成的方面。

我有时还思考,当美国仍有无家可归之人的时候,我们谈论全体美国人民共同交流的可能性到底有什么意义?除了环球广播网摇滚之星和儿童名人向这些贫穷者、种族暴力幸存者和性骚扰受害者表示关怀,我们中的大多数已经学会将其抛弃在人性关怀和认可之外。

处在这样一个权力分配极为不公的社会中,建立公共文化空间的想法被玷辱了,不是因为人民大众的涂鸦,而是源于脱离普通大众的人对交流方式的控制。那种被谴责为狭隘的阅读模式实际上是一种生存的权宜之计,只有这样才能融入那难以探明却仍需捍卫的现代和历史。

官方的诗文化拥有非常灵活精密的符号化机制,它瞄准目标,然后分解和解构,提炼差异模式，吸纳文化产品(而不是创作过程)到自身文化空间内；通过这种机制，诗学的兴趣可以更好地指向不可知的文化外围，而非不断地向内重组和重置。

通常，被挑选出的表现文化多样性的作品都首先接受了主流文化所允许的表现模式。"我看见祖父站在山上/旁边是那些我无法重温的往昔"是其他一系列表达方式的基础，如"我看见犹太大妈在海斯特大街上，站在手推车旁，而我却再也无法兜售"或"我看见祖母在山上，在她身旁是那些母亲们，她们的生命成了永久的过去"，挑战这些表达模式的作品会在主流文化中变得更加无声无息。

没有任何理由可以断定那些对抗美国文化主流的诗人对官方诗文化的狭窄领域必然有兴趣。如果他们的作品摈弃主流价值观，并且确实发现这些价值观仅是维护强制性的经济和政治等级制度的社会建构的一部分，那么各方都应礼貌地对审美机制产生兴趣这一观点就很荒谬了。一方面这种兴趣是屈尊施恩，而另一方面是自我否定。

对大众文化和流行文化居心叵测的痴迷，行话叫做统一的多样性文化，威胁到小众文化的合法性。

在日益显现的多样性的官方文化空间中，差异性样式经常被选出来，因为其叙述的方式很容易就被主流文化的传统形式同化了，更不要说被吸收了。差异性仅限于题材内容和主题成分，也就是地方特色，而挑战主流呈现的范式创新被排除在外。事实上，声音、方言、非传统韵律的政治和社会含义——正是这些使文本成为诗歌——通常被贬低为盲目迷恋叙述与主题而微不足道。形式价值则留给了深受误解的先锋艺术流派，这一流派已经不由自主地被去文化了——被灭绝了、被去性别化了，因而从赋予其意义的语境中被删除了。

可以肯定的是，差异性文化风格如果被提炼，也就是说当它们可以象征性地代表那些正在被符号化或同化的群体时，就会被吸纳到官方认可的多样性文化范围内。这些群体中的艺术家，如果既不愿意接受主流文学风格以渗透自身经历，也不愿意接受已经被扭曲而一望便知的差异性文化风格，那么他们就会突破美国民众的忍耐极限而走向毁灭。这些艺术家更喜欢制定规则而不只停留于表现事物，他们因此而付出了代价。

弗兰兹·卡夫卡(Franz Kafka)曾经写道："我和犹太人有哪些相同之处？难道我不知道我和我自己有哪些相同之处？"这句话本身可以被理解为一种犹太式的观点，但仅仅是在犹太性被理解为具有多样性并且被间接表达的情况下。尼克尔·布罗萨德作出以下冗长叙述以使我们了解她所代表的多种变化的意义：我们是魁北克人/你们是加拿大人；我们是女人/你们是男人；我们是女同性恋/你们是异性恋；我们是诗人/你们是散文家。这时，她就提出了与卡夫卡类似的问题。

约翰·伯格(John Berger)最近在写到中欧和苏联新民族主义精神复苏时评价道，"所有民族主义的核心都是名称问题……那些视名称为细节并且对其漠不关心的民族从未被驱赶得流离失所，但是处在边缘的民族却总是不能幸免，这就是他们坚持争取身份认可的原因"[《国家》(The Nation)1990, p.627]。但是，命名从来就不是单一的行为；过去被命名的事物或许在此名称被重复使用时已不复存在。我并不是希望把名称作为细节不予考虑，而是认为细节重于名称，只是当一件商品在名称的包装下诞生时，这些细节就被边缘化了。因为即使单个人都有多重性，确实就像伊曼纽尔·列维纳斯(Emmanuel Levinas)所说的，"思想就是个体的多样性。"

什么能够代表一个犹太人、一个美国白人清教徒或一个非裔美国人、一名男性或女性？在诗歌中，重要的不是主题内容本身，而是内容与形式的结合，二者缺一不可，就像灵魂和肉体一样，完全相互渗透、相互依存。诗歌形式的变化通过形态、情感、观点和结构这些组成诗歌的要素来创造内容。内容与其说是某种随时可以从材料处理中拆除的主题，不如说是一种对作品、语言或诗歌材料的态度。内容产生于创作，二者不可分离；或者说，可以与创作分离开来的内容在诗歌中就是可以舍弃的。

诗歌所痛斥的东西比诗歌阐述的东西更为重要，因为"阐述不是一种游戏"，并且我们说出的名称与那些进入我们的耳朵、流入我们血管的语词一样，都不再是我们的名称。向过去借来这些名称，每天黎明偿还利息，尽管不是交给在公众话语之庭宣称代表我们的征收者而是交给我们自己，当我们凭借对世界的关注开始收集属于自己的东西时，我们自己就成为利息的征收者。

当我们克服所有人可以互相交谈这一观点时，我想我们才可能，像以往一样开始互相倾听，一对一的倾听，在不同群体的声音中倾听，或者，我们会找到未来的出路。

吸收的技巧

意义与技巧

> 那么，除了字符之间燃烧的空间 真理还能存在于哪里？
> 因此书的阅读首先应该在其方寸之外。
>
> ——埃德蒙·雅贝（Edmond Jabès）[1]

之所以难以讨论
一首诗的意义——可以说当然不是那种
肤浅和片面得让人沮丧的讨论——是因为
通过认定一个文本为诗，人们就已经暗示
它的意义存在于超越手法与
题材相加的某种复合体之中。
诗性阅读可以应用于任何
一篇文字；"诗"这种文字创作
可以被理解为专门设计出来用以吸收
或者包容前摄性（而非反应性）的阅读
风格。"技巧"则是衡量一首诗
被作为手段和题材之和进行阅读的
难度的手段。在这一意义上，
"技巧"正是"现实主义"的矛盾所在，因其
执着于呈现一种无介质的
（直接的）事实经验，或是源自
"外部的"自然世界，或是源自"内部的"心灵
世界；例如，自然主义的
再现或现象学的意识
映射。诗歌中的事实首先是
虚拟的。

维罗妮卡·福瑞斯特—汤姆逊（Veroncca Forrest-Thomson）在《论诗歌技巧》（*On Poetic Artifice*）中
指出，诗歌技巧的首要特征在于
其语言具有使诗歌与经验世界既相连又断裂的
品质：

> 正如某些法国理论家可能主张的那样，反现实主义不必遮遮掩掩
> 地拒绝意义，"技巧"所要求的无非是重视非意义层面，无非是

将意义作为技术手段来使用，使批评家们将诗歌搁置在外部世界的努力变成不可能或者错误。[2]

对一首诗的做作可以或多或少地
加以突出，不过这也是对任何文献进行
"诗性"阅读的必然部分。如果技巧
消停，由此而生的文本透明性
会滋生出一个(如果误导的话)直白的内容。
内容绝不等于意义。如果技巧被
突出，那似乎就可以说根本不存在
内容或者意义，仿佛一首诗只是
一种形式上的或者装饰性的实践，只关涉
其自身机制的复现。但即使一首诗
被作为形式上的实践来阅读，其形式演进的
动力机制和轮廓也可能暗示某种
想象经验的转喻模式
等等。正因为如此，考虑
诗歌形式的动力机制并不一定意味着
漠视其内容；事实上，这分明就是
一个起点，因为它能够开启
多层次阅读。但是要完成这一过程，
这些关于形式的理解必须达到
一种超越于技术编目的聚合，并趋于
凭借作品的技术所创造的
经验现象。这样的聚合
离开了诗歌冗赘的重复
就无法实现，因为所有形式的动力机制
都不可能一开始就得到授权：请想想
字谜游戏中字母重组之下的暗流[3]、文本的
视觉呈现所做的语义贡献[4]、声音结构
所激发的特定的联想。这些特征与
被福瑞斯特—汤姆逊描述为有助于达成
诗歌"整体意象复合体"(不过或许称之为
诗歌整体意义复合体更为合适，因为意象
可能暗示某种过于视觉化的导向)

的"非语义"效果不无关联：

> 意象复合体是一个节点，从中我们可以发现：在主题、语义、节奏、形式等众多的模式中哪一个更重要，它又是如何与其他模式发生关联。因为意象复合体可作用于声音、节奏、主题、意义等各个层面，因此仅仅从意象复合体中即可获得任何一首诗的结构的意义……。如果读者没有通过审视非意义层面来确定诗歌结构到底要求短语、词汇、字母承载多少意义，批评性阅读绝不会将意义延伸至非言语世界并以此强取意义。只有做到这一点，批评家才能有望达到主题上的聚合，才能在多个层面上真正与诗歌接触，而不是与他凭借想象创造出来的某种抽象的或事实上又非常具体的存在接触。读者必须[……]使用想象，[……]必须用它来将自己从普通语言强加于我们头脑的固定的思维模式中解放出来，而不是拒绝诗歌的陌生性，将它嵌入某种非诗歌范畴，如读者的思想、诗人的思想或者任何非虚构情形等。[p.16]

因此在所有关于阅读的解释与所有
阅读实践之中总存在一道难以跨越的
沟壑。这沟壑的宽窄——
虽然因人而异但并非难以明确——
正是一首诗的意义之
必然尺度。
然而，在福瑞斯特—汤姆逊的话语里
我也发现了值得商榷的问题。在我看来她
似乎将诗歌的非词汇或者更准确地说超词汇层面
错误地视为"非语义的"；我得说
换行符、声音模式、句法等因素
的确是有意义的，而不是像她所说的只是
有助于诗歌的意义。例如，噪音如何成为
具有意义的声音，从来没有固定的
门槛；门槛越往后推，刀锋的鸣响就越
铿锵。诗歌的语义层面不应仅仅
被理解为只是可以将某种相对固定的
内涵意义或外延意义归于其中的
一些要素，因为这会将意义限定于
语言所独有的可还原因素——这种限定
一旦被不折不扣地落实，将会
使意义成为不可能。毕竟意义只会
发生于有意识与无意识的、

可还原与不可还原的动力机制之中。

再者，如果将诗歌的视觉、听觉、
句法因素视为"无意义"，特别是在
这一认知被理解为积极的或者
解放性的情况下——这已经是
当前大量关于在句法上不循规蹈矩的诗歌的
批评研讨的常态——那就表明了一种
试图逃避对意义的整体范畴和整合性范畴
承担责任的愿望；意义似乎只是一层
可以剥掉的外壳，或者可以
抖掉的包袱。意义不是一种与其他价值背反的
使用价值，意义本身更像是一种
评价；甚至拒绝价值也是一种价值和
一种交流。意义绝不局限于
目的、意图、功用的轨迹。

尽管这是一个根本性的区别，但是相对于它在
近期的许多批评中的重要影响，它对
福瑞斯特—汤姆逊观点的影响却不大，因为
她的语汇旨在尽可能多地将技巧
加以突出，并为此希望
尽可能少地向传统的语义竞技场
做出让步——这一立场使她的著作
（即便在这一方面有所欠缺）首先就
具有强大的信息量。

饶有趣味的是，福瑞斯特—汤姆逊的解释堪比
加尔瓦诺·德拉·沃尔佩(Galvano della Volpe)
在《鉴赏力评论》(*Critique of Taste*)中所说的
"辩证阐释"，在书中意识形态的阐释
与该书表达意识形态内容的方式截然相反。
德拉·沃尔佩说，这一方法"定位于
既要避免形式主义又要避免只关注语境"。[5]
德拉·沃尔佩的"辩证阐释"之
辩证涉及对该书的诗学技巧的

权衡和考量。"别忘了，"
福瑞斯特—汤姆逊引用维特根斯坦
的话说[p. x]，"一首诗，即使
是以信息语言写成，也不是用于发送信息
的语言游戏的。"她补充道，"形式与
内容[不]是一回事，更谈不上
融合……它们必须不同、
相互区别，以便它们的关系能够
得到判断"[p. 121]。
对于德拉·沃尔佩和福瑞斯特—汤姆逊，
阐释学各种反驳的首要目标在于消解
对于诗歌外在思想或内容的
绝对强调，尽管它们也可能
针对绝对的形式解读。以充满技巧和
策略的语言创作出来的诗歌
不一定就没有内容。如果做内容阐释，该如何
解读P·英曼(P. Inman)的《摇摆》(Waver)[《算盘》(*Abacus*)第18首，1986]
中的下面一节？——

      只是她转变抹角的说辞
     离开直到更多的
   我想
    去写噪音
     一抹白色
      从夹层渗出
       想开了—雾蒙蒙的
        （成堆的枪套）
    不愿说"错"。
  剧照按照大小
   玻璃牲口
（她作品间的名目）
   肯兹抓
    开比
     煤渣道墨水
      恐怖发绺花粉

　　　　　似乎对任何开着的
　　　　画着如剧痛
　　　等待着一个键盘
　　　　"太多地依靠
　　　　　在淀粉上"
　　　　　　小货车烘烤着
　　　　　　　济慈，用错误的事实
　　　　　　　　所有的事情都发生过

在某种意义上，阅读这首诗时
辩证阐释必须颠倒过来。首先
必须尝试着解释诗中的那些
"非语义"成分（"去写噪音／一抹白色／
从夹层出来"），但是阅读不能
像平常一样止步于此（"成堆的枪套"）。
初次浏览一定要与下面的问题辩证地对照起来：
已知的策略如何被用来实现不同的
目标？那一系列的策略（"转弯抹角的说辞"）
建构出一种怎样的整体架构？从那些"非语义"
成分中可以获得怎样的语义联想，其中有哪些
在该诗的语境中相互关联？也就是说，
应该将策略与策略所促成的意象
综合体区分开来。我之所以说
读《摇摆》时应该把德拉·沃尔佩的程序
颠倒过来，是因为这首诗的形式动力机制
形成了最突出、最易识别的特征，具有
更为传统诗歌的"内容"之
分量（"济慈有着错误的事实"）；
正如在非辩证阅读中内容大有
归化（福瑞斯特—汤姆逊语）
较传统诗歌的技巧之势（"太多地依靠／
在淀粉上"）；这里的形式呈现出
否定非辩证阅读（"肯兹抓"）
内容的态势；正因为如此，《摇摆》
瓦解了内容与形式对立的稳定性，
破坏了这种对立统一对于思考（而不是解码）

这首诗("不愿说'错'")的
价值。通过将语言的这些
非语义特征充分加以语义化,
英曼在可还原与不可还原之间
建构起对立统一关系,在这里不可恢复的
恰好是极为显露的。

一个明显的问题是,该诗如果以任何其他
方式来言说都将不再是该诗。这或许
可以解释为什么作家在表明意图或
指涉("细读")时,正如读者
盘点技巧那样,常常惜字如金:为什么
一次冷静的记录或描述的尝试却有
落入窠臼的高风险;相反,为什么
陶醉于自身隐喻性或修辞性的批评
却没有:那种批评里,肯定性批评的
疆界总是更清晰地烙上了人工的
印记,我们解释性范例的不足
既没有被忽视,也没有让人痛惜,
而是得到了更富有成果的发挥。
那么,想象一下振动极,
没有产生更好的双值数据,而是
凝结成一个潜能场,然后又
分解(转化)成其他类型的
转喻特征。这就是理想的批评:
播种而不是收割。

挪用史蒂夫·麦卡弗里(Steve McCaffery)在《作为整体经济的
写作》(Writing as a General Economy)中的术语,这里暗示的阅读经济
不是实用主义的关于(内容、技巧)积累的
"局限经济",而是关于作为"非可利用的"
流动、释放、交换、浪费意义的
"整体经济"。单独的一首诗
可以被理解为是局限经济或
整体经济。事实上,一首诗的部分意义
可能在于它自身谋求积累的努力;然而,其

文本也包含一些破坏稳定的因素——
错误、无意识成分、出(再)版语境
等等——这些因素会侵蚀
未虑及它们的一切可能的积累。
麦卡弗里关于整体经济的观点源于
巴塔伊(Bataille)。他引用巴塔伊学说：

> 整体经济首先表明，一定会出现能量过剩，而顾名思义，过剩的能量不可能再被利用，只可能被损耗，不用于任何目的，因而毫无意义。

麦卡弗里继续写道：

> 我想说明一点，我提出"整体"经济，不是把它当做"局限"经济的必然替换项。两者不能相互替代，因为它们之间不是一种相互排斥的关系。多数情况下，我们会发现整体经济在写作现场是一个备受压抑或者忽视的存在，常常以在局限[范式，见注释3]内的断裂形式出现，将通过赋予意义以必然产物和评估目标特别待遇的方式创造写作的使用价值的观念控制置于质疑之下。

这些"非可使用的"剩余
与福瑞斯特—汤姆逊的"非语义域"有关，
虽然前者明显地在概念上更大一些。在
这一语境下，我想再次重申，反对将
排他性的实用主义功能归于意义。
损耗是语义过程的一部分，正如
释放是生物过程的一部分。然而
我所说到的意义不是我们可能
"认识"的意义，有着可还原的意图
或目的。在这样的局限意义上的意义
类同于局限意义上的知识，均可以给出
归约性定义。但是我们还是来看看
这些语词是怎样在使用或能被怎样使用：
你知道我的想法，你也
有很多想法无法说出来，也从来
没有打算说出来，
无论是否以归约性方式。
我所坚持的是，

诗歌应该被理解为一种认知上的
探求。割让意义就是削减
诗歌的力量，使诗歌无力
重新连接我们与语言所赋予的
却又被局限性认知论经济的霸权
（这种霸权一面竭力否定非统治性的
局限经济体，一面拼命压制这些局限经济体
的渐近层）所限制的意义模式。正如
麦卡弗里所说的，"整体经济运作的
这些特征不会破坏意义的
秩序，但是会搅乱其结构和运行，
使之更加复杂。"也就是说，它们
破坏的不是意义而是各种关于意义的
功利主义和要素主义的观念。在此，
还必须加上一点：关于诗的非可利用层面
或口头交流的说法，与诗的非语义成分
这一说法一样，是有待于商榷的——
因为被我们称之为非可利用的
和超词汇的东西其实既有用又可取，
既不功利化也无规定性。

上述讨论的目的在一定程度上是提醒大家
不要一看到形式活跃的诗就认为
它回避了内容或者意义——
即使很难说出这意义
到底是什么。也就是说，这意义
并没缺席也不迟缓而是自我体现，
在一定意义上就像诗歌，不能转化为
其他符码或修辞。同时，从隐喻的角度
思考一下借助各种形式外貌呈现的
领域，就可能唤醒各种意义的形态。

吸收与不可渗透性

假如从外部研究社会，我们会津津乐道于将两种对立的社会类型加以区分：一类奉行同类相食，认为吸收某些拥有危险力量的个体乃是消解这些力量甚至将这些力量纳为己用的唯一途径；另一类则是像我们这样的社会，奉行一种可称之为人类呕吐学(anthropemy, 源自希腊词 emein, 意为 "呕吐")的路子。后者面对的是与前者相同的问题，采取的办法却截然相反——从社会肌体中排泄出危险的个体，将他们暂时性地或永久性地孤立起来，囚禁于为此目的而建造的社会机构之中，使他们与世隔绝。我们称为原始社会的大部分社会都对这一习俗怀有深深的敬畏之心。在他们眼里，这一习俗会让我们因为自身具有同样的野蛮性而愧疚，而我们常常根据这些社会完全相反的行为而加以指责的，正是这种野蛮性。

——克劳德·列维—施特劳斯(Claude Lévi-Strauss), 《忧郁的热带》(*Tristes Tropiques*)

词语的整个现实完全被吸收进了它作为一个符号的功能之中。

——V. N. 沃洛希诺夫(Voloshinov), 《马克思主义与语言哲学》(*Marxism and the Philosophy of Language*)

一直在纳闷，为什么一个人能够吃完法式吐司加香肠之后再加一杯牛奶却没有事，而假如你……吸收问题。

——《美食宝典》(*Guide Amber à la Gastronomie*) [6]

每当有人邀请我读诗
我考虑如何应对时，
我发现自己都是在
思考"吸收"及其对立面——
不可渗透性、无动于衷、排斥、
抵触——
这两方面既是一个创作
问题，也是
读诗的价值所在。[7] 这些术语开始
耗费我的想象力，作品和领域聚汇着
被吸收进这个全无潜在的统一视角优势的
修辞地带，俨然一场荒诞玄幻的大戏。那
吸收/反吸收融合膜似乎
无所不能吸收
无休无止。

我想到了加拿大，在那里我最早
提出这些思考，当时政治隐喻喷发不断：
加拿大不希望被吸收进美国的

文化轨道，正如魁北克不愿意被吸收进
加拿大；当时魁北克的女性主义者们或许也
不愿被吸收进男性主导的"自由"魁北克。
身份似乎涉及拒绝被吸收进
更大的身份，而这一身份
虽然是反吸收自主论的产物，却
对其内部的差异性类别
大有吸收合并之势。于是乎，
这种不被吸收的愿望似乎又产生了
新的吸收趋势——向下直指内部分化的
个体——其非社会化的"身份"
与其社会"自我"相互抵触。[8]

然后，再看看生物学意义上的
吸收与排泄，即身体叙述。
史蒂夫·麦卡弗里坦陈，
第一次带婴儿的经历
就产生了影响：
我每天都要换上六七张
吸收性超好的纸尿裤，却仍然
担心这些尿裤吸收性能不够好、
可能会导致溢漏。于是这
就回答了一个长久以来
困扰大家的问题——带孩子
是否影响了你的写作？

进而言之，作为阅读动力吸收的
本质应该被理解为一切具有意识形态自觉的
文学批评的一个关键要素。
这可以被视为杰罗姆·麦冈恩(Jerome McGann)的
《浪漫主义意识形态》(*Romantic Ideology*)[9]一书辩论的中心。例如，
对华兹华斯诗歌不加批评地吸收
你必然会将浪漫主义意识形态一并吸收，后者
却阻碍着以历史信息为基础的诗歌阅读。要使
社会历史阅读成为可能，就必须阻止
诗歌自身对于意识形态虚构

的吸收；对这种吸收的拒绝
是理解的前提（所谓理解应
立足于其下而不是其中）。事实上，
吸收可能是有其能够代表
浪漫主义作品的一种品性。这一点在
麦甘恩讨论"浪漫"逻辑时有所暗示，
他偏爱济慈《无情的妖女》(La Belle Dame Sans Merci)
的一个版本，
这个版本
用"骑士啊，你为何悲伤？"代替了
其他版本中的诗行"你为什么悲伤啊，
可怜之人"（原文中的"人"以wight表述，
具有勇敢、卑鄙等含义，刻意营造出一种古风。）

"我在这里所说的'浪漫'，仅仅指［受偏爱的］
文本没有像［其他］文本那样
自我疏离。前者具有更多的自我吸收成分
和自我吸收能力，后者则
更具有自觉性和批评性。"[10]

我的确对吸收与反吸收进行了
区别，但这些术语不应该被解读为相互间排斥、
道德上编码、甚至概念上分离。
吸收与反吸收并存于
阅读或写作的任何方法之中，尽管
其中哪一方可能更惹眼或者隐蔽。
他们隐含着更多的相互着色而不是二元对分。

从创作角度来看
问题在于，诗到底能吸收什么？
这里可以
把文本想象成海绵体物质，能
吸收词语、句法、指涉。将诗歌
视为能吸收这些元素的想法是为了
提供一个选项，以替代一些
视随意叙述或者主题关联

为一元化作品创作等较传统的观念。
一首诗能够吸收互为矛盾的逻辑、
多重音调、复合节奏。与此
同时，不可渗透的材料——或时刻——
成为诗歌关键的音乐资源，
尽管不是所有不可渗透的物质
都可用来创造理想的文本空间。
不同程度或
化合价的不可渗透性
相互掣肘，创造出
诗行之间或语词之间的"缝隙"，
能起到音乐作品中音程的作用。由此
及远，不可渗透元素可能相互熔接
闭合起来，产生一个具有超级吸收性的
文本引力，在这里各种初始元素
不再可能被孤立。[11]在这一意义上，
被吸收的与不被吸收的被割开，
因为割开意味着既分开
又相连。

诗歌中的非吸收物质
是否起作用，一个评判标准
就是它是否促进或者阻碍
将读者吸收到作品之中。作者
或许希望得其一或者二者兼得。
创造一个吸收性文本或许是
诗的意图，或许不是，但是吸收
的动力机制确实是一切阅读和创作的中心。

于是我们谈膨胀诗或爆裂诗
的时候，可以加上评估标准：
是膨胀得恰到好处还是膨胀得沉闷不堪；是
清脆的炸裂还是阴郁的爆破；是优雅的
丰满还是不幸的冗赘。

在19世纪的北美文学中

吸收的题材十分突出。
爱伦·坡享有盛誉，因其开创了
三种主要的吸收性小说样式：恐怖
故事、科幻小说、侦探小说。他的
理论文字常常直接探讨一些与
吸收相关的问题，如关于他富有节奏的
诗歌的催眠效果。在爱伦·坡(Edgar Allan Poe)的
小说中，恐怖既是将读者引入
故事的手段，而且很显然，也是
抹去故事人物自我意识的手段，他的
人物常常处于绝对投入的在场
或喜乐或恐惧或想入非非的
状态之中。

我们来看看狄金森(Dickinson)的一首诗：

    我不愿意画——一幅画——
    我宁愿成为**它**
    那是一个光明的乌有之乡
    可以——悠然地——栖居——
    可以想象指尖的感觉
    指尖轻盈地——空灵地——移动
    激起如此甜蜜的**烦扰**——
    如此奢华的——**失望**——

    我不会像**短号**一样说话——
    我宁愿成为**它**
    轻轻地腾起响彻**屋顶**——
    然后逸出，荡漾开去——
    越过**天边**的**村庄**
    我则是被吹起来的气球
    经由那**金属**的唇片——
    我**平底船**的码头——

    我也不愿成为**诗人**——
    拥有**耳朵**——更好——

> 醉心——无为——满足——
> 让人敬畏的牌照——
> 棒极了的奢华
> 假如我有**妙招**
> 能用**一轮轮的旋律**
> 让自己晕厥
> 那**嫁妆**还有什么意义![12]

表面上，那些具有高度破坏性的标点符号
以及模糊隐晦的暗指创造出一种
反吸收的形式效果，既不和谐
又不均衡。那些大写单词和破折号
似乎要求一种忽动忽停、磕磕绊绊的阅读，
举刀凌厉地砍向这首诗的一个流传更广的、
去除标点并作了删减的版本所凸显的
歌唱式作诗法的肌理。然而这首诗
记录了(这个词在这里非常准确)对于
能够创造吸收条件的震荡的需要，全然是
一种激进的反吸收诗学，旨在与那些
被苏珊·豪(Susan Howe)称为"优雅虔诚"之作的
安妮·布拉德斯特里特(Anne Bradstreet)的作品，或者大而言之，
整个狄金森时代散文作品的主体，
形成鲜明对照。[13]这首诗
激活了一种"不可能"的倾向：不去
再现世界，不要视诗为一种
再现——即人们能够从外部视之的某种
东西——而是去居于其中、其上，成为其一部分。
不去描述或者念叨而是要成为
所描述的事物，"被吹起来的"——赋形的——"气球"；
要进入"事物"，要轻于"事物"，
要被"事物"充满，故而被完全吸收
以至于能"醉心——无为——满足"地漂浮：因为
如此的狂喜使人无力影响
世界，要想产生影响必须
置身事外；这种不带武装的
联系不仅让人满足，而且——

"content"一词的双重意义正是这首诗的
玄妙之处的关键所在——使人成为内容,
被物质化——将人牢牢锁在看/被看区别的另一面。
然而,要想被那另一面所吸收
就必须有震荡,一种自鸣得意的
图示交谈的反吸收断裂。所以"晕厥"即是
因震惊而潜入各种感官,是一种迷狂的、
或许神秘的运行,进入到了苏珊·豪所称的
狄金森诗学的"令人兴奋的匿名"。
作者隐身了,而且通过这一动作发放了
"牌照",使读者能尽享被诗深深吸收的
"奢华",吸收的程度之深,远甚于其他方式。

这种吸收的概念也与幻想
有关,尤其是当这个词在从普鲁斯特到
超现实主义的20世纪的诗学中得到清晰
表述的时候。幻想暗示着:吸收
是诗歌的题材,读者
可能被这类诗歌吸入。然而,
其过程不一定对称。某些
超现实主义作品将幻想用作一个吸收性的
创作过程,一个没有创造出使这种吸收
透明的文本的过程。

尽管透明是各种吸收性的
现实主义(将所见的事物召唤至我们
眼前,书页溶解)和吸收性
超现实主义(召唤记忆或梦)的
核心手法,但是透明并非
吸收的对等物;而仅仅只是
一种用于生产吸收性文本的手法。

将透明用作
其主要效果的
现实主义,常常将吸收
作为其存在的

理论依据。对于这一点，没有人比福特·马多克斯·福特(Ford Madox Ford)在敬献给福楼拜(Flaubert)的《英国小说：从早期到康拉德逝世》(The English Novel: From the Earliest Days to the Death of Joseph Conrad)一书中表达得更乐观。在这本书中，福特实际上完成了一篇"反对反吸收的檄文"：

> 由于可靠的文本——借助于极其艺术性的技巧创造的文本——会给你远比你亲临现场所获得的更多的现场感，因而阅读富有技巧性的文学作品一定会给你留下这种感觉：你读了这本书，这一艺术性文本对你价值越高，成就就越大。我曾经听到一些轮机工程师一致认为，虽然他们曾经无数次横跨印度洋，也曾多次穿越台风或台风边缘，但是没有一个真正经历台风，直到他们读过康拉德的《台风》(Typhoon)之后。……
>
> 制造那样的或类似的效果是当今小说家的抱负。……
>
> 事实是，自从伊丽莎白时代以来英语变成了一种柔软灵活、得心应手的语言。这让人们发现，语言可以像橙子或镀金球一样被玩耍，被一把抓住往空中一扔，人们就会像小雄马一样冲入突然开放的繁茂牧场。对于有钱财、有教养的人来说，这不过是一个看谁能够把蹄子踢得高一些、看谁的尾巴和鬃毛更浓密的事情，而不是什么负重前行的雄心。
>
> 然而，人们所需要的到头来仍然是：货物必须运走。只要货物能够从一地运到另一地，运载工具或马的名字就是次要的了。假如出于时尚，我们也可以去草地观看小雄马们欢快跳跃，可是猛然间我们会意识到词语(一如小雄马或艺术)的正事是搬运货物，观看小马戏耍的兴致就会顿时消散。因为如果我说"我饿了"，这些词语的任务就是把信息传送给你；假如你读一读《伊利亚特》(Iliad)，你会发现正是史诗的艺术性赋予赫库巴(Hecuba)重要的意义……
>
> 长期以来，小说家的奋斗或者抱负都是要将固若金汤的成规加以演绎，以服务于小说的构架。小说家向往着——千百年来也一直向往着——建构自己的故事、经营故事的外表，希望让入迷的读者感觉自己真的就在布鲁塞尔亲历第一次滑铁卢战

役的日子，或者置身于纽约市区的大中央车站等待波士顿开来的尼克伯克号特快进站，尽管此时他可能正悠然坐在12月的百慕大海滩的芦秆凉棚里。这并不容易……

例如，一个显而易见却又从没改变的事实就是，假如作者在讲述故事的过程中突然插入自己的评论，有可能让人意识到那个故事所传达的是幻觉——但是总会有那么一代读者喜欢看到作者也被故事深深吸引的滑稽样儿，也会有那么一代读者可能会与某一代作者一样厌倦了自我隐匿。这样，就产生了类似奥斯卡·王尔德或黎里的书所创造的世界。或者，也许会有一些人对结构精妙，甚至每一个词都能够推动故事的小说已经腻味：这时你就会转向拖沓冗赘、句式散漫、离题、不完整。[14]

对这些精妙的文字，即便给的关注比我给的更多、更
密切也不为过。
不管怎样，它们能够证明自己。
但是，理解下面一点很有意义：
福特的反美学主义［史文朋（Swinburne）曾是
他家的常客，他就在这样的环境中成长］
与他的朋友庞德的旋涡主义
宣言（直接处理，忌用无用的词语）
不无关系，这一点回头再说。
在这里，福特提供了一个经典的
例子，即透明的语言决不会妨碍
所讲述的故事对读者的吸收；他
将一切形式的不透明、羞怯
或形式游戏视为对读者吸收的妨碍
并加以摈弃。引人注目的是，这一立场
与早期现代主义的强劲主流不是相反，
而是一致。言语间他流露出一个
意图：攻击狄更斯式的人物类型
不过是文学装饰、生硬的"诗性"措辞
（当时杂志诗文的主要形式）、
试验。在写这篇幽默的近乎
滑稽模仿的研究论文时，福特罗列了
大量的观点来支持康拉德；但是
应该记住，对于福特而言，
"大师"一直会是詹姆士（James），并且詹姆士
不是"透明"大师而是"技巧"大师。

［我希望有一点我不必重申，
康拉德的写作自觉地
运用技巧，其丰富的程度不亚于奥斯卡·王尔德(Oscar Wilde)，
读者可能会意识到并且
欣赏这两个作家的技巧。
福特的研究无疑概括出一点，即
要达到福楼拜式技巧的效果，
有必要进一步加大技术性控制。］
无论如何，福特在他令人目眩的
研究中始终没能解释，不可渗透的文本
元素可能实际上会加强
吸收效果；也没能解释，当读者
对透明效果(无论是用来揭示
无介质的内心世界还是
外部叙述空间)产生怀疑时，
这样的结构尤其重要。

我所说的吸收，意思是让人全神贯注、完全
投入、吸引人、引人注意、让人想入非非、
注意力高度集中、狂想、痴迷、
沉迷、催眠、全身心、引人入胜、
迷恋：信念、信仰、沉默。

不透明性意味着技巧、单调、
夸张、注意力分散、纷扰、
离题、中断、违规、
不得体、反传统、不统一、断裂、
碎片、奇异、形式华丽、洛可可式的、
巴洛克式的、结构的、做作的、想象的、冷嘲的
形象的、滑稽场面、可笑的、弥散的、装饰性的、
令人反感、未进化、程序化、学究式、
剧场式、背景音乐、逗乐子：怀疑论、
疑虑、噪音、反抗。

吸收与反吸收的作品
都需要技巧，但是前者可能隐藏技巧

而后者可能彰显
技巧。吸收可能溶解于
戏剧化之中,因为这些差异可能奇异地
转换并溜走,尤其是(正如
我自己的很多作品一样)反吸收
技巧运用于
吸收性目的,或者在讽刺性
作品(那是一种假象,
明白吗?)中,吸收性技巧运用于
反吸收性目的。什么能产生
吸收性诗歌,什么能产生
非吸收性诗歌?这个
问题仍然悬而未决,并且
无法解决。

这些
文本的
动力
机制
可以
结合
读者
和
诗歌
的
结构
来
加以
思考。

至于福特的吸收性条件,读者
(即旁观者)必须被忽略,正如戏剧舞台的
"第四面墙"这一成规忽略观众一样,因为舞台上
所发生的是以与观众隔离
的假想为前提的。文本中不应该
有任何东西引发关于阅读

过程的自我意识，而应该显得
像作者和读者都不在场一样。
正如狄德罗（Diderot）所说的——这一点也清晰表达了
（假如是不经意间说出的话）性别歧视的社会分配给
妇女的角色的困境，"很明显，区别就像
两个妇女，一个被人看见，
一个自我展示。"[15]这种区别只是
一个虚构；文本写出来是供人读或听的，
也就是说，是用来展示的；但是"讲述者"
或者"讲述方式"所允许的
进入焦点的程度影响着被讲述
内容或者被展示内容的
经历。诗歌，就其强调技巧
的本质而言，同样不对这种动力机制
具有免疫能力。因为诗歌
并不一定会使读者或旁观者意识到
自己作为读者的角色，而这种自我意识
也不可能仅仅因为视觉化地呈现航海
或者荷马式历险而被拭除。

许多19世纪的抒情诗人常常向
至爱、神祇或者诗人自己进行
自我吸收式的言说：这种言说，由于
不是面向读者而是面向某种
先在于或
内在于
诗歌的存在，试图通过创造一种
偶然听到而不是正面遭遇的效果来
产生读者层面的吸收。

吸收可能会因为任何
直接面向读者的言说
而中断，无论是
类似于说明书（"现在去找出那首有漏洞的诗"）、
使用手册（"暂停一会，完成这些
测试题"）、布道词（"现在我向你们

呼吁，而不是你们的邻居，不是隔壁
那个犹太男孩，不是那些橡皮泥一样的同性恋者"）、
"十诫"（"吾/汝"）中的言说，还是那种
要你看着句子结尾处的句号告诉你
它和你的黑斑差不多大。——"你
叫谁黑斑？"别上火。别
"上火"。为什么就在昨天（可是今天
是哪一天，亲爱的读者？）鲍勃·佩雷尔曼（Bob Perelman）
还在说"我较常用重复、指示词［用于指向
的词，就像'这个'词，可是哪个词才是这个
词，'这个'还是这个？］"、一些能够形成
'说者和听者'或者'作者和读者'共同在场的
言说性元素。佩雷尔曼引用了《高崖短笺》（Cliff Notes）：
"不可能是那些小山丘的错因为这又回到了
小山丘面前"。他又引用了《我们说吧》（Let's Say）：

  一面书页正在被从"事物"的面前
  打回老家去。
  ……
  而那个你和我倾尽它的一生
  在一条条两旁延伸着语言黏合体的
  黑暗的宽阔大街上独自
  读着账单。

佩雷尔曼进而评论道：

  读者与作者、"那个你和那个我"，都是一些转化为低俗语言的语言、非语言以及过时的、退化的、爆炸了的、负荷过重的公共或私密的言说。根本就没有所谓的内心隐遁，让我们逃离我们的环境，因为在这环境之中，诸如《今日美国》（*USA TODAY*）之类的强大的胁迫性符号常常将美国的缩写 U.S. 与他们的编辑人员、与"us"（"我们"）相混合，使"我们"因萨尔瓦多军队向前推进而深受鼓舞，使"我们"这个夏天观看了比以往更多的球赛。[16]

或者，如他在《二进制》（Binary）中写的，"最后
那个写作的我/与那个阅读的你（呼吸依然
模糊着镜片）/被言语分解的身体的

实例"[《第一世界》(*The First World*),p. 47]

吸收被阻止了,因为那模糊的
镜片,或者打破了的镜片,或者
镜片上被涂上了颜色。任何
排版上的不规则、
任何与期待中的句法的
不符、任何
离题……
尼克尔·布罗萨德在《书》(*A Book*)中讨论了
这一主题,这部小说创作的过程
被公然赋予了
读者的角色:

> 事件从远处或者文本之外才能看清。所有发生的正是此时正在进行的阅读——那能够使肌肉令人不易察地动、使人感觉得到自己的呼吸的唯一真实的东西……。为了认识此刻所发生的事情,眼睛紧紧盯着拿着书的手,盯着书,盯着构成书的文字……。这些文字都是你的……。游戏结束。书也如此。书稿不再……。时间流逝,缓缓地,缓缓。有人在阅读着。然后轻轻关闭那物体。[17]

另一种承认(或者关注)
读者/作者关系的方法是
布莱希特式的字幕手段,或者
页边标题,这种手段在18世纪的离题
小说和流浪汉小说或者柯勒律治(Coleridge)的
《老水手之歌》(The Ancient Mariner)或者,更近一点,
林·何金尼安(Lyn Hejinian)的《我的生活》(*My Life*)中都用过。
此外,那些要求读者去做这做那的
作品,如杰克逊·麦克·劳的那些
有伴随性说明文字的诗,都运用了
一种主要的反吸收技巧。柯勒律治的
那首诗强调了将反吸收手段等同于
反吸收目的的难度,这一点很有帮助。
麦冈恩在他的《老水手的歌:意义之意义》(The Ancient Mariner: The Meaning of the Meanings)里
令人信服地争辩说,柯勒律治

在诗歌中插入阐释性注解
有助于使他那个时代的读者
与具有明显异质性的素材(异教徒的迷信和
早期天主教的传说)达成和解。也就是说,
他的阐释学介入成效明显,使得读者能够
透过多样化的不协调的历史和
意识形态视角发现一种连续性,从而
被读者吸收。诚如麦冈所指出的,在柯勒律治
的想象中,他的计划是要浓缩"一切知识
于和谐之中";他的"和谐"可以理解为
是借助来自他自己的广泛教会新教主义高处的
光明所创造的。[18]

布鲁斯·安德鲁斯(Bruce Andrews)在他的近作中考察了
一种将读者存在用于反吸收目的的
不同的技巧。安德鲁斯的以读者为指向的
对抗性语言,充斥着挑衅性的街头黑话和
污秽语言,布满了第二人称的指责、
令人愤怒的质问("难道本质不厌烦你的
忠诚?""嗨,笨瓜")以及第一人称的
贬损("把我捣成一滩俗物"),以我们集体的
句法惯例和隐喻惯例中剥削性的、种族主义的、
性别主义的阴暗面来激发读者同时也
袭击读者。安德鲁斯把我们平时
深以为常以至于漠视或者抑制的
语言习惯的社会和意识形态的
本质与功能置于一个
刺眼的位置。不是把读者
吸收进诗歌之中,而是诗歌辐射
开去,像炮弹射出一样,射向
温和的耳朵、伪装的灵敏的
得体、礼貌——"争取
社会领域"而不放弃对意义的
社会结构的承诺。
对于安德鲁斯,正如对佩雷尔曼和布罗萨德一样,
对吸收的抵制是一种

政治行为。在《我猜想用光了时间》(I Guess Work the Time Up)、
《知心话的花招》(Confidence Trick)、《闭嘴》(Shut Up)中，安德鲁斯表现出的
反吸收写作与其说具有美学上的不可渗透性
不如说具有更大的社会折射力。[19]

相反，正如大卫·安廷在他的谈话/独白中
尝试的那样，向观众直接言说
可以用来促进吸收性阅读，可以通过
集中向现场的观众进行言说，
或者，更微妙地，通过承认
读者或观众的存在(以及自己的存在)来
消除他们的戒备。他的大多数近期作品
都是基于表演的脚本写成的，
作为写作，这种脚本能够激发
现场交流的直观性(用
他自己的话说就是"迫切性")，下面
这首诗即是如此。诗的开头写道：

    我把这种谈话叫做定调　你很可能并不太知道
    我要谈什么……虽然我相当了解
    这一领域　我倒是很想搬到这里
    可是我要弄清楚到底当时的行为是否值得
    唯一的办法　是当我听到我已有的　那曾经是我
    让自己跌入陷阱的办法　以及我已经选择让自己跌入陷阱而不是
    事先准备让自己如此的原因　完完整整的一套
    言论　曾经是我感受到了我自己　在这之前
      我就写过东西　在那天然的真空之中　那天然真空正是
    曾几何时文学所处的那人造的密封壁橱　而
    我的问题　就在那对一架打字机的壁橱里面
    但没有人　以至于在我看来被称之为文学的文学
      没有迫切性　它有言说的需要　有太多的
    东西了　不　没有太多的东西　只有
    很少的东西　你想去说　但是有太多的
    方式让你去说　没有迫切性供你选用
    来说那些东西　有太多的方法
    让你继续　有太多可能性去制作工艺精良的

　　　　物品　却似乎并没有一种特别必要。[20]

还是让我回到
关于诗歌内部结构的
思考，暂时把诗与读者的关系
放到一边。
创造一首能够吸引注意力的诗
一个途径就是借助于诗的各种要素的
统一：每一个要素的因果必然性与
关系格外醒目地在顷刻之间
显现出来。狄德罗（Diderot）谈论绘画（不过道理
相通）的时候呼吁，对于一切琐碎之事，
无论多么动人，只要与
我们所能想象得到的最富戏剧性、最富表现力的
主体呈现，不是直接相关，不是必不可少，都应该删除："一幅作品
承受不起任何闲散的形象、任何多余的附赘件。
主题必须是只有一个。"[21]一个多世纪以后，
这个呼吁得到了回应：庞德在意象主义和
旋涡主义宣言中拒绝各种离题的、无用的装饰性的东西
事实上，在马里内蒂（Marinetti）的
意大利未来主义和庞德的旋涡主义中，
速度和旋涡的隐喻与吸收性
相关，将动态机制的力量协调起来；
快速的汽车凭借其动力的功效融入了
风景，在意象主义诗歌中，"情感抓住了
一些外部情景或行为，从而将后者完整地带入
脑海之中；旋涡将它彻底清洗，
只保留基本的或者主导性的戏剧化品质，
而它又以外部的原初的姿态再次出现。"[22]

而且，与狄德罗相似的信条对于
当代五花八门的诗歌实践仍然具有
强大的吸引力。我想谈谈
艾伦·金斯堡（Allen Ginsberg），他在后期执着于
呼吸节奏和明晰，以及冥想所能带来的凝神，
把它们作为全力雕琢本真披沥蒙受遮蔽之物

来尝试。就像金斯堡一样，路易·辛普森(Louis Simpson)
就表示支持众多的这类追随者，公开反对
晦涩的句法和词汇，宣扬用"普通人"的声音
进行清晰的表达，要达到这种效果，
就必然要求各种要素的
因果关系的统一。安廷则以不同于金斯堡和
辛普森的方式处理这类问题，
声称"合适之宜"乃是
在那些依靠将根本不同的事物进行并置的
诗歌(绘画、电影)中不能被充分置换的
标准。他还在"语篇"中
把这一点与"合适之宜"进行对比，
比如在他自己更具有一体化和连续性的
谈话中即是如此。[23]

追求因果关系统一的驱动力，常常源自
创造更具有吸引力和"效力"的诗歌的
欲望。问题是这一招
常常失灵，运用那些技巧
创造出来的诗歌显得或者虚假
或者单调或者
难有说服力。这种务实主义观点
失败的一个原因
就在于当代美国太多的诗歌
立足于"统一促进吸收"这类
过于单纯的观念，包括金斯堡
(他的作品显示他有
更好的了解，但是他却对这种单纯
作出了意识形态上的承诺)和辛普森
(他的情况没有那么复杂)。相反，安廷
关于这些问题的思考绝对
深刻，他的实践也显示了这一点——
这部作品暗示了
追求他所表达的关切的
新的可能。

因果关系统一无论如何也不是曾被用来
创造吸收性作品的唯一途径。
韵律作诗法用于这一目的
由来已久：声音和节奏的
规律性重复抚慰着——或者牵动着——
内心的关注。可是如今，由于这些作品
冒着单调重复和缺少灵气的呆板的
高风险，这一写作策略可能会导致逆火，
对着实用主义立场；也就是，
非吸收性的：平淡却又渴望
光鲜。相反，韵律作诗法和
其他传统作诗法，尤其是
被置于前台时，能够成为强大的
反吸收技巧(并且在
浪漫主义兴起之前许多英国诗人
历来就是这样运用)。一首六节诗
几乎在任何人的笔下都显得很不自然。在这一意义上，
当今时代一些最呆板、最迟钝的诗歌
就是用了这类技巧来强化其复古主义、
形式规范、诗歌特质，更有甚者
弱化整体努力[魏克兰·赛斯(Vickram Seth)的
"诗体小说"《金门》(*The Golden Gate*)即是如此，
这部作品因其触及了诗歌技巧问题
而备受赞誉——然而并没有对这些问题表示赞成
也没能做出实质性动作，
除了排除它们在表意或歌唱上的
各种可能之外。[24]]相反，
对于内在于运用精细复杂的
诗歌形式技法过程中吸收性与技巧性冲突的
这类可能性，史文朋或许是最后一位
有充分认识的英语诗人，他在韵律和
句法上剑走偏锋，却为自己开创了
狂想性与戏剧性之间分界线上的
一片独特属地。

福瑞斯特——汤姆逊十分敏锐地把握到了这一点，

赞扬斯温伯恩创造了

> 一个与经验世界若即若离的技巧性世界。这个世界不仅简化、颂扬，而且出于同样的原因，戏仿……斯温伯恩意识到，意义层面的扩张以及同化的强制性都是诗歌阅读过程中无法回避的要素，因而也在诗歌创作过程中得到许可。他进一步认识到，要做出这类许可，一个人必须设法使诗歌超越其本初的同化过程，将它自己富有想象力的各种可能性强加上去，这不过是因为它使读者的现实主义扩张/局限在技术上可行。[pp. 118, 121]

诗歌不同于其他形式的作品，常常是因为
它通过断行显示了自己的
技巧，散文格式则以
其他品格宣示了自己不同于其他类型的
散文性。海伦·温德勒(Helen Vendler)在其为
《哈佛美国当代诗典》(*The Harvard Book of Contemporary American Poetry*)而作的序中
写道：

> 小说正以不可阻挡之势试图将我们绕进它的迷宫，未被证明其合理性的诗歌页边空白，在每一行末让我们停住，即使是轻柔地。(即便是散文诗，也凭借其十足的密度，在每个句子的末端强行打断我们，这对于小说而言将是致命的。)[这或许可以解释为什么那些曾引起批评家们发明"小说死亡"之说的作品很可能是那些最有活力的作品。]……诗歌的象征力量在于它让缺席的现实登场(尽管是以语言符号)，而且正是通过充满智慧的诗歌风格，坚守其自身存在的语言学本质及其效果上的迷幻特征。[25]

马上就会有人想：为什么让"缺席的现实
登场"而不是缺席的非现实？
为什么不让在场的现实缺席
(被抹去)？等等。不过这使我们
离题太远(这才是问题所在)。因为
这段话尽管存在很多问题，可仍然让人
意识到，这部诗集里的作品
以各种反吸收的方式展现着各自的
语言学上的自我意识。但事实并非
如此，因为对于温德勒而言，诗歌的
"打断"是如此微弱，以至于很难

被注意到；它们客客气气
又互不关联，可以看见
却又不能听见。正如温德勒所说的，
　"一首诗第一次读，我们视之为
魔幻；再读，才视之为艺术。"
就表现语言学上的自我意识而言，
温德勒的诗集在不着边际的
文体实践上恪守了
这一断言。脱节
在所选的诗歌中几乎完全缺席。
使用"反吸收"一词时，我显然
不是指温德勒头脑里在想什么，而是在
讨论阻止最初"魔幻"阅读的
现实的断裂。但是有一点得到了澄清，
即：史蒂芬·华莱士(Wallace Stevens)与约翰·阿什伯利(John Ashbery)
为什么会成为温德勒
在《语篇(偏)镜中的自画像》[Self Portrait in a Discur(v)sive Mirror]中的
典型案例？因为他们两人创作的引人注目的作品
都属于温德勒所关注的范畴。这些作品
在美学上具有极强的感染力，
使得一些读者很难接受
其他的作诗法。

温德勒深受有关诗歌的
现实主义和模仿说的影响。在这个
意义上，她还有很多得向史蒂文斯和
阿什伯利学习。她写道，诗人"追求那种
精确——感知的精确、风格的精确"，
同时贬低王尔德的观点——现实是艺术塑造的，
而不是相反
（可是精确与这又有什么
关系？）。但是或许
温德勒的辩论方式
最恼人的地方是，她的辩论言必称
"所有"的诗如何如何，因而
她甚至无法认识到一些诗歌

可能会因为它们没有附和其他诗歌的套路
脱颖而出。温德勒说，
她希望读者会受到诗集中的
一些作品激发，拍案而起："'天哪，
我认得这地方，我认识它！'这是每个诗人
追求的效果。"我倒是希望
读者会受到激发，指着一些诗说，
"见鬼，我不认得这地方、这时间，
不知道这句中的'我'。我不知道。"

唐纳·维斯凌(Donald Wesling)在《韵的机会：
技巧与现代性》(*The Chances of Rhyme: Device and Modernity*)中称，西方
在1795年之后形成的"现代性"的
一个特点是，试图通过在情感上
使作为诗歌不可分割的部分的技巧
成为必要，同时又将它们从前台
清理出去，以此将坚持至今的意义丰富的
似是而非或矛盾修辞置于动态之中，以期
达到技巧的"同化"（按照
福瑞斯特—汤姆逊的解释）[26]。在维斯凌的
描述中，英国古典主义，
比如在这一"重要的作诗法断裂"的前夕，
像奥古斯都时代的人们所践行的
那样，甚至对技巧进行了
更为严苛的同化，不过在这些作家看来
在基于受规则约束的技巧的修辞与理性之间
存在一种天然的对称。维斯凌解读
爱德华·毕式(Edward Bysshe)的《英国诗歌艺术》(*Art of English Poetry*)(1702)时
写道，"声音的重复应该基于
固定的时间间隔，就像完美的音律：任何
不可预见性或对声音的感觉都会是'刺耳的'、
'粗糙的'，一种粗鲁的作诗法。"事实上，
在"如果双行体是思想的真实秩序，那么
一切音韵则是完全自然的"这一原则之下，
任何对音韵的反吸收性运用都得
"消除"。然而维斯凌在1795年定位

的作诗法断裂并没有那么多地拒绝
同化价值观，倒更像是在什么才自然的观念(特别是
作为以"有机主义的"形式观念
代替"修辞性的"观念的替代项)方面的
一场激进的变革：

> 后浪漫主义作家们对于掩盖了装饰性修辞的文学形式表现出了怀疑，这使得写作技巧的历史和作用成为现代诗学的中心内容。我们在这里举例讨论的音韵并不是在消失……而是在被尽可能拧入到个人意义之中。

如前所述，音韵这类写作技巧的同化
正好符合温德勒的研究范式。
我倒是想把对写作技巧的反吸收性的
同化过程拿来与用于吸收目的的
反吸收技巧进行对比，
因为那一过程凸显了技巧——
你可以说是承认了"技巧性"或"窍门"——
而不是试图包含技巧
或者将它"去修辞性"。维斯凌的书把
这些相互矛盾的冲动想法作为论著的根基，因为
"在现代性的历史条件下，
诗歌与评论者一样陷入了
将语言媒介的
物质性和透明性"
——我喜欢说不可渗透性和可吸收性——
"视为一对最高价值的
思想结构的矛盾之中。"维斯凌
本人的陈述就反映了这种矛盾性。

维斯凌她在书中把声音作为具有内在反吸收性的
诗歌维度展开了一场有益的讨论，
并引用了——尽管是批评性地——哈利·兰兹(Harry Lanz)
1931年在《音韵的物理学基础：论声音的美学》(*The Physical Basis of Rime: An Essay on the Aesthetics of Sound*)
一书中有关"透明效应"的
描述：

> 在普通言说中，在散文中，我们完全忘记了作为符号或者声音的词语的物理存在。我们得到的是意义、思想。随着词语的物理现实被遗忘，……词语变得透明……完全融入了它们的意义之中。诗歌的使命就是去拯救词语的物理元素，以艺术的形式将它呈于我们的视野。于是声音——那词语的音乐——因而获得了一种在很大程度上无关其意义的独立的艺术价值。

兰兹与福瑞斯特—汤姆逊一样，宣称
声音独立于意义而不是构建意义，犯了
同样的错误；或许，他的错在于他认为
意义是一种不折不扣的功用主义概念。
维斯凌谈到诗歌技巧的"游离性"或
"剥离性"功能在不同时期的样式时，
还引述了西格德·伯克哈德（Sigurd Burckhardt）的
观点，即诗歌的目标——永远不可能
达到，只能接近——是要去钉"一个楔子
到词语和意义之间，尽可能减弱
词语的指称能力以便
阻止我们从词语到词语指涉事物的
心甘情愿的溃退"。在我看来，钉入楔子的
应该是规范性的话语惯例的
"心甘情愿的溃退"，但是此时
声音不能与其意义分离，就像
肉体不能与灵魂分离一样。
维斯凌说，"文学作品的声音与意义
彼此定义互利互惠，这一点在音韵实践中
表现最为明显。"这番话无疑是
明智的。艾伦·戴维斯（Alan Davies）也说，
"声音的意义不在措辞之中，而在
思想之内。"[27]然而，维斯凌
对于具有过于明显的反吸收性的
技巧运用又感到不安：
"诗歌技巧及其隐含的
努力在不成功的诗歌中
显得格外刺眼"；他似乎
并不承认，一首"好"诗可能
不会去平衡他所说的"美学原则与

认知原则"。因而他的观点
仍然是

> 1795年以来,在通过抵制双关、限制音韵的方式努力约束语言媒体的颠覆性、自在性本质方面,无人堪比[即无人比得上英国新古典主义诗人];这不是一种夸张,而近乎是一种标记模仿……[音韵]技巧的现代运用可以说是将其人为性与非理性强行带入人们的视野之中。

不过在我看来,1795年以后的大量"经典"
诗作之所以受到称赞,恰恰是因为
它们在策略上的智慧使得技巧
能够持续得以同化(例如浪漫主义的
协调),而不少异端作品受到温德勒之类的
批评家贬抑,其原因在于过于刺眼的
"词语性"。而且,近25年来,
主流诗文化已经卷入了以诗歌的
大众声音、清晰、真诚或者
直率的名义来"约束语言媒体的
颠覆性、自在性本质"的
激进的(也就是心胸狭窄的均变论的)
运动之中,特别是卷入了
维斯凌的那段话所提及的
将"非理性"与"人为性"
对等的巨大争议之中。
对"技巧性"的压制,
而不是对它的承认,
违背了理性的要求,
而当理性与合理性
抵触时更甚。

然而尽管存在这些重大难题,
如果仍去考量那些狂想式的
颂歌、令人着迷的抒情诗、歌谣传统,
等等,把它们看做是对一种与吸收效果
相一致的密封、自闭的连续性的强调,
也不失为明智之举。题材

常常起作用。例如
表现宗教或浪漫体验/奉献的
狂热诗歌是自我吸收的或者
自我消除的,而不是具有自我意识的。

一首诗也并不一定会因为短而不具有
吸收性;相反,还可能存在某种
转喻性地实施吸收的
潜能,使这首诗
完全沉浸在
其自身内部的声音和语义的
动力机制之中:被吸收的声音或
完全被渗透的声音。这些特征,
虽然可能会强调
人为性并且使题材
变得不透明,但仍然是
吸收性作品的主要技巧。
因为声音"本身"的力量
足以抵得上声音唤醒意象的
力量;那些被轻轻敲击融入
这一力量的各种诗歌拒绝
让词语变得透明,却使它们强大。

这与既非西方的
也非东方的
编织魔咒
又令人着魔的各种诗歌的
功能有关,
例如收录在杰罗姆·罗森伯格的《神圣的
技工》(*Technicians of the Sacred*)、
特别是[如果考虑到
安德鲁·威尔希(Andrew Welsh)的盛名]《抒情诗之根:
原始诗歌与现代诗学》(*The Roots of the Lyric: Primitive Poetry & Modern Poetics*)中的
诗歌,都是
介于"歌唱式朗诵调"(外部施加的
格律)和

"念咒式朗诵调"(自声音和节奏模式
内部获得)。
"念咒式朗诵调"依靠
"人工的"、节奏参差的
作诗技法来创造一种向心的
(或者旋涡式的)
诗歌能量，足以
抓住并抓牢注意力(不仅仅
是有意识的注意力而且还有想象力
或
心智)。按照罗森伯格标题的原意，
"念咒式朗诵调"的力量是技术性的：那些
表面上反吸收性的元素
(断裂、
重复、重读、非词汇的"拟声嘘叫"
声)正是这个
改装升级的诗歌引擎
的基础。麦卡弗里这样
描述反吸收性与吸收性的奇妙的
双重性："从符号学角度看，萨满巫师的鼓
具有玄妙的矛盾性；它既是它本身又是
超越那个自我的手段。"[28](在摇滚乐中，
这种转变司空见惯，不信者
听到的是令人反感的刺耳的
噪音，而
新入门的人则会完全入迷："我就要沉浸到
爵士乐里，放任漂流。")。
麦卡弗里继续写道：

> 在萨满巫师的入教降神会上，击鼓具有自我创造性，鼓声凭借其突出的向心力值，将周围的各方神圣一一吸入，通过将环境吸收进自己的构成成分来摧毁环境，通过吸收周围的能量来化为能量。在这种情形下，鼓是一种自我生成的符号，可以将各种力量吸入自身并且储存起来……在鼓的一切用途的背后，是鼓作为有助于连接宇宙中心的器材意义。"宇宙中心"一词不能从地形学上去理解，而应该从情感上去理解，指的是狂喜所栖居的神圣空间。事实上，萨满教中心是宇宙句法符号之间的高能量的间隔或者墙面，而到达一个中心即是进入那个称之为狂喜旋涡的空间。

对于罗伯特·凯利(Robert Kelly)而言，咒语暗示了一种方法：

> （符咒是我们文学中的隐含内容，是对邪恶事物的背离，借助音乐守护着善良。歌曲带走现实，并将不可缩减的需要与我们生存的急迫进程带入和谐之中。古老的日耳曼符咒、盎格鲁—撒克逊咒语，都暗示了一种方法。但愿音乐能回应。）[29]

他的《Spel V》呼唤歌曲的力量
把歌唱者吸收进来，然后，翻过来，
让歌唱者吸收歌曲：

  现在牧场在畅饮
  现在我在畅饮

  举杯 满满的一杯

让我们
重新
思考一下超现实主义方案。
这一方案的目的就是
挖掘无意识和梦境，要比
使用传统写作方法通常情况下
挖掘得更深。超现实主义
诗歌的那些古怪的并置与
奇异的句法并不是一种创造性运用
漫不经心效果的努力；相反，布力屯
就否定了那些在他看来是谋求达达主义
或结构主义这类计划的诗人。正如布力屯阐述的，
超现实主义诗歌是我们所能想象得到的
具有最强烈的吸收性的诗歌；其旨归
不在于凸显技巧而在于揭示
"超现实性"。那些程序，都涉及使用
反吸收技巧以达到
这一"更深"的程度——
更具有吸收性的现实。

俄国未来派诗人赫列勃尼科夫

和克鲁臣尼赫(Alexei Kruchenykh)发明的兆姆(Zaum)诗
也与此相关。兆姆诗，
也被译作超理性诗
或跨理性诗，是以赫列勃尼科夫
称为"居于普通理性疆界之外的
语言"写成的，所使用的词往往在词典里
找不到，常常以准数学方式——
如在赫列勃尼科夫的创作中——派生出来，把
各种源音节加入"毫无节制的
组合之中，无疑代表了嬉戏于词语之外的
声音。"尽管由此形成的诗歌
可能晦涩或者具有反吸收性，但是赫列勃尼科夫
认为"兆姆"是朝着创造
一种普遍的——我倒是愿意称之为
"可反式吸收的"——语言的一大突破。

> 咒语和符咒又如何？还有那些我们称为魔力词的词汇，那种异教主义的神圣语言，那些诸如"shagadam、magadam、vigadam、pitz、patz、patzu"之类的词汇——所有这些形成了民间言语中的一种超理性语言。然而人类面对的一种强大的力量恰恰归因于这些难以理解的词语和魔咒，以及对人类命运的直接影响。它们具有强大的魔力……许多民族的祈祷文都是用祈祷者无法理解的语言写成的。印度教信徒懂得吠陀吗？俄罗斯人并不懂古教会斯拉夫语……同样，魔咒和符咒所使用的语言不能根据普通常识去判断，其神奇的智慧可能会爆裂为真理，隐匿于一些零散的声音之中，如/sh/、/m/、/v/等。我们还并不能理解这些声音……但是毫无疑问，这些声音链构成了一系列普遍真理，曾经划过我们心灵的黎明到来之前的宇宙。[30]

根据赫列勃尼科夫的观点，民族的/理性的
语言阻碍了普世交流的
可能："因而超理性语言
服务于未来的普遍性语言，尽管
它还处于胚芽状态。但单凭它
也足以能够联合所有的民族。理性语言
曾经使他们分裂。"

那么如何使用反吸收形式以服务于
吸收目的？米歇尔·莱利斯(Michel Leiris)

提出了一种方法：

> 我想，我还从来没有见过有谁能够像凯博·卡洛维(Cab Calloway)那样吸引观众，从来没有见过有谁像卡洛维在巴黎普莱耶尔音乐厅的演奏那样让全场观众如痴如醉。或许是因为他的无意义音节的演唱对观众产生了强大的效果。我最喜爱那种无意义音节的演唱。它会对你产生令人吃惊的效果。[31]

莱利斯在另一个场合描述了另一种令人叹服的方法，通过使用反吸收技巧来增强吸收体验的影响力——他引用米希列(Michelet)的说法——"主要是那种让人相信每一个谎言的能力。"莱利斯基于他的实地调查经历，对埃塞俄比亚的扎尔(Zar)崇拜中的两种精神占有仪式进行了对比。在其中一种崇拜中，参与者似乎完全意识到了这种占有的欺骗性，即，占有只是一个谎言：

> 尽管有一些情形，谎言占主导，可能更适合被称为表演的舞台，可是仍然存在另一种情形，即那种[精神]占有的现实不容置疑……相当于我们所说的生活的舞台。从另一个角度看，后者可能就是实实在在的生活的舞台，只不过技巧使用得最少，并且无心去欺骗观众。[32]

表演的舞台与生活的舞台(以"痴迷技巧为基础")一起同吸收与戏剧性谐调。引人注目的倒不是两者的差异，而在于莱利斯关于加强反吸收性的表演舞台的不同凡响的评论：

> 在一般情形下，很可能这样：如果这类舞台具有某种**净化**或者"涤荡"情感的优点……，那么从这一角度上看，舞台的优势将会得到多大的增强啊——在这里，人根本不会局限于被动之中或者在纯粹的表演中失去自我，而是完全地融入进去，甚至在某种意义上能够创造一些场景，使自己成为其中的主角。

在这一意义上，我们把反吸收手段
(非透明的或者非同化的因素)

(技巧)应用于吸收目的
有相当长的
历史。这一路径
让我深深地
着迷,同时也反映了我
对待吸收及其反面的
矛盾心态
(正如缺少多种条件时表现的那样)。
在我的诗歌中,我
常常把晦涩的与非可吸收性的
元素、离题与
中断用作技术集成的
一部分,试图促成一种比传统的、
平淡的、吸收性的手段所能促成的
更加强大的
("改装升级的")
吸收。这条路径
并不平坦,因为诗歌
似乎明显具有
自觉性,而不是内在的
魔咒性或者心灵上的
实在性,它可能在读者心中
催生自觉意识
通过文本的舞台化或
概念化、将文本从被引发的
经验的王国移到
所呈现的
技术的王国,
从而破坏他/她的吸收。
这是我大量作品的
主题。

这些思考表明,吸收可以不通过
透明、因果一致或者
传统的格律来实现;
放弃这些手段

对于抓住读者的注意力
或许是必要的。

可是为什么总想着抓住(剧场
经济)？从公共汽车和海滩上
人们的表情可以看出，今天的
畅销书照常"令人着魔"，正如
封面上写的那样。准确地讲，这与
我们刚才讨论的编制魔咒的魅力
到底有何不同？一方面，
凭借非吸收性手段可能产生的
更加强劲、更加技术化的
吸收可能会将读者
吸收进一个更加意识形态化的
或政治化的空间。即使不用
程式化较弱的语言说，这种吸收
能够真正让人全神贯注，至少它
不是冒牌货，而是真
货。

尽管如此，用魔咒惑众的小说大肆渲染
最平庸的文学恶变要素和
因这类作品而滋生的
种种怀疑的关系
其形象已经
有益地引领一些作家去创造
非可吸收的或者反吸收的作品。
对于这些作家而言，
我们通常被要求
吸收进哪里，这个"资产阶级"空间
却又断然拒绝
我们容身其中或者被吸收进入其中，
对这些问题的质疑从来都是
有益的。此外，用魔咒惑众并不意味着
在意义创造或趣味方面的垄断，
而且可能[我也喜欢达希尔·哈默特(Dashiell Hammett)]

会阻止这两者。使用非透明的
非一元化的形式创造出来的
音乐和内容远比不用这些形式时
更能引起共鸣,同样,这种手段也可能创造出单调、
教条的作品。对于很多作者和
读者来说,能够表达出来
又便于吸收的内容,其范围过于
宽广,这些方法产生的产品
又具有太大的误导性。而对这些
作家来说,其任务就是
要将我们从吸收的催眠中唤醒。

这个世纪见证了非吸收形式的
爆炸性发展,总体而言,这些形式构成了
对吸收性诗歌和不可渗透性诗歌的
各种可能性进行的
意义深远的探索。
这些传统,哪怕是一小部分,
都可能很难描绘,
因为它们散布在许多语言之中,
并且,重要的是,它们已经
进入多语语言内部和各种语言之间的
翻译实践之中。在过去
数百年间,英语
的写作范围,
从《神圣的技工》(*Technicians of the Sacred*)中收录的诗歌
到《神秘的希腊纸莎草》(*The Greek Magical Papyri*)[33]
到各行各业妇女们"失落的"日记
再到数以百计的专业语言出版物(从
冲浪到基因学到计算机),
更加让人意识到语言之中已然呈现的
文化距离与不透明性的相互关系。
专注于自己身边的语言实践
和专门化术语
即是面对大量
其他的"可用"材料的

异质性与不可吸收性；
从畅销书到电视到"普通声音"的诗歌等大众娱乐，
其意识形态策略即是通过将它们归类于
一个创造出的"最低"标准——这个标准顶着
"不可简化的人文价值"这一浪漫主义公式的光环
和其他诸多伪装，
来对抗始终存在的"他者"现实。

20世纪诗歌的部分反吸收性传统
可以追溯到
斯泰因(Stein)［尽管她以"现在进行时"写成的
《美国人的形成》(*The Making of Americans*)暗示了一种新吸收性，
并且早期的描绘与相关作品具有一种
与咒语诵唱调不无关联的韵律特质，
但是《软纽扣》的节奏急促部分和
《怎样写作》(*How to Write*)中的一字一顿
都是反吸收性作品的丰碑］；略举几例：
庞德的《诗章》(*Cantos*)(拼贴与碎片的
使用、图画素材、印刷错误和
其他错误的出现、大量外在于诗歌的
引文的断裂性存在)；
朱可夫斯基(Zukofsky)的《以"这"开头的诗篇》
(带有编号的
各类话语的引用和
各种已被分类的其他被发现的素材)；
乔伊斯(Joyce)的《为芬尼根守灵》(*Finnegans Wake*)；
杜尚(Duchamp)的英语散文；
北美的达达主义；
e. e. 卡明斯(Cummings)的 扌 非片 反
宀头马人一、ソ一；
法国字母派以及其他视觉诗歌，包括从
阿波利奈尔(Apollinaire)的《图画诗》(*Calligrammes*)到德·坎波斯(De Campos)和
龚林阁(Gomringer)到伊安·汉米尔顿·芬莱(Ian Hamilton Finlay)。
……等等，等等……

在当代语境下，对于

反吸收文本性或不可渗透文本性的追求
无处不在，无论是正面宣示的还是
在矛盾中挣扎的。[34]
密集的或陌生的词汇通过
吸引人关注语汇的声音品质，和
阻止对个别语词意义在大脑中进行
直接处理造成
诗歌难以被吸收。某个时候，
虽然可以查证合适的引文出处，
但这无论如何也不是听取或者
理解作品的唯一路径。不过，北美的
战后诗歌中存在一种对于
为晦涩而晦涩的语汇的偏见，
部分是因为人们过于强调
使用平白语汇的
"言说"诗学观，部分（尽管有些自相矛盾）
是因为方言作为严肃的诗学课题
一直被边缘化（也就是说，这是
因为方言与作为"标准美国英语"的方言之间
滑出难以估量的距离。）
除了兆姆诗的延续和
一些主要在70年代创作的作品中对词语碎片(ing, ment, ility, uble, iplious, ure)的
使用之外，
当下的反吸收技巧常常表现为
句法上或字形上的创新而不是词汇上
创新，因而遵循着斯泰因和
威廉斯(Williams)在词汇上较为保守的创作传统——
所谓保守，只是相对于已故的
乔伊斯或亚伯拉罕·林肯·吉列斯比(Abraham Lincoln Gillespie)而言。
你依然不必懂苏格兰语
就能听出休·麦克迪尔米德(Hugh MacDiarmid)的
《醉汉看蓟花》(*Drunk Man Looks at the Thistle*)中的音乐
即便不是在通晓词意的基础上阅读，
只要仔细朗读作品，哪怕还有
大量词汇不懂，也
会大有裨益。这也正是引人入胜之处，

而不是对于阅读或倾听迈克尔·史密斯(Michael Smith)
这类牙买加强节奏诗人作品的限制。
巴兹尔·邦廷(Basil Bunting)的《布里格弗莱茨》(*Briggflatts*)
或许正是本世纪一首大量利用
晦涩(而非新造)词汇来
实现音乐成就的英语诗歌。
对《布里格弗莱茨》的这种"不基于词汇信息"的
阅读，也并非与邦廷的诗学目的
毫无关系。他在《诗歌的用途》(The Use of Poetry)一文中说，
诗歌激发情感的力量与任何
关于意义的功用主义思想或一首诗传达的
思想意义并无关系；相反，情感是由
词语的声音唤醒的：

> 我的贡献一如既往地体现在一个发现上：自从诗歌与音乐这两种艺术在17世纪末期似乎分离开来之后，诗歌能够从那些技巧中借鉴过来形成音乐的东西一直在发展。……诗歌是让人去听的，让人去朗诵或歌唱的……我们即使不理解词汇的意义，只要能够把它们读出来，损失的都是微乎其微的。[35]

邦廷继续写道："我曾经在课堂上读诗
对这一点进行了测试。我用德语、意大利语、波斯语、
威尔士语向学生们朗读。据我判断，
他们从中获得了很多，并不少于他们
从许多英语诗歌中获得的东西。"
当然，一个读者眼里的
外语或者难懂的
方言对于另一个读者来说
是母语。方言写作
通常关系到民族主义文化
大计，并且旨在
承认占主体
地位的方言是
一条建构群体身份的
途径。方言诗常常
不会有意写成反吸收的，也不会有意
让其原初读者感到

晦涩。然而，
对语言进行群体分类的必然
结果就是使得局外人对它感到
陌生而局内人
感到熟悉。
既然英语诗人们以极端的
去中心化方式追求他们的
方言差异性，那么我们都会碰到——
今后将更加频繁——"外国"
英语，并且任何方言都不会
作为共同货币凌驾于
其他方言之上。这是
英语诗歌可喜的新趋势：内在的困难
获得的补偿远不止源自
尊重差异性的知识所给予的补偿。
我的意思是，战后北美诗歌的
不同寻常之处在于它使用模糊的，
而不是新造的，词汇。
《布里格弗莱茨》骑坐在
这一可能性之巅：我们能够想象
一个小的读者群体可能熟悉
这类语汇，但是邦廷的主要
读者却始终是那些对他的
词汇感到晦涩的读者，而这
又无法与诗歌的力量与特定的音乐效果
分开。

这一系列的指涉以散文的
形式渗透进一组
相互关联的
诗歌，它们的句法盘旋着
扩散开去，无休
无止。[36]与这种"内爆句"
作品正好形成对照的
是当前诗歌中的另一种
明显趋势，即所谓

"新句"写作中
一系列
句法更整齐、
结构更"紧密"的
句子排列
(并置)。

克拉克·库利奇对诗行的即兴
延展拒绝了主谓宾句型的
封闭性;也就是说,拒绝了
通过各种词类各在其位各司其职
以保证语法形态同语义链实际展开
相互叠加的关于"完整句子"的
句法理想。在内爆
句诗歌中,意义以连绵的
切分节奏的线性连贯性
得以持续地、水平地流动;尽管在
完整/封闭的句子中,读者的注意力会偏转到
一个被提取出来的或伴生的正在
被"传达"的"意义"上,但是在内爆句中,
读者会仍然执着于作品
波浪形的脉动。换言之,你会
继续穿行于作品之中,全然不必冒出头来
呼吸一口意义的空气:意义全部存在于
过程之中。这又一次表明,
句法理想的表层断裂
能够拓展诗歌的整体韵律:诗歌节奏
闭合之时也是介入之时——正如约翰·寇尔群(John Coltrane)的
曲调"开放",开放得
超越了关于曲调的任何背景性
指涉(可称为"攀升"),这种开放
不仅没有疏离或者嘲讽他作品的
音乐疆界,反而使之得到了加强。库利奇
在为一张乐华萨克斯管四重奏专辑写的
内页说明中,曾经这样评价爵士乐即兴创作:

发声即是反抗停滞的定义，是任由自己向外扩散，直至进入一种境界，在这里，一切裂隙和物质都会跳动一种无需言说的感觉……。即兴创作，即是在演奏过程中而且仅仅只是在这一经历中去知晓。感知，只能是在演奏的动作之中，在实施演奏的一系列动作之中。……因此，正如定义中所言，"不被预见"是因为只能在动作之中体验并随之而去。……尽管即兴创作有时候感觉像是在……移动庞大的易碎物品、一阵阵的声音，又像是潜入(或吸收)又一轮发射出来的炮弹……在这里，音乐成了一种超越"曲调"、"节拍"等的现实……[37]

彼得·西顿(Peter Seaton)的诗歌中，具有
创作流绝对趋势和动力的
难以吸收的句法的销蚀，已经达到了
相当壮观的比例。拉里·普莱斯(Larry Price)注意到，
西顿的作品通过"在作为语言的
物质性中"将"低于"正常理解的
交流功能的作品进行重构，瓦解了
读者与文本之间的
操作性差异(这一差异
是区别吸收与不可渗透性的
前提)。[38]西顿作品
在美学上的整体性和完整性
显示了表达的必要性
以及可及性不被用于
达成与这一必要性的和解(
和解可能阻碍可及)时的补偿。
对真理、信仰的狂热——
"对肉体的梦想"——
使一切关于吸收与不可渗透性相互
排斥的挥之不去的观念归于平息：
西顿表明，这两者相互契合，像身体与灵魂，
像词语及其意义。

可是为了继续划出
那段抛物线("我们总是回
来再回来……"
回到移
位于实施、采购、

贬值、超
实体化、怒喝、
完结等的现场的
幻觉之中……）：

麦卡弗里的《圆形监狱》(*Panopticon*)或许是
典型的反吸收性著作。[39]该书前20页
印有网格状背景，这一图示隐喻
着这些页面拒绝被读者
吸收。配有消化系统
剖面图的
人体躯干装饰着
封面和这前20页中的
六个页面。副标题页
之后，前三个右页面印有
一段柏拉图(Plato)《会饮篇》(*Symposium*)的
英文引文、一则西班牙语
粉刺膏广告、一篇简短的剧情介绍：
一位妇女在名为《符号》(*The Mark*)的电影中
扮演一位半老的明星，这位明星被拍到
正在读一本叫做《使徒保罗的智慧头脑》(*The Mind of Pauline Brain*)的小说。
紧接着的右页面
印着一幅麦卡弗里直视读者的
大照片，
还有该书的标题、作者、
出版社。后面的几页
印有两则拉丁语铭文，其中一页上
印有手书的铭牌"第21—29号牌"，当然
并不是真正有铭牌。接下来
三个页面用散文继续写着——更准确地说
借助变化来替换——前面
已经开始的剧情介绍。这时
插入了一个标题页，写着"第三部分：使徒保罗的
智慧头脑"；当呼呼地把书翻到最后，
读者会发现，最后一节的标题竟然是
"第一部分：符号"。《圆形监狱》

几乎运用了一切可能的反吸收技巧：几个
页面概述"一本叫做
《圆形监狱》的书"；书的中间
部分每一页下方用三分之一的版面
连续刊印一个独立的文本，而且
加上了灰影；有一些页面全是大写字母；有一些
用交叉排列的散文句行呈现两组独立的
意义，一组
用大写字母表示，另一组用大/小写
标识。有一处把《使徒保罗的智慧头脑》
描述为引人瞩目，"倒不一定是因为它的言语
内容，而是因为［它关于解剖式分解的］
精美插图"；这意味着
《圆形监狱》的价值一如对书的
分解，而且标题的
图案代表着使这一切成为可能的多重视角，
这种多重视角标志着与传统叙事的单一视角透视
的决裂。不过这标题
也有一种不祥之兆，因为圆形监狱
本身是一个监视和控制的形象，即一座
放射状结构的监狱，能够
让处于中心区域的
士兵看到所有的
囚徒。麦卡弗里
在一份多次与书中其他材料混杂的声明中
写道：

> 文本实现其意图是以深谙语言运行阴谋的读者为先决条件的。符号不是自在的，而是存在于与其他符号关联的。符号探寻事件背后的系统的探寻者；符号铭刻着的"我"（I）实际上是意义得以进入的"它"（IT）中的客体"她"（HER）。一个文本系统隐含着构成"此故事"的每一个文本事件，然而对"此故事"的诠释并不一定能够构成一个完整的文本解读。"在你面前的此符号"的目的论在本质上并不是其自身，而是去接近含义。因而"此符号"最重要的特征并不在于其意义，而在于"彼意义"产生的方式……在于我们用言说去毁掉倾听的光环，在于符号破坏其自身精心构建的意义。

此处的"符号"是指看得见的书写符号。

阅读，鉴于其对符号的消耗和
吸收，又将符号抹去——词语失去了
（透明效果）并且被代之以
它们所描述的东西，即它们的"意义"。因而
吸收就是作品中被毁掉的
"倾听的光环"。反吸收
作品则是要通过使符号晦涩来复现符号，
也就是说，要保留符号的可视性并
破坏符号"意义"，在这里"意义"
要在一个有限经济体的较为狭窄的
实用主义的意义上加以理解。将符号
制作成一部电影即是将它戏剧化，正好
与创作相反，正如在电影或写作的
常规叙述中符号
被吸收（抑制或抹掉）的情形。
几乎同样，在《使徒保罗的智慧头脑》之中，把思想改编成"戏剧"并将其
命名为"头脑"，
意味着：思想/头脑的二元性正是对人类情形的
戏剧化呈现；头脑与
符号被它们所生成的东西——思想和意义——
取代；《圆形监狱》则通过承认思想与意义的
物质基础逆转了这一过程，
标志着一度被压制的东西的回归：
头脑和符号。《圆形监狱》于是就将
根据戏剧《使徒保罗的智慧头脑》改编的电影《符号》
小说化了，而戏剧《使徒保罗的智慧头脑》却是根据
一部被称为《圆形监狱》的小说改编的；或者
《符号》又成了那部戏剧……

说文本及其不可渗透
是一种矛盾修辞的说法——吸收性与排斥性
是两个相互关联、互为语境、相互渗透的
术语，并不是什么新的批评分析类别。
对诗歌而言，不可阅读文本是一种外部限制；
实际上，这种对读者注意力的完全排斥
反而被极为表面化的反吸收文本所推翻，部分

原因是一些读者对于不可渗透性的
"自相矛盾的"浓厚兴趣，部分是因为
作家也需要可读性，即使是他/她自己阅读。
非吸收性文本常常被证明
具有很强的可表演性，正如
麦卡弗里或麦克·劳的表演。
反吸收性也并不一定意味着非娱乐性——
恰恰相反。写作手法，无论是用于吸收
还是反吸收，其自身都在不断规约化，
能够期待读者去欣赏某种
撕裂阅读商品化（就其满足读者
对该作品的期待而言）的手法，同样
可以料想到读者对某种意在抚慰或娱乐的
手法感到乏味甚至
恼怒。

与此相似，一个
极具吸收性的文本的理想，
有时被降格
为一种荒诞，这类情形的
一个例子就是在罗伯特·威尔逊 (Robert Wilson) 的
《斯大林传》(*Life and Death of Joseph Stalin*) 中，有一个演员
尖声叫喊出那段关于
最具吸收性的讲述人类可能有的经验的
文本："那情形就像是在
大火中活活燃烧！
啊！啊！啊————！"
钻心的疼痛攫取了
人所有的注意力，因而彻底
抹去了人的自我意识 [想想
阿尔托 (Artaud) 的尖叫]；这也表明
有些许让人舒缓的缺席
或者延迟
还是有价值的。

若换一种说法来解释朱可夫斯基的诗歌程式

（低端限制，言语；高端限制，音乐），
我倒是想说：
诗歌以非渗透性为外部限制，
以吸收性为内在限制。

陌生化
是一个试验效果良好的
反吸收
方法；布莱希特的
间离效果
就明白无误地
以此为
目标。但是
陌生化
又与非渗透性
明显有别。
布莱希特的技巧
常常与[加括号]
题材
共同使用，
而这类
题材往往
以情节剧的
形式
呈现出来，
这种形式
常常夸大
吸收性动能。
布莱希特倒是
希望观众看一眼
情节
但不
被情节
吸引；不过
他也期待这一
评论过程

自身
吸引
甚至增强
读者的注意力。
他也没有
忽略
情节剧
"基础结构"的
吸收性
品质：
保利·皮谦（Polly Peachum）会怎样？
事实上布莱希特
具有高度吸收性的
戏剧加倍
吸引了观众的
注意力，这让人
想起了
莱利斯的观点：
最为
扣人心弦的
戏剧
会拉开自己
与它所
表现的
真实的距离，
使观众
能够
有所作为
而不是
被动观看，
使观众
能够
最大限度地
投入其中。
这说明，
批判性读者

需要某种东西
将自己的
批判性关切
投入进去；
而且，一种
语境中
的反吸收
因素
还会有助于
读者对
另一语境的作品
给予
更充分的投入。
这样
一来，这
两个术语
之间的
区别
就土崩
瓦解。

值得再次注意的是，福特(Ford)明确地
将情节剧和狄更斯式的人物类型拒斥于
自己的范式之外，因为这些因素影响了读者
对于故事真实性的信心。对于福特而言，
通过嘲弄人物或者让人意识到人物的
虚构性以换取娱乐效果
可以阻止福楼拜(Flaubert)式小说中
"更深层"的吸收；可是，鉴于戏剧性被视为
吸收性的反面，戏剧性作品的娱乐性
很明显占据上风——
无论是滑稽模仿、漫画艺术，还是闹剧。

在《我与鲍勃漫步及世纪风云》(*My Walk with Bob & Century of Clouds*)一书中，
布鲁士·布恩(Bruce Boone)的元评论提供了一个
有趣的关于吸收性叙事批评的实例：他

在讲述一些似乎具有自传性的故事时
不断地停下来做一番评论：
评论他怎样讲述故事，故事有什么
政治含义，故事的
讲述风格等。但是布恩中断讲述，一如
布莱希特的框架技巧，是要
将读者置于一个可供替代的优势地位、一个
额外的关注场域，可以重新引起兴趣，
如若没有这种补充文字则无法保持的
对叙述的兴趣。

同样，让·西利曼的《爪哇式涂蜡器》(*Tjanting*) 或
《科特佳舞》(*Ketjak*) 中的程式化结构真的是
随处可见，不过它就像一层半透明的
隔膜，并不阻止文本各种题材的吸收，
而使得读者关注焦点倍增：内部
和旁侧。布莱希特模式中的吸收
是扩散而持久的，但没有情节剧的
铺垫。不过《薄暮残阳》(*Sunset Debris*) 中的某些因素
堪与那种铺垫相比：它们以反复呈现的
性爱内容和每句一问结构的执着模式
为形式表现出来。这样，读者被旋风般
卷入一个强力编制的结构中，
却绝不会看不清其建构的
质地。这一点有如阅读巴雷特·华顿(Barrett Watten)的
三部曲的体验——这三部曲是我的总结，包括
《等离子/平行线/X》(*Plasma/Parallels/X*)、《1—10》、《完整的思想》(*Complete Thought*)。
在这些作品中，视觉上激烈、急迫的
句子("我看见一只乌龟拖着被砍下的头
爬向散热片")在内容和效果上常常引人入胜、
扣人心弦("毒药的精华在于其
抚慰功效：公民们吐出一种
他们自己都不懂的理性主义的烈焰")，
而又不会被某种强迫性的结构方案
调和。重复范例性句法结构，
伴之以每本书中各诗之间专利性的

版式变化，再加上频繁使用
那些用以分隔或形成作品较小
部分的诗节形式（例如
单句或对句），这些揭示了一种
明确无误的外骨骼结构；就像
西利曼的半透明形式一样。华顿在
《完整句法》(Total Syntax)中写道："中意的效果
是距离，而不是吸收"[40]。这一效果的
产生，部分是由于那紧绷的、膜状的
表层结构，每每阅读作品时，这一结构
都会变得越来越急促、生动。然而，正如华顿
的实践那样，这一分类过程
补充而不是消弭了阅读体验的
能量。对此，西利曼写道：

> 在真正的吸收性作品中，读者不承担参与性角色。不承担。然而，一篇彻底的非吸收性（晦涩得让读者憎恶）的作品却会朝相反的方向剥夺读者的权力。现在所需要的是作品的某种能量，这种能量能够赋予读者权力，同时又使读者意识到隐含于这一过程本身的吸收/控制/被动存在的危险。[41]

这种双重关切表现在近期的很多作品中。林·
何金尼安的《卫士》(The Guard)就有这样的开篇：

> 有谁能通过写作来俘虏人——
> "人类总是自我重复。"
> 满月落在第一上。我
> "无论什么在妨碍。"……
> ……
> 这样的希望种下，唤醒了
> 竭力不被妨碍。于是——
> 极力保证睡眠不被诠释。
> 任何曾经有信仰的人都能够揭示
> 它能够遮蔽。

《卫士》守卫着读者不被
控制；一行就是一根护轨，一种

妨碍，通过要求解释来
妨碍睡眠，却最终是为了守护——
"保证"——睡眠。"如果世界是圆的
并且所有的门都没有了……"
何金尼安解释道：

  "俘虏"一词有多项所指。首要的一点，也是极其重要的一点，是指抓住词语中的世界。我想向我自己解释驱动这一行为的欲望的本质，我想知道这是否可能。这首诗开篇即对这首诗本身构成了一个挑战，并制造了一个抒情性的两难境地。

吸收的两难境地或许能称为信仰的
两难（"持续的降神会"）：一个人
揭示了信仰的基础时会失去什么，他
遮蔽信仰基础时也会失去什么。[42]

上面所述的这类思考
终究不能解决我对吸收与不可渗透性的
迷恋，这两者似乎切中了我与语言的
亲密关系的要害。
我发现我
在作品中设定了一种震荡式的
双向引力：切入，斩出——
吸(击)入/抵抗，激活/延迟，过量/
匮乏，不过我对这类两极化表述的怀疑
使我想到了对这类二元对分的怀疑态度的
第三个要素。

性方面的类比
似乎在所难免了：中断可以
增强并延长欲望，延时则会因为
推迟而获得更持久的愉悦和
存在。也就是说这是一部阅读与写作的
色情片，囊括了从巴特(Barthes)关于文本的愉悦(此为关于吸收的
色情片)的描述到巴塔伊更有问题的
将憎恶与侵犯匹配的狂喜。
在巴塔伊的分析中，对于因侵越

令人反感的抑制而获得的
最强烈的性愉悦体验而言，
反感与反胃是必要的
先决条件。巴塔伊明确地将这些
性能量与诗学联系起来。
在他的阐述中，侵犯可能就是通过
反吸收(在社会层面破坏性的、反传统的)技巧
服务于吸收(色情)目的的
范例：

> 色情的任务纯粹就是去破坏参与者正常生活中的自足性。[它]所提供的恰恰就是与自我占有和非连续性存在相反的东西。它是一个交流状态，体现出对于超越自我藩篱的可能的连续性的追求……淫秽是我们对一种不安的称呼，产生这种不安是因为与某种被认可的稳定的个性相关的身体状况受到扰乱，……宗教性色情关乎个体与超越于日常生活现实之外的世界的融合。色情总是包含着对既定模式的损坏，包含着……对我们作为单独个体的非连续性存在模式所不可缺少的社会秩序的损坏。可是细察色情……我们的非连续性存在并没有受到谴责而是被动摇……。我们所希望的是给这个建立在非连续性基础上的世界带来这样的世界所能支撑的连续性。诗歌，亦如各类色情，可以通向同样的目标——通向不同事物的混杂和融合。它引领我们走向永生，走向死亡，又经由死亡走向连续。诗歌是永恒，太阳与大海为伴。[43]

巴塔伊的阐释开辟了
一条
理解
居于
写作和阅读中心的
一个极端矛盾的思路。
学会阅读与写作
不是一种机械行为，
而是一种社会的
和色情的
(正如巴塔伊所阐述的那样)
体验。("你的第一次
文本体验是什么？")
我认识的很多
诗人，跟我一样，在

这一方面有"学习"上的
困难：我倒愿意称它们为
阻力———一种对服从于
规则主导的世(词)界(即
把"受调控的社会秩序"
铭刻进语言)的恐惧
或拒绝。
在此，我倒不想采纳对这一过程的
拉康式描述：我们脱胎于
"羊水，然后进入符号的凝滞状态"；[44]
不存在
"前符号"
阶段，只有不同
类型的与语言的
关系，
这些不同类型
始终潜在地共存并且
始终潜在地
被封闭。

畏惧服从却又渴望被淹没——
这一循环无解，也没有终结性的力量，
因为在语言中被淹没的风险就是
你可能失去与物质性的联系，
这物质性
首先让语言有这样无穷的魅力

    那会怎样呢，假如我大声尖叫：
    "我就是那光我就是那道"
    诗应该像支柱一样
    后退一步去观看
    我们关注着一个个短语
    猜想着接下来出现什么样的短语
    才会让我们拍案惊奇
    我会想你也不相信
    那个支配性的主词

因为它隐约预示着
　　你到底想往
　　哪儿逃——就是云朵在
　　宜人的湖面体验到的那种逃离
　　……让很多的东西
　　在一起相互
　　撞击，这个话题足够宽泛，
　　足以在实践中得到应用
　　然而，在应用中事情不会
　　得到解决却又有多解，
　　但终归不会一劳永逸地解决。[45]

我们常常被怂恿着逃往的世界却又让
我们的厌恶，或许此刻逃跑主义并没有
因此而被理会：信仰的维护真是才出了
狼窝又进了虎爪。
此外，还有一种清教主义
拥抱着文本的愉悦，却只停留在
某一点上。
不过，在一种把创造满意作为剥削或者
和解的文化中，逃跑可能是
一种解除束缚的意象。"逃跑主义"
文学的一个问题在于：它并没有提供逃脱，
反而在叙述中增强了我们的束缚。
然而，如果逃跑只是修辞意义上的逃跑，
就不是
对与历史的真实政治体相遭遇的乌托邦式拒绝，而是一种
决定性的辩证的转向，使得存在于我们
所理解的历史以外的想象场域得以进入，
以便于评论。这就像
想象性建构中的阿基米德（Archimedes）
原点，在这里我们的精力
得到补充，资源获得支持。那些乌托邦的、
狂欢的事物并不是对历史的拒绝
而是历史固有潜能的想象——历史的
发生必须依靠想象，必须得到

声音化体现。对此的政治
反应不是排除逃跑可能性而是去
反复追问：到底谁/什么被囚禁了，
被囚禁在什么之中/哪里？苏珊·豪(Susan Howe)在讨论
囚禁叙述的时候这样阐述道：
一旦被似乎来自外界的某种力量——
就像一切让人恐怖或具有毁灭性的事物
一样——所囚禁，就可能永难返回
或者也不想返回。

被吸收进了什么、哪里？
并不一定会是一个更深层的超现实，
甚至也不一定是另一个现实。
或许这也是萨满巫术的
本质，即莱利斯所说的"表演的舞台"，
这种理解，由于不断通过
以宗教或魔幻形式进行演示
来投射他者的一直存在的需要
而受到抑制。
——我们从来不曾离开现实，也从来不曾
穷尽现实。

我们需要某种具有强劲吸收力的东西
将我们拽出这粪坑，即我们所跌入的那种意识形态，
足以像迷幻药广告那样可以用来洗脑。而
诗歌的确肩负一个使命，就是要像最烈的
毒品一样，呈现一种声音中的幻影
与我们已知的世界一决高下，让我们
能够发现我们不知道的世界。可事实上，
我们并不逃避意识形态：别无其他，
或许根本没有不同，不过是换一种
视角，一种替补的关注点或者
非关注点。天堂存在，正如地狱
存在：语言无所不及，
没有疆界。

怀疑论阐释学（曾经被叫做怀疑主义）
因为知识必须
通过"代码"调停而
否定知识，使得
组成语言的
符号系统的呈现成为一种时尚的游戏，
可是对近期诗歌的反吸收困境
完全可以有不同的理解。
反吸收因素阻止
吸收，但更多则是调节其
参与的程度，强制性地
变换关注焦点。
安德鲁《危险》（*Jeopardy*）一书的
开篇，每个词占一行，
他这样写道：
"词语/是/完整的/东西/被浪费的/东西/
词语/想要/等候/在那里/它们的/旅行/
提示/威胁/必要的/噪音/没什么/是/需要的/
噪音/噪音/而非/秩序……"[46]
皮昂比诺（Nick Piombino）对此这样批注：

> 在这里，思想相互吸收能量，促进大脑更大程度的吸收。与此同时，意义却又以同样大的力量彼此疏离，极大地增加了几种现实同时相互作用的可能性。我想，此刻被置于危险之中的正是意义自身的普通意义。[47]

皮昂比诺在多篇论文中不断作出努力，
试图勾画出诗歌阅读与写作过程中
有效的心灵动力结构。由于他并不
专注于美学效果或者成形过程等
目标，他在调查研究中一直重新思考诗学过程本质和功能，因而他关于诗学过程的研究
强烈地复现了一种感觉：
诗歌有其功能。这一点在他将自己的研究
应用于吸收与断裂动力结构时
表现得再明显不过：

> 由于诗人与任何人一样易于受到来自广为接受的现实的魔咒的影响，他/她必须找

到一个办法将自己关注的光束集中在那些至今……还没能被理解的那些经验领域；诗人必须找到某种方法将意识的锋芒指向各类经验之间超乎想象的盘根错节的各种联系……。尽管不确定性不失为一种描述这种潜在于认知过程的震荡（或不连续性）的方法，这种模糊实际上不过是集中关注光束的一个状态……。这些震荡可能产生强烈的能量交换，并且由此而导致重大的关注焦点的转移……。诗歌的意识状态……有助于借助关注的神思增强对经验数据的吸收。大脑里各种心神游弋、对细节的极度关注、象征性的互换……这些因素的震荡都能刺激产生高度的清醒状态……。这种诗学观念将成为一种呼唤，呼唤现实性而非现实，现实性不仅包括注意力的焦点已经能够到达的经验领域，而且包括在整个经验活动中所能被感知的一切。[48]

"诗歌就像狂喜，
下列情况除外：
它能唤醒你的感官。"[49]
注意力焦点的震荡
及其伴生的模糊状态，
倒是一个生动的方式，可用以描述
吸收与反吸收之间的
（我最喜欢的）充满纠结的
转换，反吸收现在又可以
被描述为被调整的
吸收。转换的
速度最终成为一种格律的
砝码，当节奏增
快，狂乱的连续性的
聚焦/去焦便会陷入
一种闭合不全的混沌——不是指
整体——而是皮昂比诺注意到的
一种炼金术一般的
"覆盖与混合"，
形成他所称的
"组合体"，或者福瑞斯特—汤姆逊所说的
"意象复合体"。

注意
力

焦点的重新调整可以在注意力从修辞效果（所说/所描述之物）到修辞性的转换之中得到有效的实施。如斯泰因或克里利就是例证，他们设法让人注意到每一个单词，每一个词——甚至每一个音节——

都一
一
得到
关注。
罗伯特·格勒尼尔的
作品充满了
割
裂的、不连贯的元素，这种结构
是为了
使读
者不得不停下来重读
每一个元素
同时又将它
融入到
个体
元素
（每个元素
作为
一个部分）
组成的
链中。例如，
《海滩一日》(A Day at the Beach)中
写道：
一天变成了一个地方，
在那里得到完美实现的
每一刻发音
都从这一刻
移向
下一刻：
"早晨"闪耀着，繁茂的
元音"叶片"，"在蓝天上
渗漏出来"；"中午"
安顿下来，柔和，涟漪荡漾——
"散发着柠檬酸味的草上所有黄色的花已经闭合"；
"下午/傍晚"泄
露出"旋律/

而不是相反"。[50]相比之下,
在格勒尼尔的《幽灵颂歌》(*Phantom Anthems*)中
句法的复杂性
产生了一个特别令人费解的
"组合性"或"综合性"的
要求,
要求读
出声来,因而是
一种非吸收性的"魔力"。

莱斯利·斯卡拉宾诺诗歌中的重复
也创造了一种非吸收性的魅力:
在相似的陈述中那些轻重缓急的切换
就像是在渐次交替地扫视着感知的
原野,在这里,这种感知的重复
逐步地渐次地揭露出越来越多的东西,
任何一种瞬间固定的感知的
表层都会让路给一片深层丰满的
"真实"的原野。斯卡拉宾诺将
句法模式上的切换与注意力焦点的
切换联系起来了。由于语言的使用
有时候近乎是
社会学观察,斯卡拉宾诺展现出来的
细节不仅明显有着真实事物的
强度,而且在回音室(每一部作品
就是一间回音室)不断
显示着,它们本身就是
被隐藏的真相,或者
如何通过展开
那些被掩盖或被压抑的、需要深入
到记忆或者感知或者虚构之中才能
被发掘出来的具体细节,
用来把握人生的线索
然而到头来,还是那种通过重新排列
注意力光束而产生的节奏和她
通过连续扫拨而产生的弦音模式

才创造了音乐的连贯性，
使得作品超越了任何一种
曾经用于建构作品的
产生疏离或脱位的
技巧。拒绝在任何一次
对单一情形的关注中被吸收
就让位于
多重关注下的吸收，后者犹如
一个模糊的影子在神秘地游弋，
从焦虑到
色情到怯懦
到催眠。

这种关于吸收与中断的戏剧效果成了
贝克特（Beckett）《克拉普最后的磁带》（*Krapp's Last Tape*）[51]中以惊人的
语言准确度演绎出来的一个主题。克拉普
听着磁带，陷入一种痴迷的自我吸收的
状态，似乎是在幻想。克拉普的
"倾听姿势"（"身体前倾，胳膊肘支撑在
桌上，手握成杯状，环住耳朵，朝向录音机"）模仿了
绘画中一个反复出现的表现某位全神贯注于
眼前书卷的读者或作者的
形象。在很多方面，克拉普这个反复听
录音的画面首先是一个
阅读形象，推而广之，也是写作形象。克拉普
似乎表明，打开和停止磁带播放器，中间
时倒带或快进，导致不停的中断，反而
使得体验更加强烈：又是一个
用于吸收目的的反吸收技巧。
事实上，磁带播放被突然关闭的
那些声音刺耳的时刻——那些听者的吸收可能
被中断的时刻——恰恰有助于提高表演的
戏剧性强度。贝克特妙手铰接的
脱位有着符咒般的
舞台效果。克拉普不停地关闭和
打开的实则是一个关于性的交合和精神融合的

"幻景"，是一个关于他无法持续也不想恢复
但由于必须终止而更加具有震撼性的吸收的
"幻景"。戏剧的结尾是一个剪了又剪的
片段在不断地播放，
直到：

> 我又一次说过，我当时认为已经没什么希望了，继续下去也无益……让我进去。(暂停。)我们在旗帜的海洋中漂流而进，又陷在那里了。他们那副模样，在船首前败下阵来，一声叹息！(暂停。)我躺下，压着她，脸埋在她的两乳之间，手放在她的身上。我们躺在那儿，一动不动。可是在我们下面，一切都动起来了，也轻轻地移动我们，轻轻地，上上下下，忽左忽右。(暂停。克拉普的嘴唇动了动。没有声音。)午夜过去了。从没有经历过这样的寂静。地球上或许已经没有人居住了……或许我最好的年华已经逝去。本来有机会过得幸福的。可是我不想让那些时光倒流。我的心中已经没了那团火。不，我不想让那些时光倒流。(克拉普一动不动地呆望着前方。磁带静静地放完了。)

对于克拉普，要使吸收听得见、看得见，
就是要朝"被吸收"之外跨出一步，朝
错误的希望、徒劳的决心之外
跨出一步。可是，有能力生活在
"真实"之中就意味着
从手边的物质中获取无穷的愉悦：
"没什么可说的，一丁点也没有。现在一年多少天？
酸凝乳加铁凳。(暂停。)沉醉于词语的
绕圈轴中。(美滋滋的。)绕圈圈！
过去五十万年中最幸福的时刻。"
这就是克拉普不想用来换取胡萝卜
这类逃避主义代用品的"火"：听到了
他需要的所有的圈圈，沉醉于词语
和世界，使得本可以被理解的意思变得模糊。

从莱利斯关于"表演的舞台"的评论和
皮昂比诺关于注意力焦点转移的思考中，
我受到了相似的启发，即：激发意识的
力量必然涉及注意力或者
信仰的单一平面的

破裂，从而导致一种有着自身的
雇佣机制的高度警觉性。
陌生化虽然是一种反吸收性的
技巧，却显示出无法对熟悉事物作出反应和
在重新认知中被震惊的需要，即：
熟悉或者期待中的事物无法博得
关注，不能吸收技能。这就是说，
日常生活经验可能太分散、不生动、无生气，
需要有替代项。否则，我们就会对那种
有时候平淡无味的经验感到厌烦，
因为它总是把我们暴露给可憎的
贪污之名，这东西太可怕了，难以吸收，或者
没能在可口的食物（药水）中被施舍出去：对于
来去匆匆的人来说，这不过是令人厌恶的
低热量吸收的平庸。

对于吸收性写作的怀疑或者拒绝
都是对试图将读者吸引到
明显宜人并且有趣的停滞状态的努力
所做出的部分的但却是重要的回应。
"但愿情节不会影响人们，"佩雷尔曼
写道。人们可能会希望终结这种
经验的单调化：不继续
沉浸于其中，就像沉浸于当前
最具消遣性的吸收性文体——如电视剧——
的那种令人窒息的循环叙事。或许
过分简化
日常生活，消遣性地阅读
娱乐文字——快餐杂志、
小说、诗歌——这些吸收都无关精气神，只
有益于失眠者却无益于睡眠内容；
只是在为日常生活的平庸加注燃料，
而不是反映其捉摸不定的真实存在。

要创作一首诗，将读者吸引至
某种非静态的事物，是一件不同的、

更困难的却不那么时尚的工程——
称之为劲爆也好，乌托邦也罢，或者说
那就是作品常说的"难以
名状"。要做到这一点需要某种奇异的惊人的东西，
而且，无论是波涛肆意奔涌还是形如脉冲，它都能
很好地做到狄金森所说的"旋律的闪电……
让人震惊"。

"我们身边的视野、声音、符号，所有这一切
都在飞旋，像冥想一样被完全吸收进去。厌恶也好
着迷也罢，看见的意识裹挟着
符号充实或者执着于不在场。"[52]

今天的反吸收性作品将是
明天最具有吸收力的作品，反之
亦然：今天可吸收的、迁就主义的技巧
在很多情形下将隐没为秘方。
所有反吸收性技巧，就其被理解为本质上
违背规范的意义而言，在历史和
语境层面上都是具体的。当被理解为
作品接受史的一种动力时，
吸收与排斥将随着新的出版
语境、新的读者以及随后的形式变革
与政治发展而相互转化。由于这一原因，
从一开始就将一部作品的形态作为技巧
加以承认，或许会更好地为它的
时间旅行做好准备。正如斯泰因指出的那样，
真正"当代的"作品一开始都会显得怪诞，
但正是这种怪诞赋予了作品久远流传的
品性。而这种怪诞，
将随着时间的流逝和在被重复中建立起来的
熟悉感而销蚀，直至褪去。大卫·梅尔尼克的
《阿伊达中的男人》(Men in Aida)有朝一日并不会显得
比威尔第(Verdi)的《阿伊达》(Aida)更怪异——两者都是
用外语创作，可是一旦我们能识谱，
那不过是歌而已。而一旦我们

习惯了,《圆形监狱》也会唱歌——
看上去像是停顿和扰乱性重复的东西
到头来却变成节奏提示、切分音休止、频闪
灯(如果你不介意——为什么介意呢?
又是一个引起幻觉的暗示。)

然而,这并不意味着当代作品有朝一日
将会比它们在现在更能够被理解,
而是说,它们将会获得人们不同的理解。
作品进展的方式如果
无法预测,其节奏从
稠密的文字中喷薄而出之前,
读者可能会被淹没
在令人迷失的浩瀚的
书页之中。这是一个
协调问题,但流逝的
时间却并不是一个
协调者。诗歌的社会价值
可能在于:
提供机会使我们
给自己定好
调
以便我们能够听到
(不同性别的)
同胞的曲调
以及天地的曲调。

吸收与不可渗透性的
交叉点
恰恰在于肉体,
梅洛—庞蒂(Merleau-Ponty)用这个术语
来指称可见与不可见的
交叉点。这
是我所探究的
哲学真谛——吸收与不可渗透
是诗歌创作的经线和纬线——

这是一种交织或交叉，其位点
即是词的物质性。然而写作反
转了梅洛—庞蒂对于可见与不可见的
动力十足的勾勒：
因为在人们的想象中被认为
应该被吸收的是作品中的不可见因素，
而可见因素通常不被听到
或者被静音了。词语的可见性
作为阅读的前提
使得词语有必要以不可渗透的方式
挺进这个世界——这种
不可渗透性使得读者被吸收进词语
成为可能，而词语的厚度
保证了一点：在语义投射的
过程中，无论词语物质性有
什么被抹去还是被吞噬，
都会有余渣
牢牢地
附着，不会被净化
掉。作品不是薄薄的一层
易耗品，那种易耗品在你阅读时，会
像鳞片一样
散落，
以显示意义。作品厚度的
韧性，就像
人的躯体，
不可能根除，却又终为凡胎肉身。正是
词语
闯入可见的世界
标志着
作品自身被吸收进这世界。
用梅洛—庞蒂的说法，可以不折不扣地表达为：
读者与诗歌之间的
作品的厚度，就诗歌而言
构成其可见性，就读者而言
构成他/她被吸收进入诗歌的

外部界限；它不是这两者之间的
障碍，而是他们借以交流的
手段。作品的厚度，
并不是要与世界的厚度相对抗，
恰好相反，是作品通过
成为物质世界的一部分
并且为后者所吸收
来抵达事物心脏的
唯一手段。[53]

吸收及其许许多多逆
命题、反
命题，是评价读者与
作品关系
的核心：任何试图
仅仅根据阅读或创作
来孤立
这一动力学的努力
都将因此而失败。
作为作家——
我在这里指的是
每一个进行这一意义上的
书写的人——
我们可以
思考一下各种关系
如何运行，从而强化
我们的关系：我们是不是
彼此安抚着入睡
或者相互叫醒？
我们醒来后看到什么？
我们的写作是让人震惊
还是只蜇人一口？我们是
坚持我们已经掌握得
很好了，还是每一次
新的出发
都能找到调子？

诗人批评家的报复，或者部分大于整体之和

人们站在山上，说，"学习规则，打破规则。"

任何可能的时候，甚至不可能的时候，我都喜欢反过来想。

打破规则的次数足够多的时候你就不需要学习它们了，要么是规则自行改变，要么是你改变它们，或者你自己制定规则，同时不遵从这些规则。不管怎样，这些是谁的规则？我看不到标记，肯定是因沙尘暴没看到它们。或者以倒叙或非线性的叙述方式说——把它们捆住再去了解它们，射死它们然后把它们丢进锅里煮（在长期腌制前把它们切碎），颠簸地漂浮中一直握着一支比克笔，我在哪儿？是我的恐惧/还是我走进了公共领域？莫德雷德[1]，你在那儿吗？把你破旧的礼服给我，你那衣衫褴褛、渴望把污秽挡在网外的寡头大王。谢谢你，埃克森议员，这周围开阔的空间吓到我了，你能在插针包上放多少个音节？马里奥，那咒语是什么？你把什么人称为诗篇？这不是我想向大家说的，根本不是我想说的。

高低上下太慢

价值就像黄油在桌上融化
在桌上黄油的记忆
融化之前：钟声环绕在那四点钟
影子来自不见马只闻声的咆哮
和街头风琴演奏师小小的叹息
凝视着那座正式名称叫比萨的
斜塔。找来一把摇椅
把她的故事放进去，把它系在刺鼻的
煤烟、烟雾、煤油上，然后
冷不防地冲击所有这些脱口而出的信任
它们与一车厢无法收回的指责
一道而来。一美分买了
天堂，五美分搭一段旅程，
二十五美分掷一轮十点，一美元
坐坐滑梯……

我所说的"诗歌政治"是诗歌形式的政治而不是诗歌内容的功效。诗歌能够审视语言如何构成，而不是简单地反映社会意义和价值观。如果受

---

[1] 莫德雷德（Mordred），圆桌骑士之一，是亚瑟王与姐姐摩高斯乱伦之子。因篡夺王位与亚瑟展开了卡姆兰生死之战

限于主流文化赖以自我复制的形式，你就无法彻底地批评主流文化，不是因为这些霸权性的形式能够"自我"折中，而是因为它们的批评性已经被霸占了。任何形式都没有完全本质的意义，也不存在先天优越的形式。手段与技巧——即过去的工具与风格——其意义和价值随时间而变，需要不断地重新评价。然而，形式确实具有外在的、社会的意义，这些意义由必然带来评价的价值观的争论铸就而成。

如同词语一样，形式永远不能与它的意义分离，这些意义在永无止境的社会和历史进程中形成。

诗歌形式的政治承认一个事实，即诗歌的社会性维度与合作性维度——物质性维度——建构了我们将诗歌作为纯粹的个人表达进行阅读的能力。它还承认语言的视觉维度、生产方式与分配方式以及出版语境所产生的语义贡献。这一政治坚持认为，诗歌是部分的、特定的，而不是普遍的人性表达。

在这样的语境下讨论政治性，就是将修辞的政治和修辞中的政治与诗学的真理性、权威性、可信性对比，从而执著地表明一点，即政治一直都在起作用，从来没有使它的作用停息，或者加以摒弃或压制。

一首诗走进世界时，从意识形态和历史意义上说，这首诗也走进了一个政治性的空间。摒弃以功能为标准衡量诗歌的政治价值，我们将政治价值赋予那些零散、古怪、与众不同、晦涩、失调（即不合正统）之上。我们也坚持认为政治需要复杂的思考，而诗歌正好为这种思考提供了舞台：一个探寻意义、自我、群体、国家甚至价值观形成的空间。我所说的诗歌的政治具有开放性，其质疑的结果不是通过假设得到的，而是在过程中发现的，并可用于重组。它的复杂性和悖逆性将诗学实践远远地置于主流文化的竞技场之外。正是这种对功效的拒绝，或者说对顺从的拒绝，标志着它的政治品格。

因为目的地总是在看不到的地方，而且所有标记都闪烁着"禁止进入"。我只能在未能到达中寻找意义，因为往往是意义链的断裂让我找到出路，一条避免一再地审视过去的错误——即可能由于忽略和错误而让位于对话的集体性的不达——的出路。我以世界的无意义开始，试图从中找到一些意义，仿佛语词发自肺腑而思想则可能敲响警钟。我想说，这是一种损失，尽管不知道是什么损失——但也无法弄清楚（既没有声音，也没有真相：只有发声，相信）。

不要这么确信哦
[不要做索绪尔(Saussure)]

我的罐是我的冠
& 我的冠是我的罐
咖啡烫得冒泡
它毁了我的高帽
我们鼓掌我们击掌

慢慢品尝我们的奶浆
可是难道没有人
给我一杯喝的

  什么是诗人评论家或评论家诗人或教授诗人评论家？到底哪个放在前面，你怎样确定？是否作为教授的行政和评判角色就表明他作为诗人的作品就能销售一空呢？是否正如联合写作项目简报中的许多文章所坚称，批判性思考损害了创造性？诗人与学者能否共同承担文学教学和文化研究的责任呢？或者说，诗人是否必须继续委身于或受保护于那些创作研习班呢？只有在后现代大学的创作研习班里，富于表达的自我能够存在下去。

  当然我必须承认——我也向获奖诗人吐露过——所有这些关于诗歌流派和运动的东西都只是那些缺乏想象力、不能在形式与声音方面保持独特个性的诗人的作秀。这些诗人与其他获奖诗人并无二致，他们在评审中把奖项颁发给彼此，而这些评奖机制系统地清除掉所有以独特的语调、措辞、句法、形式等表达个性的踪迹。我告诉那些与政治联系紧密的学者，事实上你们迫使我承认这种诗歌把世界上大多数人（那些不懂英语的人！）排除在外；这种诗歌从未尝试接近普通的读者，而是拒绝他们。还有，是的，教授，我还必须承认，尽管这似乎与你最后的论点不一致，即你所谓的所有这些诗学内容是为了吸引读者，其实仅仅是在贩卖另一件商品。当然你是对的，我告诉我为数不多的朋友，既然我现在是布法罗大学的诗人教授，也就意味着我已经退回到象牙塔里，我曾经作为曼哈顿诗人办公室的工作人员，在市区诗歌朗诵与艺术展览上广泛地接触美国大众，我已经从这样的日常接触中退回。

  这的确是件不光彩的事情，我告诉我的学生，美国人是怎样正如《时代》(Time)杂志描述的那样深受注意力缺乏的障碍之苦，而作为自己所悲叹的疾病的主要感染部位，《时代》应该清楚这一点，该杂志总是以"怎样简化都不为过"的方式撰写文章，并不断地促成排他性的简化文化产品。既然我们都知道学生不能理解传统诗歌中线性的、象征性的论述，你又怎么能期望他们去读那些你所热衷于推动的、更难的诗歌呢？如何打断系里专注于自己的课堂的年轻教师？他们热衷于呈现流行文化表面的意识形态断裂。你们试图以易于理解的、线性的事情，表明它们是怎样复杂、具有无法理解的非线性特征；而我是想以复杂的、非线性的事情，表明表面的复杂性是如何在听觉（审计）的意义上把事情变得可以理解。当同事的目光开始呆滞时，我挥一挥手，加快速度继续问道：难道所谓分离性诗歌的非线性特征不正是切入大部分北美人日常文化经历的一个节点吗？交织在这一节点的相互竞争的话语不正是收音机调谐器、有线电视、电话、广告或者处于另一个空间化水平的城市的必然产物？难道广告、文化的商业化不是扰乱未来公众知识分子的糟糕的事情吗？难道这些不正是诗歌应该抵制的吗？你们提倡的那种诗歌难道不正是对那些后现代资本主义疏离的、碎片的话语的投降书吗？如果你这样说，我就以小驴伊尔(Eeyore)[1]的方式回答，好像发现自己被困在盖普服装

---

[1] 小驴伊尔(Eeyore)是迪斯尼影片中的卡通人物。

(Gap)的广告里[罗伯特·弗罗斯特(Robert Frost)穿着卡其裤说,"我说的是间隙"]。但是你不能同时以两种方式拥有它:具有创新性的战后现代主义诗歌的形式也许不像你想象的那样是个障碍,因此不要以它晦涩作为否定它的作用的理由。无论是从属还是并列,都与诗歌、文化抵制和文化资源没有本质的联系:错误在于激进地将并列方式妖魔化为文化糟粕中未加考虑的、晦涩的产物,尽管我认为这种特殊的双重联系对于在多元文化环境中严格地实施文化霸权是一种非常有效的工具。一定要注意公众知识分子的角色,我的朋友,因为当《纽约时报》(The New York Times)谈及公众知识分子的死亡或重生时,它仅是在提醒我们智性作为语言性研究活动的一种行为已经从它的版面上删除很久了,同时也提醒我们那些因不愿保持沉默而不断导致读者思考紊乱的公众知识分子还未消失,他们无法接触任何一种标准的文化承载器。

  所以一个小伙子朝我走来,非常焦虑——我们离林肯中心刚好一个街区,就在新索尼三D电影院街道对面——他问道,"你是怎么到卡内基音乐厅的?"
  ——"理论。"

  我提议采用可以在段落之间和章节之间大幅度跳跃的模块化文章形式。在这样的文章中,可以通过段落重新组构出另一版本的文章,因为文章里的"论述"不依赖线性次序。
  并置的迥然差异,如果有实质性的联系,就能行构出数列、星座或自然环境。
  同样,我将段落看作一系列延伸的话语,或者是基于警句式内核的即兴发挥。因此这些系列的段落半自主地形成组块,而这些组块本身就是系列。(我喜欢半自主这个概念,与分裂相对立。段落不能真正孤零零地存在。它们依赖于前后的内容。但是,它们依然具备自主性和完整性的一些特征。有点像你我一样。)这个观点就是段落的顺序可以改变,而且更重要的是留出空间给新段落的插入,就像给(其他的)思想留出了空间。
  在我的一些文章中,句子间跳跃的幅度比段落间的大,所以你从中得到了视角的转换或扭转。我对莫比斯环式或曲折式段落的连续性尤为感兴趣。因为你可以从多个视角或不同的角度看同一件事。就像雷达或声呐扫描一个三维的物体。角度扭转,你几乎识别不出原来的景象。或者转换的也许是扫描的模式、扫描的技术。因此文章由一系列的、在段落间不断切换的扫描组成。这不是关于不一致、传奇或无因果的问题。这是一种方法。
  当然,我不是在扫描单个的、孤立的物体或场景。但是扭转、曲折、置换、转动、弯曲角度或视角的观念让你更好地理解我所说的有关文章的诗体学。
  转动或弯曲并不是断裂。成分还彼此连接。这不是拼贴。——你顺着街道往前行驶,然后右转。改变方向时,你能感觉到这种转变、连接的偶然性。不然你可以驶进交通圈,回到你原来的地方。你顺着路往前行驶,进入交通圈,兜了个圈子又回到刚才的地方,但是从不同的方向,这个地方和之前似乎不一样了。我沿着老路走回我出发的地方,然后我意识到文章必需结尾了。
  因此这不同于内在或外在的并列体的断裂,这种断裂提供了不同类型的调整、形廓和不连续性。段落之间的关系是连续性多于非连续性，但这种关系使路径转换的同时，段落仍然进行下去，仍然和之前发生的有关联。

我在火车上一直错过下车的站点，但这个站点常常会再次出现，但从不以同样的方式出现。就像酒醉的人睡倒在凳子上之前，绝不会重复相同的辩论。

其他的文章，其他的修辞学。

因此这其中部分原因是我不仅想从段落之间、也想从文章之间得到不同的结构和不同的语气。

通过不同的排序形式对语法空间的建构贯穿不同层次的写作，从一首诗歌中的音节、单词、词组、诗行、诗节的排序到一本书里诗歌或文章的整体布局。诗歌的写作包含一系列的置换，在新的配置中不断打开空间。或者以隐喻确切的意义说明，写作包含对一系列产生诗歌或文章的动态位移的衡量和标注。

摇晃但不混合
　　　　和波德莱尔（Baudelaire）

喃喃低语的人有着诗韵之气
跌跌撞撞的人随时间摇晃
古老的曲调现在爆裂了
好一副韵律的肖像

我不是说文本之外是虚无，而是说虚无之外有文本。

20世纪90年代，群体联盟（新抒情的"我们"）与宣称个体声音（抒情的"我"）给诗歌提出了同样多的问题。如果诗歌不能代表作者直接发言，那诗歌也不能直接代表一个群体发言。正如诗歌有可能对作者的声音质疑一样，诗歌也可能对群体联盟的所有形式质疑——民族的、国家的、语言的、种族的，还有美学的。每首诗不仅是多重声音的言说，而且是众多群体的言说，诗歌能够审视这些通过语言、凭借语言并且存在于语言之内的存在体的建构。

如果个体身份是虚构的前线，群体身份也将是虚构的堡垒。

但是，说到这些我还必须承认：诗歌中对各种集体行为和身份认同的怀疑——这也是对群体的指责——扭曲了平衡状态；因此，与具有粗犷个体性的**大群体**意识相左的积极交流、共同兴趣和一致努力，将被视作邪恶的、反诗歌的党派组织而成为攻击目标。我所提倡的诗歌，既不与自己的身份脱离，也不以身份抵制形成中的诗歌、形成中的自我或形成中的社会。我提倡的诗否认偏爱和非常特殊的努力的必要性，同时并不隐藏在人性或者民族温和的保障之后，这种偏爱和高度个性化的努力主张忠诚、联盟、认同、标记、分离、颤抖、琐碎、残余、碎片等的方式和内容。部分大于整体之和。

即使借助关于语言物质性的纯认知理念也不能回避诗歌的社会性基础,因为语言物质性首先是一种社会物质性,同时物质性也不是理念中的自我与身份的物质性,而是身体的物质性,包括有性别差异的身体。也就是说,物质性不仅是理念,也是一种责任。在这一点上我非常认同意大利诗人南尼·卡尼翁(Nanni Cagnone)的观点,他认为诗学不是前描述性的,如果做出区别,应是后描述性的:"诗歌是一种超越人所思考的范围的行为。"因此我的诗学观再一次回应卡尼翁的观点,指出语言不仅拒绝放弃世界,而且还要阐明世界粘着语言的方式。

大杂烩叔叔(Uncle Hodgepodge)常说,一首诗应该创造自身的经验。我往往不喜欢读明确每个细节和指涉的诗,因为这样的诗已经降级为一些轶事的呈现,或者是轶事之前的一些解释。我认为如果读者或是听众不能弄清具体的指涉或思路,那又何妨——这正是我们日常生活中经历事物的方式。如果诗歌有时令人迷糊、没有确定的结尾,或者仅仅有暗示而不是明确性的,那么这首诗也许给读者或听众更多自我阐释和想象的空间。不同的读者在诗中读到不同的东西,对所有读者来说,有些典故非常明显,而另一些可能很晦涩,这种变化因读者而异。我喜欢的是在诗中经历一些意想不到,我享受那种不知身在何处、不知道接下来会发生什么的感觉。

我弃货里的浮货

我的弃货里有些浮货
炖锅里有甲壳动物
我收到律师的信
说他将提出起诉
着火的金子的飞轮
汽笛在雨中奋拉着
如果九点时只要过了五分钟就接近十点了
我还是会想待在床上

我有时感到疑惑,不知道语言透明性的观点到底有多"主流"。这种观点可能作为一种传统智慧在运作,至少从启蒙运动以来,一直存在着强大的反主流的支流,而且不仅存在于诗人之中。然而这段历史,这有关我们诗歌传统的异端邪说,却一直在被清除和压制。在我的诗艺关照中,强调清晰、可靠、主体性的抒情诗传统仍具有很高的价值。但应将抒情诗放置于特定的历史中考察,阅读其特定的修辞形式。也就是说,避开使抒情诗成为一种普遍的,甚至是全体人类多愁善感的表达的浪漫主义意识形态。这就应该强调声音和形式的具体特性,以反对声音的去物质性观点或表达的纯粹性,同时也给坚持双重听觉的诗人特权,例如奥西恩(Ossian)或史文朋、坡或邓巴(Dunbar)、斯克尔顿(Skelton)或霍普金斯(Hopkins)。当然,比起同时代的人,我从传统中借用了更多的语调,借用了响亮的、令人着迷的声音,我曾把这一诗歌运动命名为"裸形式主义"(也许是被她的伴侣脱得光光的一种形式),是一种和宣称继承传统抒情诗诗学但摒弃对声音过分关注的"新形式主义"对立的观点。过去几年中,我一直积极地为新的诗学运动招募成员,但几乎没有人愿意和我一起加入到这项艰难、但可能带来令人满意的结果的事业中。

嗯,我的论述又回来了,就像在《查理和MTA》(Charlie and the MTA)[1]这首歌中反复唱到的下一个地铁车站。太学术化、哲理化的文章,就像太抒情的诗歌一样,被锁在唯一的情感语调中。这种"语调锁"刻板地坚持特定的性情,限制了你说的内容。在爱默生身上可以发现的东西之一——也正是我对自己的写作感兴趣的地方——就是情绪强烈的、突然的变化。某种具有严肃性的东西变成类似波士特·贝尔特(Borscht Belt)喜剧剧目的东西,接着又变成某种哀伤的东西——因为所有这些情绪都可以与某个或一系列特定的话题相关。你可以很沮丧,也可以很乐观、冷漠、严厉(作为语气);我想在这些不同的情绪或者说哲理性的语调间转换。

格律诗天生自由却又处处都是锁链。我的计划就是把这锁链拽得嘎嘎作响。这是通向我的作诗法的途径之一,或者不是什么作诗法,而是建构作诗法的一些论点。

我不教写作研习班而教阅读研习班。阅读研习班较少分析和解读单首诗歌,而是更多地通过考察不同风格、结构、形式的现代诗如何影响我们看待世界和理解世界的方式,帮助我们找到增强诗歌和诗学体验的方法。不需要什么与诗歌有关的前期经历。更重要的是要愿意去了解难以置信的事物,尝试不同的思考方式,在找出语言的意思之前先倾听它的声音,在音节的变换中迷失自己,继而在想象中无限大的空间里恢复自己的方位感,倾听诗歌如何怡情、传道、抚慰、悲叹、颂扬、对抗、更新、狂想、想象、鼓动……

诗歌是在情感中回忆起来的平静,是投射在平静中的骚动,是动荡激起的平静。

如果我是在对美学展开讨论,我希望说清楚一点:我不是用"美学"来提出一种美的理想,而是希望用判断、感知、价值等形成一个交锋的竞技场;在这个竞技场上,艺术品、文章不是固定原则的宣判者,而是作为意义的探针和思想的触角在此起作用。研究使价值成为可能的条件并不意味着将价值抛入历史偶然性中,而是主张价值应该得到支持、阐述、呈现。我在每个方面都有偏向性,但我并不认为我所偏爱的价值是不证自明的或强制性的。然而,我坚守这样一片价值的领域(这里的价值标准并无理性的合理化),并宣称这片美学标准的领域是理性的根基。

文章,并非没有结构,而是以不同的方式结构而成:不是在结构上受到质疑,而是在结构上提出质疑。

诗歌继续在方法论方面对批判性和哲理性话语进行积极的介入,因此任何对批评与诗歌之间长期存在的"差异性投入"——借用纳撒尼尔·麦基(Nathaniel Mackey)的一个重要术语——的严肃思考,都需要对当代诗歌和当代理论进行认真、仔细的考察。

---

[1] 《查理与MTA》:出自1949年斯坦纳与霍伊斯创作的《MTA之歌》,讲述了查理因交不出"出站费"而被困在地铁上的故事。

我的出发点是那些厌恶文学性、解释性和口语性语言规约的诗歌。在何种程度上，这些规约对感觉而言是必要的呢？以这些令人反感的传统进行创作的诗人采取什么方式应对感觉和——借用赫列勃尼科夫的话——通感（兆姆）的问题呢？我的观点是一些当今用英语创作的诗人正在形成对描述和辩论规则的持久批评，而这些批评对诗学话语形式以及批评性和哲理性话语形式都具有重要的含意。当代诗歌对形式、风格与内容之间联系的积极质疑表明，不存在哲理或批判辩论的中立形式。因此，批评对其形式的意义视而不见，就是以理性之名对理智的拒绝。

致敬
　　　　和马拉美（Mallarmé）

　　这段文字极像诗，但却不是
　　只不过是矫情装腔作势
　　生理反应告诉他
　　身边那群绝色美女都嫁为人妇

　　漫无目的的航行，啊，我那风姿绰约的
　　阿米丝（Amis）啊，我就在甲板上
　　希望快捷成功的你
　　愚蠢和颤抖的浮萍

　　象牙白肤色的敲钟人忐忑不安
　　流沙毁掉了儿子的青葱岁月
　　也预言了这个致敬的端倪

　　孤独，循世，悲丧
　　没有任何意义
　　虚无驶过我们的灵魂
　　　虚无颠簸我们的航行
　　　　虚无驾驭我们的辛劳

　　谁是诗歌的读者与谁是一首诗的读者是两个不同的问题：第一个问题是社会学的，第二个是认知论的。与此同时，评论界在文章和讨论中主张召唤新的读者和听众，甚至提供了一些诗歌以外的东西让读者和听众参与。然而，我总是依靠自己揣摩得透的读者来确定我写什么才是微小的，因为我的作品常常会激发有必要采取小规模行动的意识，激发复杂的姿态、无可置疑的暗讽和面对棘手问题时难以控制的漫不经心的心态。也就是说，诗歌可能与读者规模有关或无关，但作用不尽相同。

诗歌的读者已经原子化了；巴尔干化却是一个更为不详的表述。这表明，作为人类普遍声音的诗人在堕落，沦落到了需要依靠官方诗歌文化网络进行传播的地步。就这一点而言，巴尔干化也是一种必然的发展阶段。并非因为没有人紧捧着普遍化言辞的衣钵，而是因为言辞的空洞性更加明显。如果你头脑中想到的目标是最广泛的大众（而不考虑消息内容），那么诗歌无法与广告和大众文化产业媲美。这不是说诗歌的言说对大众不重要，而是作为一种文化，我们满脑子都是大众声音（这些声音大部分都是病原性的）；诗歌却能提供一些其他的声音（虽然大部分诗歌深陷于对其自身可能性的恐惧中）。然而，如果巴尔干化意味着诗歌由被认为先于诗歌存在却又在写作中不见踪影的身份政治塑形，那么诗歌就冒着失去其最响亮的形式特征之一的风险：诗歌激进的类属性。（这样的风险有时值得一试。）在诗歌的分类上没有什么新的变化：自然诗、叙事诗、爱情诗和战争诗；但这仅是一种托词；同一性已经不复存在。语言成为诗歌的天职，不是说诗歌是关于语言的一种形式，而是诗歌就将自身定位为语言，定位在语言之中。

这就是为什么我说诗歌没有听众，只有众多读者。更确切地说，诗歌没有众多读者，只有多种阅读。或再一次饶舌，没有多种阅读，只有众多的听众。

除了我们，那儿没有其他人。更何况是，我永远想不出那曾经是谁或者将会是谁，更弄不清现在是谁。

或者这样说：诗歌就像是热能跟踪导弹，发现目标却不引爆。通常目标没有意识到自己已经被击中。这是诗歌的秘密。

谁知道读者心灵潜伏的暗影是什么样子？诗人知道，但更愿意用自己的语言方式说出来。他/她是不带公文包的知识分子。

——"斯尔（Ceil），他在说什么？什么意思？"

我是美国的产物，也是美国的代表；这是让我很不自在的原因之一，但这种不自在也许正是我作品的基础。我的主题，暂且这样称呼，总是不断涉及尴尬、迷失和误认。

但是当我说这些的时候，我依然想继续评论美国有关文学、艺术、知识的文化在全国主要的知识、文化学术期刊和公共传播渠道萎缩的现状。我将这种发展称为平庸主义的兴起，即平庸者在知识、文学文化的主导性机构中的胜利。目前北美洲文化产品的活力（不仅是美国的）几乎被所谓的观念引领性期刊的选集和评论遏制了，诸如《纽约时报书评》(The New York Review of Books)、《时代杂志书评》(The Times Book Review)、《纽约客》(The New Yorker)、《国家》(The Nation)、《新共和》(New Republic)和其他新闻周刊、主要报纸的文化板块等等。令人沮丧的是，这些渠道没能报道在过去十年中大部分在知识和文化领域有重大意义的作品，而是狭隘地重复一些相同的名字、事件和解释，让人感觉文化患了晚期贫血症，而且平庸正困扰着出版商和编辑，也经常困扰这些期刊的撰稿人。[一个突出的例子是詹姆斯·阿特拉斯（James Atlas）一篇发表在1997年3月16日《纽约时代杂志》上的题为《为什么"文学"烦扰我》(Why "Literature" Bores Me)的文章。这篇文章对过去几百年间富有创新性的文学作品进行了具有个人特性的攻击，而且阿特拉斯，作为杂志的编辑，至少部分地代表了报纸的文化政治。]

令人吃惊的是当前人们拒绝承认主要出版社和电子媒体庸俗化的文化机制，而不是当前的文化状态，导致平庸泛滥。

将公共传播的问题——典型的平庸范式——视为一项官方政策。随着政府对公用电台、电视的支持出现令人惋惜的减少，全国公共广播电台[1]、PBC电视广播和它们的附属机构也将其重点从独特的节目内容转移到观众的同质化。按公用电台的运作模式，这意味着派遣出顾问骨干到每一个地方站台，敦促站台负责人尽可能使他们的节目保持统一。任何偏离都被视为是危险地背离了观众最大化和利益最大化的工作重点。在实际操作中，这意味着所有的公用电台被降级，仅提供中庸的爵士或非当下的经典曲目作为背景音乐，还伴随着全国公共广播电台新闻不时的问候。除了在周末或非高峰时段可能允许一些零碎的内容，其他的都是严格禁止的。促成此项政策的顾问们以"精英"的身份攻击反对者，并将涉及诗歌、同性恋问题、书籍、历史、新音乐、"他者"音乐、过去的流行音乐等内容的独立性节目描绘为"特殊兴趣"的节目。换句话说，这些顾问作为精英，指责任何与他们的市场调查确定的宏大、统一的节目不一致的东西。这就是莱斯利·费德勒[2]所说的"常规的专横"，但也可以称为"熟悉的专横"。"精英主义"是文化脑白质切除手术的语言代码，为国家文化生活提供的前景与个人创造性潜能脑白质切除后的前景一样。

公共基金作为一种为小规模公共项目提供支持的途径，当前尚没有替代方案。尽管全国艺术基金会(NEA)[3]和全国人文基金会(NEH)[4]都存在问题，但它们的解散是一个重大的倒退。同时，很多给艺术和公众传播提供支持的基金组织深信，把艺术(或思想)呈现给公众，无法避免将公众引向艺术和思想的风险。他们更愿意支持那些把艺术和思想转换为一揽子与现有项目别无二致的行政性、展示性项目，常常把艺术降格为个人叙述，把思想降格为与这些个人叙述有关的情感。这种"低能"项目的效果适得其反，因为这些项目强化了一个普遍的观点，即非流行艺术所能提供的东西逊色于流行艺术和娱乐活动，如果这是真的，为什么还要给他们发政府补贴，更不用说在当前的情况下了。全国艺术基金会的贡献在于，这个组织致力于根据同行对作品价值的评定，为艺术家提供直接的支持，同时它也为那些大多与大批读者群无缘的出版机构和杂志社提供支持。

对艺术家和知识分子而言，问题不在于他们的作品没有向公众言说，而是几乎没有公共空间让他们发出声音。为简化的文化产品包开设的私人购物中心替代思想的大众公园。小型出版社、一些学术期刊还有互联网的确提供了一些选择，但这些只是研究、发展的基础性部分，有必要，可还远远不够。

---

[1] 全国公共广播电台(NPR)是一家获公众赞助及部分政府资助但独立运作的非商业性美国媒体。
[2] 莱斯利·费德勒(Leslie Fiedler, 1917—2003)，美国文学批评家，《美国小说的爱情与死亡》(1960)是其引用率最高的著作。
[3] 全国艺术基金会(NEA)成立于1965年，是属于美国国会的一个独立机构。该基金会旨在资助那些使个人或社会受益的杰出的艺术、创意及各种艺术创新。
[4] 全国人文基金会成立于1965年，是属于联邦政府的一个独立机构，是美国人文项目最大的基金组织之一。

通常脑力劳动与文化工作并不是很容易就能胜任的。即使人们在最得心应手时，这些工作也不是一味地重复已知的东西。但这并不意味着工作就无法入手。饮食与锻炼成为全国人热衷的事情，人们对大脑运动的观点却越来越轻视。问题不在于萨利（Sally）和迪克（Dick）不能读懂比社论专栏更难的内容，而是社论专栏强化了这种无知。

我认为艺术家和知识分子有责任使他们的作品和他们支持的作品获得公共空间，而不是以稀释的形式，这样只会增加中庸主义，而是应该以挑战、较量、激励、鼓动、干预、质疑、鞭策甚至挫败的形式。

这是新生事物的持续处境：它被一些人误解的程度往往与它被另一些人理解的程度成确切的比例。

我在这里所谈的是对复杂思想、政治、社会、美学内容及其形式的限制强化了无知的形成。只要大学不认为自己仅起到改善的作用，它们就可以成为抵制无知形成的重要基地。事实上，学术机构被动地接受学科与专业化的狭义解释加剧了无知的产生，这些定义据称以专业化为名，实质上是为遏制和控制服务，强化了对研究与写作本质的非理性限制。教授们选择把他们的工作视为学术工作而几乎不进行写作，他们抹杀了自己的工作能产生社会力量的可能性。就判断写作或研究的价值而言，标准不应是著作与时下标准的最新规则是否相符，而应是著作中的每一句、每一段是否都必不可少。否则这样的标准只是煽动一些大学校园内外的人去臣服于一种观点，即：公共话语只能用"简单"句表达，并列复合句、长段落不"清晰"。

认为复杂的、不熟悉的观点——实际就是复杂并列句——是"精英"的想法必须被驳斥为蛊惑性的平民主义和准极权主义。这不是因为作家、艺术家、知识分子比听众、读者更无知，而是因为在公共领域被强化的种种限制产生、保护、维护着无知。在媒体顾问和大型基金组织的教唆下，非商业性部门经常模仿商业性部门最糟糕的特点（却常常抛弃了使商业文化充满生机的市场活力）。对于非商业性渠道，为自己的节目努力争取最多的潜在观众是值得一试的。但是按潜在的观众制定节目，其结果是消极的。

所以我所提倡的是：以不流行的模式和不熟悉的主题创作公众文化作品。

远程学习

在心肌缺血
逗留处
被纠缠，就像在搅拌器里
灵光乍现的人
被折射弄得精神错乱
那里进程踉跄着
砍到
压弯弓着

你那随潮涨潮落的磨坊
抵达了，懒洋洋地坐着
系在
蹙眉的切口
轻快的末端
喃喃自语的长篇大论
撮合着

  语词常常辜负我们。它们能力太小，让人很失望，总是把我们引入死胡同或云里雾里。但语词却是我们所拥有的、被给予的，可以用来做我们想做的事。每一首诗都是另一个世界的模型、另一现实的实践：但是它总把我们带回原本的世界和现实；因为词语指出了一条想象各种可能的语词的路径，却没有提供栖居于其中的路径。我用词语工作，并通过词语建构我自己。词语是我们忧伤、破晓启程和停泊的方式。如果我们不把词语看作是有固定代码、硬生生地接入语言的权威，而把它看做是可以一起跳跃的弹簧，或者是可以让我们在上面上下、左右、前后、全方位地用力跳跃的蹦床，那么词语就能带领我们到达任何地方。

  我打开门，门在我身后关上。这就是说，我越是冒险走到外面，就越是发现它在我身后，我不是朝无人居住的空间移动，而是越来越深地进入铭文交错的漩涡。户外是一个无限远的点——我越靠近它就感觉离它召唤我的地方越远。我又再次启程。

多样性美国的诗学

1994年在布法罗的研讨会上，阿根廷诗人乔治·普拉德尼克（Jorge Santiago Perednik）[1]在发言结束时，针对当时阿根廷国内对恐怖统治的文化抵抗说："斗争是不可能的，而恰恰因为这一点，斗争发生了。"笔者不愿对普拉德尼克评论的文化特征进行误读，但本人认为这句话也可以用来描述诗歌。因为在某种程度上，正如受文化制裁的诗歌一样，诗歌抵制具体化——因而诗歌是不可能的，但正因如此，诗歌也发生了。说到本选集[2]，我想把美国也加到这个名单中，因为美国是不可能的，也正因如此，它就出现了。

或者说多样性的美国是存在的。因为正是在对独特的身份统一体的对抗中，单一美国的不可能性、多样性美国的单一诗学的不可能性才能说是存在的。这个"不可能的美国"的文化空间没有被民族或者语言的边界所划分，而是被无数重叠的、矛盾或者多向的传统、倾向、历史、地域、民族、环境、身份、家族、集中体、分散体所瓜分——这些是地域的方言、个人的方言，而不是国家的语言，有地域性和聚居地而没有合众国的特征。

但是这样的美国是虚构的。因为在任何地方"地域性"都受到来自跨国消费文化强加标准的攻击，受到将它提炼或出口成产品的控制力的侵蚀。

在美国，我们尤其受到自己的文化抵抗历史的困扰。我们常将19世纪文化合法化的斗争与20世纪我们的颠覆行为混淆。我在思考，究竟是什么需要在一个世纪以前就导致"美国文学"作为大学体系内的一个学科类别产生，并且这一大学体系也只在最近才将英国文学，或者不列颠文学，列为经典文学（主要是古希腊、罗马著作）研究的合适补充。那时，明显需要脱离"岛内"英国文学的所谓局限，因为需要为部分"新英格兰"、"大西洋中部"和南方英语文本建立读者群，也需要给予他们一定程度的尊重和合法化。在这种语境下，"美国文学"与其说是一个基本的类别，不如说是一种策略；其结果是美国的多种族与多语言现实在"美国文学"的早期形成中未受到重视。直到1925年，威廉·卡洛斯·威廉姆斯（William Carlos Williams）在《在美国谷物里》（*In the American Grain*）一书中才给美国这个概念划出新的范围；但是对这个仅仅作为否定意义才有用的概念，威廉姆斯相关的美国言语主张表明了其概念的错误本质：非英语诗歌措辞。即，作为否定类别的美国文学是一个有用的假设。相比之下，目前人们对美国文学的主张可理解为积极的、具有表达特征的"综合"，它有待

---

[1] 普拉德尼克（Jorge Santiago Perednik, 1952—2011）：出生于布宜诺斯艾利斯，著名阿根廷诗人、评论家。创办了 *XUL* 和 *Deriva* 杂志。

[2] 指作者的诗文合集：*My Way: Speeches and Poems* (Chicago: University of Chicago Press, 1999)。

于继续被拆分。

这里有两个层面的问题:"美国"的综合和全球化中美利坚合众国的突出地位。既然合众国在政治、经济、大众文化中是举足轻重的英语国家(也是举足轻重的西方国家),其垄断权力也需从内外两个方面打破,正如英国对我们语言的文学的掌控需要在19世纪到20世纪早期变得松弛一样。导致美国文学(不同于英国文学)的产生的逻辑一方面同样导致了非美国中心的英语文学的产生,另一方面导致了多样化美国诗学的产生。任何单一的美国概念都是对美国多样性的公然冒犯,因为多样性才使合众国的文化表现出其应有的重要性。重复一下普拉德尼克的观点,美国是一个"不可分类"的综合体。因为世上没有单一性的美国。美利坚合众国与其说像一个熔炉,不如说更像一个无可奈何的同时共存体——同时存在着国家十分常见的各类声音和几乎消失的语言的幽灵般的声音。这些语言之声来自一些消亡的独立部落[1]:阿拉帕霍、莫霍克、肖肖尼、波尼、普韦布洛、纳瓦霍、克罗、克里、基卡普、黑脚族、夏安、祖尼——尽管事实上现在他们并非独立部落,而仅仅是寄居者。

通过写作或者阅读获得——而且最终"表达"或者"展现"——一个国家身份,与通过写作获得一个自我或者群体的身份一样难。当然,抛开这个假定,对这些实体大概是什么样子的粗略勾画也许能将其揭示出来。这种探索性写作摆脱不了它所在的社会历史语境,相反,它有助于对社会历史语境之描述的质疑与重构,强调异质性和反常性成分,而不是均质化成分。相比而言,尝试表现业已建立的身份概念,可能会排除可能出现的新的身份构建。

我的想法更接近于英国、加拿大、新西兰、澳大利亚等国一些小新闻杂志社的想法,而不是大多数美国的诗歌杂志社的想法。至于多样性的美国方面,我想说,《语言诗》($L=A=N=G=U=A=G=E$)杂志和与普拉德尼克有关联的《XUL》杂志之间的共同点比《语言诗》与大多数纽约出版的诗歌杂志的共同点多。[1]国内对"美国诗歌"的焦点关注倾向于使一些更愿意进行作品与读者的分享的诗人们聚集起来;同样,它容易武断地将当前的诗歌批评的视野限制起来。与此同时,"国际性",如它在英语中的兄弟"跨大西洋"一样,提供了鉴别模式,即:将诗歌移出给予其意义的局部语境,同时建立经典作品,忽略特定的诗歌和诗人的种种不可阐释因素。(拉美小说在美国的接受中很明显有一个相关的去语境化问题)。普拉德尼克称不同诗歌的偶然碰撞为"诗意巧合的规律"。这个诗意规律为在国际性的普适人文主义和狭隘的地方主义或民族主义之间找到正确的方法提供了一条出路。

这并不是说,我们的诗歌中没有我们不同的民族、不同的文化环境的标记;相反,正是坚持以诗歌形式记录这些社会环境可能才是我们共同的系统性方法。我也意识到美国诗人不太重视其他英语写作国家的发展动态,而更重视国内。通常,我们对非欧洲的美国诗歌的重要性的夸耀使我们对一些东西置若罔闻——英语诗歌的新进展、比我们离欧洲的距离还远的那些国家的非英语诗歌的进展等,包括在"旧"世界的核心地区正在创作的诗歌。

---

[1] 以下提到的阿拉帕霍(Arapaho)、莫霍克(Mohawk)、肖肖尼(Shoshone)、波尼(Pawnee)、普韦布洛(Pueblo)、纳瓦霍(Navaho)、克罗(Crow)、克里(Cree)、基卡普(Kickapoo)、黑脚族(Blackfoot)、夏安(Cheyenne)、祖尼(Zuni)均是北美印第安部落。

多样性美国的不可能诗学并不试图使我们联合起来形成一个民族文化甚或是大洲文化的文学——美国，北美（美国和说英语的加拿大），多元文化的北美洲（加拿大、墨西哥和美国），拉丁美洲（美国以南），南美（第七大洲，因为在美国，我们在学校学到的是美洲包括两个分开的大陆）。或多或少，多样性美国的不可能诗学坚持认为，我们的共同点存在于我们的偏好当中，我们都漠视规范、标准，漠视那些无所不包的普遍的东西。这样的诗永远被一些人鄙视，那些人想用文学培养出身份的认同，而不是去探索它。

所以我希望，这一点很显然，我欢迎过去十年中进入美国的艺术和教育的多元文化主义的挑战，同时我希望能继续发现它的众多支持者能更热衷于强调传统表现模式，而不是单纯地允许构成多样性美国之文化多样性的形式与人群的混杂改变诗歌风格和个人、群体的身份。但是，毫不奇怪，由可靠发言人代表的群体身份既定理念将继续谨慎地对待作品和个体，因为个体的身份是复杂的、多样的、混杂的、模糊的、极度活跃的、跨种族的、合成的、突变的、组合形成的或者是假想的。

如果说美国文学的多元文化主义在致力于寻求其代言人，它也处于成为国内的"国际主义"的风险之下。我们从一个诗人身上寻求典型性时，通常会付出误读其诗歌的代价。同时，官方诗歌文化依然由个体性诗学和主体性诗学所把持，它们反抗着（甚至可以说"超越了"）身份政治问题和美学地位问题，这种双重逃避常常被毫无讽刺的明确表述"拒绝接纳"。其结果是愿意承认其联盟的诗人之间难以想象诗歌价值与实践的均质化。

真正的问题是如何在拒绝一致性的同时追求亲缘关系，如何拒绝一致性却又不丧失诗学的责任地位——亦即，响应并支持使诗歌活动深化、强化、扩展的那些诗歌倾向和亲缘性。这意味着制定诗歌的当代性——诗人的意愿和诗歌的能力作用于当下的社会、文化环境，包括当下具体的文化形式和语言材料。问题的关键是追求诗歌的群体本质和对话本质不必界定这个群体的属性本身——可称它为虚拟的群体，或套用斯坦利·卡维尔评价爱默生式道德完美主义的话——"这个新的不可接近的美国"，意即：这个不可再现的却正在呈现的群体。

英国批评家彼得·尼克斯(Peter Nicholls)在他的近作《多种现代主义：文学导读》(*Modernisms: A Literary Guide*)中提纲挈领地比较了应用于美国诗歌的两种现代主义。其一是为大家所熟悉的，与对埃兹拉·庞德和 T. S. 艾略特部分作品的阅读有关："依赖于假设的单一自我，这个自我将自身与客观世界小心地区别开来，并坚持维护控制的代码。"[2]在这种现代主义中，诗歌将（男性的）秩序与形式强加于（女性的）波动中的现代世界；自我在建立稳定权威的努力中被想象成为具有封闭的、自主的、疏远的、敌对的特征。另外一种现代主义尤其与格特鲁德·斯泰因(Gertrude Stein)和她的非象征性或者积极实践有关。用尼克斯的话来说，斯泰因的诗歌实践"专注于看起来似乎是其他东西、后来证明却是与自身相同的东西"，这就打破了第一种现代主义居于中心地位的自我权威。"斯泰因与 H. D. 一样，有意走出以客体为基础的、从对女性的否认中获得力量的诗学；有意在诗学中揭示自我与世界之间连续体的写作形式"，其方式是敞开自我、面向自我以外。

我提出至少三种现代主义模式：主观的、客观的、建构性的。非象征性的或者建构性的现代主义是指斯泰因获得意义并不依赖于额外的文本或者叙述的语境，而是使她的表现主题成为意义的连续的实际表现。这与庞德和艾略特（Eliot）不同，他们文中有大量的文学的或者其他的引文典故；与乔伊斯也不同，他用了很多词源的回指；而对于斯泰因，你仅能获得页面上的词以及它们构建的假想的结构。

我认为，过去20年的诗歌中，我们已经不再从主观的、客观的甚至建构性的三种现代主义当中进行选择，而是综合与叠加这三种方法。现代主义时期的各种方言诗的影响现在让位于整体的方言诗，现在的诗不再忠于标准英语，也不必将其主张依附于某个特定集体的言论。标准强加于表现行为，阻止诗歌成为更广阔的思想的积极媒介，阻止诗歌游离于理性秩序系统之外。诗歌可以成为思考的过程，而不是对已经盖棺定论的事物的报告；诗歌是对理解的调查过程，而不是对理解的阐述。我把这种观念上活跃的非标准语言实践称为"观念方言化的"实践，我也发现它同样适用于现在的英国诗人，如玛吉·奥沙利文（Maggie O'Sullivan）、汤姆·雷奥纳德（Tom Leonard）和汤姆·洛沃斯（Tom Raworth）；美国诗人如林·何金尼安、布鲁斯·安德鲁斯、莱斯利·斯卡拉宾诺（Leslie Scalapino）、哈里亚特·马兰（Harryette Mullen）、克拉克·库利奇；加拿大诗人斯蒂夫·麦卡弗里、蒂娜·福古森（Deanna Ferguson）、尼克尔·布罗萨德，克里斯托弗·都德尼（Christopher Dewdney）、凯伦·麦科马克（Karen MacCormack），丽莎·罗伯森（Lisa Robertson）、卡特里奥那·斯特朗（Catriona Strang）；甚至还适用于南美诗人如普拉德里克、塞西莉亚·维库那（Cecilia Vicuña）。[3]

英语个人方言诗歌是多样性美国的诗歌。它的产生不是同样基本的美国诗歌这一类别替代以民族或地域为中心的英语（或西班牙语）诗歌的必然结果，而是具有多种可能性且无所不在的、一个近在咫尺却不能拥有的虚拟美国将其替代的结果。各种英语方言是英国人具体经验的景象/声音感觉器官发出的声音，是从人们心底里连根拔起并转化出来的：在来源上具有游牧性，在实际中是绝对特有的。此情况下的诗歌创作不是一个选择性问题：它是确定的，就如我们必定是在地面上走路一样。

在美国，我所说的多样性美国的不可能诗学有许多历史断裂，皆与可接受的英格兰的文学语言断裂有关。地方音是众多断裂中的最主要因素，在非洲裔美国诗人的探索中尤甚，如保罗·劳伦斯·顿巴（Paul Laurence Dunbar）、兰斯顿·休斯（Langston Hughes）、斯特林·布朗（Sterling Brown）、J. W. 约翰逊（Johnson）和麦尔文·托尔森（Melvin Tolson）。同时，美国的语言也被19世纪80年代到20世纪早期的欧洲移民的"蹩脚"英语和"破碎"英语改变："新"的句法结构和新的表达方式伴随着新世界的产生而产生。这里要特别指出的是，威廉姆斯、斯泰因、路易斯·朱可夫斯基和其他美国新诗的缔造者们不是以英语为母语的人，还有其他一些人是把英语作为第二语言的人的第二代移民，正如彼得·卡特门恩（Peter Quartermain）在《分离的诗学》（Disjunctive Poetics）一书中所述。所以，对这些移民的孩子们来说，英语不是那么透明的语言，更多的是适中的改良对象。与此相关，大西洋另一边的巴希尔·邦廷（Basil

Bunting)和休·麦克戴尔米得(Hugh MacDiarmid)以及加勒比地区的克劳德·麦凯(Claude McKay)和最近的林顿·科维斯·约翰逊(Linton Kwesi Johnson)、路易斯·巴奈特(Louise Bennett)、迈克·斯密斯(Michael Smith)或者卡毛·布拉斯韦特[1](他拒绝使用方言一词,喜欢用"民族语言"代替)等人对方言传统的探索成为众多种类的英语诗歌中共同语言的来源。

我意识到强调非标准语言实践会引出预想不到的关联。托尼·克劳利(Tony Crowley)在《标准英语和语言的政治》(Standard English and the Politics of Language)一书中指出标准的两种意义。一种是意识形态和群体前进的号角,通过它整体得以产生,如战役中的旗帜。但是还有一种标准,它是尺度的客观单位和一致性的调节器,如规格化和平均化中的产品。标准的美国英语包括这两种意思:它有助于建立民族整体的社会历史建构,包含阶级、种族和种族偏爱等;它也用于缔造统一的国家,是语言实践的调节器,有助于抑制偏常行为。在标准化的作用下,社会和谐的问题被语言的正确性问题所取代:

> 对语言整体和身份的探寻是建立在暴力和镇压的行为上的:对众声喧哗的否定——推论的或者历史的否定——有助于将静态的形式稳定下来。一个方言或者语言相对于其他语言的胜出产生层次结构和话语秩序,排除、分类、界定话语中何为重要、何需遗忘。它产生了"权威词"[巴赫金(Bakhtin)语],使之"居于远处,有机地与感觉更好的过去相连";"可以说,它是父亲的话"。那么挑战这个话语就没有可能性。……它的权威性已经附载于其上,体现在它控制着等级传统的权威性。[4]

在"我们""自己的"文学中,关于这些问题的最主要的争论很明显发生在两个领域。否定和降低"权威词"的权威性是斯泰因和其他现代主义时期建构主义诗人的主要方案。甚至更明确地说,标准英语就是哈莱姆文艺复兴框架内争论的中心。哈莱姆文艺复兴一词本身就具有地域的味道,用来代替的是原本更准确的说法——"20世纪二三十年代美国非裔艺术"。休斯、布朗等作家创造了方言诗,并为其辩解,拒绝了康提·卡仑(Countee Cullen)等诗人倡导的文学英语标准:两派间的论战以多种复杂的方式呼应着布克·华盛顿(Booker T. Washington)与杜波依斯(W. E. B. DuBois)之间的论战。两条线论战的争论点都是同化的本质、条件与代价。

正如我们的文学史通常所述,激进的现代主义者及其追随者的非标准语言实践与美国非裔诗人的方言、土语诗歌实践没有关联。[5]但是,在现代主义时期方言诗歌的构建是许多诗人的主要工作计划,不论他们是白人,还是有色人;这些发展没有相互指涉的事实——肤色界限的事实——现在不应该掩盖他们之间亲密的形式联系和社会历史联系。举例来说,之所以有斯泰因在《软纽扣》中个人方言的突破性实践,是因为她前期有关于非裔美国土语的即兴

---

[1] 布拉斯韦特(Kamau Brathwaite, 1930—):加勒比文学研究专家。代表作品有 *History of the Voice: The Development of Nation Language in Anglophone Caribbean Poetry* (1984)等。

作品《梅兰克莎》(Melanctha)。一代人之后，托尔森和路易斯·朱可夫斯基都使用了复杂的文学构成技巧，作为手段与土语语言材料合作并抗衡——我想说这是扭矩(torquing)。我将地方方言与个人方言结合起来，是想强调语言探索的共同领域，强调新句式的创造正如新的多样化美国的创造，或者说对美国的多种可能性的创造。不过，用布拉斯韦特的话说，地方方言最好应该称为"民族语言"，如果真如此的话，似乎它就走向了个人方言的对立面。民族语言中的民族，用罗宾·布莱泽[1]的话说，可描述为想象中的民族、个人方言的、地方方言的等其他方面的民族。我不想缓解这种紧张，不想将之置于我们文学史和当代诗学的中枢地位。当然，我确信多种非标准的写作实践有技术上的共同点，掩盖了阐释和动机上必要的差别。此共同点也许是漩涡式的诗歌创作力，给我们一个基本立足点。

《声音的历史》(History of the Voice)中有布拉斯韦特1979年关于"偏离'标准'的英语的使用过程"的谈话，他说脱离英语诗歌五步格律非常关键，如此才能构成植根于口语传统的加勒比民族语言(诗歌)的特色：

> 加勒比地区的民族语言事实上大都忽视五步格律……也许从其用词特征来看是英语。但是它的外形、节奏与音色，它的声音的爆破，都不是英语。即便你听到的单词或多或少也许是英语……但是它不是标准的、舶来的、教育中使用的英语……如我所说，这就是我称之为民族语言的语言。我用的这个词与"方言"对立。"方言"一词传播的时间很长，它包含着很深的贬义……另一方面，民族语言浸润在方言中，更多的与加勒比地区的非洲经验结合在一起。[6]

它与布拉斯韦特的"民族语言"脱离标准化一样，也是将民族精神聚集起来的新标准。但凡将个人方言诗歌与地方方言诗歌对比，必须面对一个突出的矛盾：人们所理解的方言，具有向心力，将围绕中心进行的遭贬损和打击的语言实践重新分组；个人方言则相反，暗示着离心力，从标准实践中脱离，而且不一定建立新的凝聚中心，至少是个人或团体定义的中心。此外，这些语言实践产生的社会境况往往非常独特。主流文学界把地方方言诗人看作局外人，但是他们也常常居于集体形成的中心位置，为获得自尊和文化合法性奋斗着。受教育或社会地位影响，个人方言诗人也许与某个中心有关联，但是他们常常回避这个中心。最重要的是，拒绝他们也许拥有的集体身份。这些形式的社会解读的关键既不是省略也不是具体化这些差异，而是将它们带进"诗歌对话"。因为意义永远不是一成不变的，诗歌形式的意义永远也不会摆脱其社会语境，社会语境中使用着总是被时间、地点影响的诗歌形式。

通过邦廷和麦克戴尔米得的作品来考虑这一点不无裨益。他们都是诗人，其作品不管是不是地方方言，都坚持"北方"身份——诺森伯兰和苏格兰身份——同时又拒绝诺森伯兰和苏格兰民族主义的封闭形式。麦克戴尔米得对共产主义和民族主义政党的同情和最终的拒绝

---

[1] 罗宾·布莱泽(Robin Blaser, 1925—2009)：美国、加拿大诗人、作家。

是其地方主义、社会主义和无政府主义间矛盾的典型例证。他们在不列颠岛传统诗歌写作中心外围写诗，他们的诗歌作品在地方方言和个人方言的特点之间徘徊，语言和地域间持续的对话在意识形态的裂缝和碎片中间跳舞，将声音形式的物质性暴露在欲望的地区化中。麦克戴尔米得和邦廷必须在《醉汉看着国徽》(*A Drunk Man Looks at Thistle*)和《布里格弗莱茨》中创造苏格兰人和诺森伯兰人一些新的方面(尽管两部作品中的创造差异很大)。《布里格弗莱茨》更像一部建构句法的作品，而不是对口语传统符合语言习惯的再现；听觉性成为最重要的特征。[7]如果我们把脱离英伦中心的英语的导向当做一个结构问题，即可看到各种包含分离、消散、重组的诗学方案间的关联。我们也可以理解有相同的诗学空间但又截然不同的诗学实践不是建立在相同的社会地位中而是存在于英语语言自身，我们用语言这种材料重组、重新发现诗学实践。我们诗歌的主体和客体从来不仅是英语，而且是一种新的英语。正如路易丝·贝奈特[1]1944年在她的诗歌《谋杀的禁令》(Ban O'Killing)中如此传神又诙谐地指出的一样，这个问题过去是重要的问题，现在和将来也如此：

嘀，你就是那个男人，我听说过的！
你告诉他们说要接受
整堆英国人的燕麦，说
你要干掉方言！

有什么您直说吧查理主人
因为我听不太明白，
你要干掉所有英语方言
还是只干掉牙买加方言？

假如你敢于与英语
平起平坐，那么说到方言的
时候，还有什么会让你
觉得低人一等？

假如你会唱"林斯特德集市"
和"我的眼睛会看见甚"，
你就得会唱"友谊地久天长"
和"穿过黑麦地走来"。

---

[1] 路易丝·贝奈特(Louise Bennet, 1919—2006)：牙买加女诗人、社会活动家。

那语言是你引以为豪的,
是你的荣誉和尊严,
可怜的查理主人！你不知道说
它是源于方言！

他们开始改变语言,
从十四世纪就开始了,
五百年过去了,他们却
变得比我们更方言。

你得干掉兰开郡
约克郡伦敦佬
苏格兰乡音和爱尔兰土语
在你开始干掉我之前！

你还得拿起牛津大学的
英语诗集,撕掉
乔叟、彭斯、格里泽尔夫人
还有大量的莎士比亚！

当你干掉"机智"和"幽默",
当你干掉"多样化",
你得找个办法干掉
原创！

要注意你是怎样读
你书架上的英语书
因为你要是掉了什么音的话
可能会变成你自杀。[8]

  贝奈特的观点是抑制语言的"多样化"会导致一个国家对人的文化压迫——"谋杀的禁令";而她的才智使这个观点更加使人困惑。一个国家的人通过他们共同的语言塑造并延续了自身,所以殖民政府为了维护其社会控制,经常禁止当地使用母语、地方方言、当地的行话、克里奥尔语和皮钦语就是很正常的了。贝奈特所有的诗歌都用牙买加风格的语言写成的。她指向附着于地方方言的耻辱标记,同时减轻了其危险性;但是对底层语言特有的语言实践的贬损给语言留下深刻的社会创伤,她把这个伤疤弄得更加明显。从这一点来讲,地方方言成为肤色的对等词汇，是变更的"客观"标记。

当代诗歌中地方方言的政治使用在牙买加"强节拍"诗人迈克·史密斯(Michael Smith)的作品中体现得非常明显。即便在他把玩、调侃古老的英语歌谣"Say/Natty-Natty,/no bodder/das weh/yuh culture!"时，也是如此。[9]不要只考虑林顿·柯维西·约翰逊(Linton Kwesi Johnson)变形的拼写"莺歌蓝"(Inglan)，还可以考虑《莺歌蓝是条母狗》(Inglan Is a Bitch)中"把该死的打回去"这些粗哑的歌词：

> 我们要把它们脑瓜砸扁
> 谁叫他们中间没人告密
> 法屎斯我攻击
> 没谁让你为那事儿担心。[10]

这里约翰逊从不屑一顾地引用方言——前两行是模仿新法西斯主义者"巴基佬进攻"光头党的声音——转向他自己的方言之音。注意"脑瓜"(brain)一词在引用的方言中使用的是标准拼法，但是没有任何东西试图暗指"告密者"(fink)，而且更有说服力的是，在约翰逊的评论中法西斯主义者被成功地用来暗示"狗屎"。同样，在《苏妮的信》中，约翰逊比我能想起的任何一位当代诗人对传统的、押韵完整的"狱书"体形式的使用都要娴熟得多。"对这些革命的后继者"，布拉斯韦特说，"民族语言已经不再是争论或者实验的对象；它就是经典的标准，与当代流行歌曲源于同样的经验：使用同样的节奏、音宽、音节组合、音群、同样悲伤的音符、固定音型、同样的切分法、同样的停顿"(pp.45—46)。英国诗人约翰·阿歌德(John Agard)将这一点直接置于《听，奥克斯·唐先生》(Listen Mr Oxford Don)中：

> 我冇得枪
> 也冇得刀
> 但是打劫女王英语
> 却是一辈子的骄傲
>
> 我不用斧
> 就能劈开你的句式
> 我不用锤
> 就能捣碎你的语法[11]

正如布拉斯韦特所说，"正是由于语言原因，奴隶主才可能颇为成功地将奴隶禁锢起来；或许正由于奴隶(错误地)使用语言，他才得以进行最为有效的反抗。"[12]

但是，反抗走向哪里了呢？我认为，不是更可信的言语表达，而是更加不可思议的言语与写作间不可调和的鸿沟(言语和写作间的口吃的鸿沟)[13]的实现。"写作枉待了口头语"，尼尔·施米茨(Neil Schmitz)在《关于哈克和爱丽丝》(of Huck and Alice)[14]中如是说。从这些层面看，地方方言写作较好地强调了语言物质性的悦耳动听与波浪起伏，却没有很好地通过非标准拼写如实转写出词汇。乐趣存在于书写词汇和它欲表达的不可能之间的游戏中。

几乎没有关于克劳德·麦凯早期地方方言作品的评论。毫无疑问，基于文学方言写作实践的不确定地位，就连"民族语言"口舌生花的拥护者布拉斯韦特都说：[15]

> 麦凯写于牙买加的前两本诗集(1912)非常独特，因为它们是说英语的加勒比诗人最早的两部全方言诗集。但是，它们是用**地方方言**写的，与**民族语言**不同，因为麦凯把他自己囚禁于五音步里，他没有让他的语言找到自己的特征。(p. 20)

地方方言的实践能表现为自我否定的一种形式，正如它接近"黑脸"(black face)——白人和黑人表演者对黑人土语的嘲笑。布拉斯韦特如是说：

> 地方方言被认为是"蹩脚英语"。地方方言是你想取笑某人时的语言。嘲讽的艺术使用方言。方言来自种植业的历史悠久，从事种植业的人们的尊严被他们的语言和语言带给他们的描述扭曲了。(p. 13)

地方方言的焦虑早在保罗·劳伦斯·邓巴(Paul Laurence Dunbar)的作品中就出现了。他的诗歌中种植园方言与标准英语同时出现，两者都有明显的抑扬顿挫的五音步，使布拉斯韦特感到他的作品问题多多，但也使邓巴的《诗全集》(Complete Poems, 1913)成为现代主义早期最令人摸不着头脑、最具有挑衅性的作品。布拉斯韦特以十四行诗成名，他转而批判麦凯在诗歌中转型为十四行诗，指出麦凯为获得"普适性"付出的代价太大。这也回应了以康提·卡仑为代表的标准文学诗歌的倡导者和以斯特林·布朗为代表的土语实践者之间的论争。休斯顿·贝克(Houston Baker)在《现代主义与哈莱姆文艺复兴》(Modernism and the Harlem Renaissance)中，将这种论争视为核心问题。贝克把这种矛盾确定为"形式的掌控"与"掌控的变形"间的矛盾。贝克与我的方式不同，他声援了卡仑和华盛顿的同化论诗学，认为可以将主流文化形式用作面具，以提供伪装、阻碍整体认同，这一点具有长期效能。与此同时，令人遗憾的是，在我看来，贝克反对他称为"游击队"的反抗和脱离策略，这个立场和杜波依斯是一样的。这个"游击队"策略以邓巴及其他"发音""变形"的诗人为代表。

地方方言或者个人方言用入诗中，标志着拒绝把标准英语作为交流的普遍基础。对于有意消除或者克服差异的诗人而言，无论传统文学语言的选择是否被看做面罩，都反映出他们愿意遵循某一特定文化内部的语言标准，愿意与标准对话。非标准语言实践意味着文化反抗的一个要素，它有着对话自省的下限和脱离与自主的上限。

卡仑接受主流文化中被誉为"普遍"的形式，不过同样的文化中非裔美国方言(与中西部和东北部语言相对)被视为低人一等的标志。他作品的人文精神显而易见，在一个大体上以肤色为标准划分等级的社会里,这是唯一能看到这种人性主义的地方。依此理解,可以说卡仑是卓越的美国实用主义者。

从语言的自治和自足性来看,布拉斯韦特是有此特征的民族语言的倡导者。他反对麦凯方言的妥协形式,他认为这最多是文化实践的开端,有助于把巴奈特、史密斯、约翰逊和他自己等加勒比诗人的作品带向成功。在美国现代主义时期,斯特林·布朗极有可能是这种诗学最重要的实践者。对布拉斯韦特而言,"民族语言"不是掌控的变形,而是新形成的集体身份的标志。它超越了批判和颠覆,走向积极的表达。或许在我看来,这就是超越了虚假的普遍性走向布拉斯韦特所说的真实的地域性。

普遍性与地域性间的矛盾不仅仅是变形,也不仅仅是萌芽阶段的群体意识,哪怕它在成熟期会消散。与民族语言的积极表达性相反,我想说说个人方言的负面辩证法。按照安东尼奥·格朗斯基[1]的说法,个人方言表明了那些居于霸权地位和次要地位的诗学争论所在。这里确实存在相互妥协、相互依存的诗学——具有杂合、对立、多声部特征。我想可以贴上激进的现代主义标签的不仅有邓巴、麦凯,还有休斯、吉恩·图默(Jean Toomer)和托尔森;我还想加上美国的路易斯·朱可夫斯基、哈特·克莱恩(Hart Crane)、亚伯拉罕·林肯·吉列斯比(Abraham Lincoln Gillespie)和英国的邦廷和麦克戴尔米得。

这些诗人的共同之处在于他们的诗学实践都深受马克思主义影响(图默也许是例外)。[16]马克思主义是普遍主义者的哲学,关乎民族主义批评的历史以及部落的、种族的、性别的实在论批评史。或许探讨此问题的最佳途径可以在撒丁岛的马克思主义者吉列斯比的作品中找到。他对霸权的批评基于作为"从属地位"的南方人的经验,他的语言印刻着方言差异,与意大利的北方口音不同。

讨论地方与普适、从属与霸权的内部矛盾时,我转向麦凯。在充满令人惊愕的欺骗与矛盾的诗歌中,他主要是使用马克思主义普遍性的观点与在牙买加的英国文化霸权论战。1912年,时值22岁的他尚居住于牙买加,出版了两本地方方言诗集——《牙买加之歌》(Songs of Jamaica)和《警察歌谣》(Constab Ballads)。任何阅读和评论这些诗作的人都会注意到诗集的许多折中处理方式。最明显的就是冗长的翻译和每一页下端的注释,给出了众多方言词汇不必要而且容易误导的翻译,时不时还给诗歌加上明显的甚至可笑的改良式诠释。和邓巴的《诗集》一样,麦凯的方言诗将白人和黑人两类读者平等地前置。如布拉斯韦特所说,鉴于麦凯与"诸如瓦尔特·杰基尔[2]一样的斯文加利[3]人物"(a Svengali like Walter Jekyll, p. 20)关系密切,白人编辑权威的控制之手在字里行间无处不显。[17]另一个同样显著的"合谋"证据是《警察歌谣》的书名本身,因为以一个为英国人服务的牙买加本土居民的视角所写的诗,我们能从中期待什么样的诗歌自律呢?

近乎反抗的语言挑衅何以可能出现于会压制政治反动势力直言表达的文化空间呢?在

---

[1] 安东尼奥·格朗斯基(Antonio Gramsci, 1891—1937),意大利作家、语言学家、政治家、哲学家。

[2] 瓦尔特·杰基尔(Walter Jekyll, 1849—1929):出版社编辑,他鼓励麦凯用方言创作。

[3] 斯文加利(Svengali):George du Maurier 1894年出版的小说《软毡帽》(Trilby)中的人物,他是一位催眠师,把主人公塑造成了著名歌手。这一词语已经成为英语中的专有名词,指心怀叵测、通过劝诱和欺骗的方式控制和左右他人的人。

《日常生活实践》(The Practice of Everyday Life)[《实践的艺术》(Arts de faire)，字面意思是"做的艺术"]"转换注意力的实践"一节中，德·塞托(de Certeau)谈到"清晰发音"的策略，他称之为"假发"：

> 假发是工人自己的产品，伪装成其雇主的产品。它与偷窃不同，因为没有任何物质价值被盗。它与缺席不同，因为工人正儿八经地在上班……沉溺于假发中的工人实际上转移了时间(而不是商品，因为他仅仅使用了少量)……去制造免费的、具有创造性的、更确切地说不以盈利为目的的产品——用这种方式对付日常的策略将会实践"普通的艺术"，会发现自己置身于普通环境之中，创造写作自身的"假发"。[18]

在麦凯1912年的诗集中，押韵的五音步和六音步方言诗就是诡计或者"假发"，逢迎和挑衅两者并存，贯穿始终。对"白人"读者而言，方言是游吟诗人的表演：魅力无穷，逢迎得恰到好处，既对英国的柔情毫无必要地点头哈腰，又自我注释、自我贬损。与此同时，这些诗组成一曲歌，赞美差异和声音的美学力量，赞美牙买加土语的语义丰富性。而在主题中，这些诗歌侵蚀了权威，尽管表面上看它们对权威顶礼膜拜，实际上它们聚集了反权威的力量，嘲笑任何表面妥协的伪装。这种两者并存的状态让人想起麦尔维尔(Melville)的《贝尼托·塞莱诺》(Benito Cereno)，阿尔顿·尼尔森(Aldon Nielsen)指出该书"是白人种族主义者思想的戏剧化，即使面对奴隶的反抗也无反应；因为小说的戏剧性反讽源于德拉诺[1]不能辨别这种反讽，哪怕它就在他眼前。他如此沉醉于白人神话的话语和谐中"以至于他(错误)解读了"努力反抗的事实"，仅把它当做"卑躬屈节的效忠"的正常反应。[19]

当然，在《牙买加之歌》中最曲意逢迎英国、最死板地坚持抑扬格的、最为自贬的诗，当属"旧英格兰"(Old England)：

> 只要看一眼英格兰故土、走一走伦敦街头……
> 我就会看见圣保罗大教堂，就会听见伟大的学识
> 从主教口中传来，宣讲着古老信仰的遗产；
> 我会张着大口惊异于这宏大的器官发出的声音
> 并且会"训练我的双眼去发现躺在周围的美人"
>
> 我会去看市中心教堂，在那里，古老的信仰是一堆残片，
> 教区长成了讲道的风景，多数人都不会去看一眼；
> 我会去那些科学家们高堂聚会的地方，
> 去照亮真正的真理，去听从理性之王的呼唤。[20]

---

[1] 德拉诺(Delano)船长是麦尔维尔中篇小说《贝尼托·塞莱诺》中的重要人物，是"白人优越论"和"美国文化优越论"的追随者。

从表面上来看，这是一首表达思乡以及民族自豪感的诗，它甚至以一种奉承的论调描写当地人从祖国回家，然后得以"永远高兴和满足地(glad an' contented in me min' for evermore)"(p.65)休息。难怪布拉斯韦特将这首诗作为麦凯"最初的英国国教的文学殖民主义"(p.20)的例子。但是至少从我的阅读可以看出，吁请关注诗歌本身，或一种异质的关注，即关注字里行间之意，在这首诗中有所夸大。别忘了，来自"旧时""残骸"的认识不是种族歧视和殖民主义带来的旧命运又是什么？别忘了当真实与理性取胜之后，"躺在周围的美人"("beauty lyin' all aroun'")不是睡美人的其他残骸又是什么？因为毕竟这首诗对真实(复数的)和理性(大写的 Reason)的强调毫不含糊：传道者的独特话语就像一个睡美人，是对学说的破坏；伟大的学说看似美丽真实，只不过是在受训的(谁训练的？)眼光中才出现。这首诗读起来像假发，意义开始丧失稳定性，尽管就我看来，像"我会张着大口惊异于这宏大的器官发出的声音"这一行意义很难有改变。甚至文本的注释都显得很重要。在非标准词中，只有两个词给了定义："t'o't"——thought以及"min"——mind。这就好像提醒我们"当地人"有思想，有自己的想法：从这一角度来讲 mine 和 mind 同义。鉴于麦凯的作品毕竟是巴奈特模仿牙买加方言诗歌的第一个范本，也许这首诗离路易斯·巴奈特的作品并不遥远(Brathwaite, 28)。甚至"旧英格兰"中的"旧"开始显得不吉利。

我有过度诠释之嫌吗？麦凯在《归家路漫漫》(A Long Way Home)中特别指出他在13岁前已成为一个"自由思想者"，"像彗星一样在赫胥黎(Huxley)的《人在自然界的位置》(Man's Place in Nature)和海克尔[1]的《宇宙之谜》(The Riddle of the Universe)中"发现了"科学中的传奇"。[22]他创作《牙买加之歌》和《警察歌谣》时，正专注于斯宾诺莎[2](有段时间他自认为是泛神论者)、叔本华、和斯宾塞(扩展而言还有达尔文)。

讨论一下麦凯《讲座后的卡桥·福莱西》(Cudjoe Fresh from de Lecture)中的两句"how de buccra te-day tek time an' begin teach / All of us dat was deh in a clear open speech"(pp. 55—58)。布克拉(buccra，亦即白人男性)的"公开演说"(open speech)是关于人文主义者的科学理论进化论的。卡桥认为，这种理论削弱了农耕系统之外的种族主义者的一些想法，这种农耕系统在诗歌"他告诉我们自个啥样，使俺们焕然一新"(Him tell us 'bout we self, an' mek we fresh again)的"禁锢的五步抑扬格"或者封闭(受约束)的话语中有所体现。这里"焕然一新"的概念(而不是利用我们、剥削我们)就是卡桥所说的来自这个演说的紧要的"新闻"：

> 我打量着我的黑皮肤，我的头变大了，……
> 因为每一个人，都不会在意他们的头衔，
> 主把我们每一个人带到了同样的木板。

---

[1] 海克尔(Ernst Haeckel, 1834—1919)：德国著名生物学家、自然学家、哲学家。
[2] 斯宾诺莎(Baruch Spinoza, 1632—1677)：17世纪著名荷兰神学家、哲学家。主要著作有《伦理学》、《神学政治论》、《政治论》。

他看到自己的黑色皮肤，也就看见了黑人群体中人人平等的集体想象。虽有人把"我的头变大了"和"张着大嘴惊异"解读为具有自我关照的姿态，但从字面上讲它们意义截然相反——新闻颠覆了对卡桥和他的族群的关照，使头恢复成原有大小。如果进化论"直接告诉我们一切的起源"，那么布道时把黑说成是"坏东西"的基督教会说它是谬论：

  再仔细打量一眼事物，我们就会用心地祈祷
  要把他宣讲的一切吞下，别对上帝有不敬的想法。

欢笑中隐藏的逢迎抑或反抗与上帝外表一样明显吗？如果进化论宣扬的是机遇而不是宿命论，那么"贝尼托·塞莱诺"(Benito Cereno)的方案更易实现，因为任何自然法则都排除不了反抗（就我而言，鼓励是另一方面）的正义性。

  可是假如所有的事情可以整个儿颠倒，
  或许我们会坐在顶端催逼着别人。

下一节紧接着就放弃了这个解释，指出，如果非洲人没有被带到多样性的美国，他们也许依旧"半裸着身体……在灌木丛中与猴子一同披荆斩棘"——"野蛮没有开化，而且永远不会驯化为文明人"。所以，这首诗不是讲这个"清晰的公开演说"的驯化结果，而是讲这种想法如何强烈地启发卡桥自己说出毫无遮掩的"话语"。卡桥承认他的话语双向发展，结束时说出了否定的可能性：

  可是两匹马以几乎相同的姿势一路奔驰
  这差不多就是巴克拉停下步履的样子：
  他说，这世界如何能承受？因为对的永远不会来，
  错的却永远不会去，直到这世界为我们而终止。(p. 58)

布克拉说了一句永远不可能有正义，阻止了卡桥思想的天马行空。但是诗歌的最后一句语义含混：因为如果邪恶意志不断增加，直至这个世界因我们而结束，那难道不是说为了建立一个新世界的真理，我们将不得不做自己的终结者吗？至少在诗歌标题"要干啥"(Whe' Fe Do?)中我听到了这样的声音，而且我听到的比我提到的还多一倍。此诗歌标题可以读作融入赞美的颂歌。标题的注释犀利地概括了一系列问题。它是这样说的："要干什么？——等同于'不能解决的，必须忍受'"。这首诗的每一节都以标题提问的变体形式收尾："我们所能做的一切"、"我们可能会做的"、"因为不能那样做"、"还有什么别的可做？"、"最好要做的事"直到最后"但是要干啥？"但是难道标题不能还表示"将要做什么？"、"所能做的一切"、"最好要做的是什么"、"必须做什么"吗？

  这是怎么回事呢？在麦凯的牙买加诗歌中，五（或者六）步抑扬格被用来作为殖民主义的

韵律标志，是套在有破坏性的方言上的枷锁。五（或者六）音步用来做"旧英格兰"声音的外部标识，套在了另外一个混合语言上，套在了一个神秘而又普通的诗歌方言上。这是一个矛盾的形式。由此而言，地方方言诗歌与麦凯的"如果我们必须死"有着相似的内爆力量。麦凯的这首诗写于1914年，也就是他移居美国后的第五年，该诗创造了一种张力：即对伊丽莎白时期十四行诗歌传统的期望与该诗那令人不安的暴力主题之间的紧张。

克劳德·麦凯的牙买加诗歌不是自由诗。这些诗歌是在文化体制下书写的，它们的特征是由它们与文化体制的不稳定关系决定的。但是，什么是土语诗歌自然的形式呢？[21]麦克戴尔米得和邦廷为他们的地方方言作品提供了完全的现代主义背景，与斯特林·布朗更直接、有时有种族性的表现形式相比，他们的吁求意义更深远。休斯文如行云流水，但是时常与充斥于其作品中的土语援引［如"疲惫的布鲁斯"（The Weary Blues）］格格不入；他与布朗不同，他带有大众声音的身份认同并非作品的全部。在《哈莱姆画廊：第一卷，馆长》（*Harlem Gallery: Book I, The Curator*）中，麦尔文·托尔森选择以极端陌生化的形式开始他的多方言之旅：

高高在上就像王牌A，
那书呆子说道，"列宁说'艺术家是一种怪鸟。'"
就像穹顶一样向每个方向倾斜，
主持人狂笑道："嗨得嘞，那样痛饮会让
松鼠都敢朝斗牛犬眼里吐痰！"
喧闹场所的乞丐们
在大家的与黎明相对的黄昏中的一个诗人宴会上
抗议、自豪
踏着白鬼们通通通的节奏
犹如冰冷的手被烘暖时的灼痛……
一个男女同校的克里奥尔女生从巴森街
经过晨曦山庄……
把我打碎了的鸡尾酒杯扫进托盘……
哦，灵歌、劳动号子、拉格泰姆、布鲁斯、爵士乐——
伴着
进行曲、四对方舞、波尔卡、华尔兹！[22]

这既非普通的诗歌语言也非民族语言，它是"扩散型诗歌"，与个人方言是近亲。托尔森杂糅的话语，夹杂着充斥着玻璃破碎之声的音乐，仿佛是一位北上纽约上西区[1]的新奥尔良克里奥

---

[1] 纽约上西区指曼哈顿岛中央公园以西至哈德逊河、南北纵跨从第59街到110街的区域，为较高档住宅社区，众多文艺界人士居住于此，素以此出名。

尔女大学生端着的托盘上玻璃杯被——打碎（每一个都是五音步？），将文化指涉和一个以语言为家的诗人的艰深锐气结合起来。语言之家是诗人的盛宴，是对比节奏、抗议和自尊的多声部音乐。它们在布朗的诗歌里非常明显，直接唱出了——与欧洲舞蹈形式一致，不是非洲裔美国人的本土文化形式——圣歌、劳动号子、拉格泰姆和布鲁斯，是混杂过程中的语言：它们与美国的舞蹈相一致。

托尔森把引文、反驳、话语组合在一起的方式令人困惑，我认为与他最相似的是朱可夫斯基的拼贴诗（从《The 开始的诗》到《A》）。我亦认为那位克里奥尔女大学生甚至极可能是朱可夫斯基在布鲁克林方言版的译诗《我的普拉加女士》(Donna mi Prega)、《福安女博得丝》(A Foin Lass Bodders)中的"福安女"。可以肯定，朱可夫斯基使用俚语不是文化身份的例子，他的犹太性意识反映了同时代许多左派的矛盾心态。他用来创作的语言毕竟不是母语，或者说不是他双亲的语言——意第绪语。尤其是他没有选择与他同时代激进的犹太人为伍，用意第绪语创作诗歌，以此宣告什么是真正的犹太人民族语言。但是朱可夫斯基适应了地方语言和土语，他把通俗语言转换为带有个人特色标签的方言时，通俗中的创新也是独特的。

当德·塞托提及"普通艺术"的假发实践时，他也给出提示，即地方方言和个人方言的实践是通俗语言的实践，这种实践方式与其他通俗文学实践相连；而且通俗语言以临时构建而不是以自然事实为基础。通俗语摆脱了固定的表现形式；它可以被唤醒，却不能被捕捉。因为被捕捉的通俗语仅仅成为销声匿迹的物体的说明，是疲惫的过客中剩下来的几个猎奇者居住的避难所。通俗语言的诗学实践是综合合成的，未经精炼简化。诗歌方言与任何书面语表现形式一样，永远是富有创造的形式。

通俗诗学不同寻常的一点是使诗歌外表陌生。任何走向通俗之路的方法都是不完整的，盖因与物质性本身一样，通俗是无穷尽的。通俗语诗学可以注重一系列方面——音步、措辞、主题、词汇等。习惯于不同的文学传统的人会发现，对这些方面中任何一种诗学的关注都会使诗歌显得不同一般。举例来说，记录下的演说比理想化的典范演讲可能显得怪异得多。地方方言因为使用非标准的词汇，所以显得很奇怪，如同福里梅·赫列勃尼科夫或者大卫·梅尔尼克(David Melnick)或者吉列斯比或者 P. 安曼创作的兆姆诗或者新词诗一样奇怪，甚至令相同母语的人一头雾水。俗语不仅损害而且反抗着标准，正如标准英语和常规的韵文形式把通俗的东西异国化、陌生化一样。世上没有完全通俗的诗歌，因为若没有风格或形式，就没有诗歌。"我们时刻都向往着投身于这种形式。"[23]

很少有人对亚伯拉罕·林肯·吉列斯比的方言写作进行评论。吉列斯比作品中新词汇无处不在，与《为芬尼根守灵》有些像。当然，吉列斯比是知道乔伊斯的。吉列斯比与乔伊斯不同，他对词汇的词源联想最大化不感兴趣，却饶有兴趣地创造了一种无意义写作，爵士乐对此影响很大。在(从祖国或者种族中)"侨化"的过程中，美国身份与"自我"表达一道正在消解，而且极可能是在主动被消解。"侨化"(从祖国或种族中)是吉列斯比对一个1928年针对旅居欧洲的美国人的"转籍"问题的调查表做出的回答：

除非当前的糖尿病得到承认＞被祛除，否则美国精神无法发展，即：在美国，父辈智慧完全缺失，以至于不能通过暗示性经验传达一种尤其是在纠正他们时表现出来的善意，不能培养孩子们早期对父辈的钦佩……这样一来——美国精神将开唱，就像它现在的**民间曲**——"流行歌"一样唱得天真直白、缺少目标和追求、了无牵挂，像它**动力萨克斯风眼**一样常常很嘹亮却不见奇异成果……（也就是说，集市被惯例强制变为一个必然戏谑的集市——我们是一个善意的集体——将会表现出社会敏感）一种"身体欢呼—庄严谦和冷嘲热讽"，与法国黄金时代的手法有着某种"熟练乔伊斯偏差应用亲缘性"……。闪米特化了的……一定会加倍进行精神战狂吠，它的那些"个人主义成分残留被蔑视，失败主义者被避开"，言说者他们当前拍画出没有守住尊严义务的急速草就的毫不用心的"哦自我！"之类的东西。[24]1

如果地方方言诗想培养团体认同，个人方言诗则可能培养其对立面：对团体或者个人身份结构的拒绝或干扰。但是，对身份既有认识的拒绝也可以理解为以其他方式延续其身份政治。身份的诗学在从属与主导之间不可能是对称的，因为文化合法化的诗学不会也需要成为去合法化的诗学吧？如在合法化中，让位吧；或者我们陷入对美国"被惯例强制"的"戏谑"中，因为（我们没有）"好的集体愿望"。吉列斯比此文最能使我想起的莫过于布鲁斯·安德鲁斯在《我冇得纸所以莫说话（或者社会浪漫主义）》[*I Don't Have Any Paper So Shut Up (or, Social Romanticism)*]中创造的"动力萨克斯风眼"黑话里的反复乐节。这部作品与吉列斯比的作品一样，从另一端处理了土语问题，即土语中不是什么也没有。如在安德鲁斯（与吉列斯比相同，富裕的美国白人之子）作品中那样，对预先指定的文化身份的脱离也是一种身份政治。

赫列勃尼科夫的兆姆诗（或者说超感觉诗）创作出来是为了超越民族语言的不同组成部分；他想写出能被所有人理解的个人方言。兆姆诗对普适性的追求由其高度的怪异程度彰显，亦即由它持久而又可爱的奇异性来表现。同样的另一个例子是大卫·梅尔尼克对荷马《史诗》第一部分"阿依达的人"(Men in Aida)的同声乃至个人方言化的翻译，乍一读可能完全是为了多重声音的乐趣；但不久，同性恋的、诗歌的"亚"文化的娱乐意义、色情特征和作家的群体性，表现得十分明显。

我独自在绳上，酸痛，同伴守着船骸，日啊曰螯痛。

---

1 这段话原文如下：
the Spiritual Future of America is not to evolve till a present diabetes is admit > removed, t'wit: America's total lack of parent-sagacity to exprimply an especially-while-correcting them goodwill toward, and to cull an early admiration from the children ... THEN — the American Spirit will commence-sing as naive-direct-elimgoalpursue-clearly as its present FolkMelod — "PopularSong," frequently as blare-OutréFruct-freely as its dynaSaxophoneye. ... (i.e. Fair, groove-compulsed into an inevitaBanter-Fair — we *are* a Good Will-Collective — will assume social sensitude, a BodyClap-RazzCourtly deft-joice-skew-Apply-akin (somehow) to the finesse of France's Golden period. ... Semitised Russia will certainly psychYap doubly, its individuentsremainingscornevadedDefeatists, speaking their present flapdoodle NonDigninholdlLiable'd rushout-heedless-O-Self!-stuff.

软管海岬尿，啊乳头，脚趾坐着共鸣。啊福玻斯·阿波罗……
蛋啊好吃。安德鲁斯冲输精管喊叫梅格一阵喘息。
争辩一下，批评家。都是高报酬，然后，栓上阿卡亚人。[25]1

邦廷、麦克戴尔米得、澳大利亚诗人加万·比尔吉亚(Javant Biarujia)从事着我认为最具系统性、最具文学性的个人方言诗歌创作，在这一方面，多样性美国没有一位诗人超越他们。在过去的25年中，比尔吉亚从中学开始就一直创造着被他称为"塔内拉"(Taneraic)的语言：他还编辑诗歌杂志《守戒净土宗》(taboo jadoo)，关注"私人语言的讨论和表达"。他所说的"讨论和表达"实际上是出版一本全面的"塔—英"词典过程的一部分：

MEPA. 1.礼物(名词)。2.处于……过程中。3.在(常与动名词搭配)。A *mepa* xirardi celini armin. A 穿着一件漂亮的衬衣。Vadas ibescya *mepa* avi bouain. 我试了，但没成功。Anqaudi rasra ilir *mepa* virda. 等下去没有意义。
mepaceti. 当下
mepadesqesati. 今天早晨
mepadesqovati. 今天晚上；今夜
mepadesusati. 今天下午
mepaiveti. 今天
mepajabeti. 最新的；现代的
mepanintati. 一整晚；今晚
mepa yu. 但是
mepeili. 到处；任何地方
MEPIR. 想象(名词)。**mepirdi**. 想象(动词)。**mepiri**. 想象的(形容词)。
mepirocya. 想象；狂想；幻觉(名词)。**mepirsya**. 幻想……
mepir rin. 欺骗(名词)。**das mepir rindi**. 欺骗(动词)
mepir tane. 幻景
mepir troutou. 幻想
mepir uza. 想象，预见。**das mepir uzadi**. 想象；设想；幻想
MEQ 非凡的性交技巧或能力。[26]

以下摘自比尔吉亚日记中对一段梦境的记载：

---

1 原文如下：
    Ache I on a rope alone, guy guard on a wreck, day oh say sting.
    Hose cape pee, oh tit, toes on echo sat. O Phoibos Apollo ...
    Egg are oh yummy. Andrews call o'semen hose Meg a pant on.
    Argue on, critic. All high pay, then tie Achaioi.

> 今天早上我从噩梦中醒来，我梦到了阿贝德莱斯兰姆……我慢慢地跑向他，当我碰到他时我大声叫道我爱他。我大哭起来……吻了他。我醒来，泪眼汪汪地吃了早餐。[27]

方言成为土语、通俗话语被交换成为个人方言后，我们听到的是对特有身份的复杂表达或逃避或清除，而不是对身份的欢呼；听到的是对不同身份间差异的探索，而不是对主要身份的确认。同样，我们听到的是一种写作，这种写作超越了现有的写作定义，超越了群体和个人认同的标准，走向了混杂、混合（称之为闲谈话语）所暗示的即将到来的、接近的身份，似乎这种写作给读者多页面推想的空间。

我意识到，个人方言诗歌消解我们业已建立的个人或团体身份的同时，也有可能使我们更加分裂而且更加被动。在"后现代"的恐惧中，所有群体的组成——无论是真实的还是假想的——都被讽刺或者美化，也就是说被时尚和市场的主导力量解剖为任意代码。如果社会身份成为诗学过程中的问题，也是为了塑造新的群体身份，它将可能对僵化的自成派别和毫无活力的代码的非政治化形成更有策略的抵抗。

现在的问题是如何抵御各种实证主义形式的还原，而又不屈服于相对的市场价值的侵蚀。市场价值将诗歌从社会探索与表达的平台转换成选定的"自由贸易区"（区内诗人与读者都是主体）内的"主体性"的无用标记。也就是说，如何以一个社会真实的王国去反对技术理性的真实及其分裂的两半——必胜主义者的资本主义和宗教的原教旨主义。

在英国诗歌传统中，布莱克仍是这场"精神斗争"中最伟大的象征。布莱克积极而又具有反抗性的想象——"形象王国"（Image Nations）——是多样性美国诗学的重要源泉。

问题不是展示想象而是如何动员想象。

但我们该如何将想象、意象王国动员起来呢？尤其是当大多数想象与主体性都成为个人时尚生活的宠物、成为"创造性"的远亲时，该怎么办？这个所谓的"创造性"似乎更关注耳环而不是听力！阿多诺（Theodor Adorno）曾质疑抒情诗在系统性的消亡过程中起的历史作用，他对此的担忧不无道理。抒情诗系统性地消亡显现出我们对身边现实的所有表达方式都是多么苍白无力！

就如许多其他形式的文化生产一样，对于大多数传统诗歌创作而言，它们与其说是某个作者的产品还不如说是意识形态体制的产品。其结果是，他们能被解读为文化的"症候"，而不是自主作者的有创造性的、有独创见解的作品。不过，当前的"文化研究"运动也有将所有艺术都视为症候之嫌。诗歌能够被时代潮流所吞没，即使它常常并非如此。没有任何艺术家能在他/她所在的社会中独善其身而不与其"合作"，历史对此也要求强烈，但是不同程度的个人抵抗是可能的。如果你愿意，艺术可以提供阅读文化、认知地图的方式。新的形式提供新的批评方法。

当然，弥漫于当今诗坛的主体化的、易于理解的抒情诗证实了阿多诺的观点。即便如此，从同样的历史观点出发，我想说诗歌是两次世界大战后最为必要的语言实践形式：但是这里所说的诗歌不是我们通常理解的诗歌。创造这种诗歌的工作是不可能的，也就因为这个原因，这种创造发生了。

诗学的实践

1.

"诗学"指的是历史上的各种诗歌理论，同时也指"诗歌行为"——即诗歌的创作过程本身。诗歌行为往往可以创造出诗歌理论没有预料到的新鲜艺术魅力——行为先于理论，实践改变理论。诗歌行为不仅包括诗歌创作，还包括诗歌表演。

2.

诗歌行为必须承认比喻的必然性、理解的语言性、思想的局限性、意象的激情、错误的魅力、逻辑的链条、灵感的可能性以及机遇所带来的巨大快乐。和逻辑理性的论文写作不同，诗歌行为随遇而安，随风而动，常常自我矛盾，中意于支离破碎。

3.

不将诗歌作为"事业"的诗人是最好的诗人。社会学家怀特·密尔斯（C. Wright Mills）说得对："大学的目标，是让学生们不再需要大学，也就是使他们学会自我教育。只有这样，他们才能得到自由。"[1]

4.

在当今的文化氛围之中，人们崇尚学术，却又取笑细微复杂的学识——人们主张逻辑清晰的表述，并以此打击各种难以理解的思想，把它们视为不受欢迎的事物。学生和老师们都有各自的具体主攻方向，而且往往拘泥于其中的系列规范、主题或风格而不能自拔。在写作之中，人们强调格式规范、语式一致、论述逻辑，而这些陈腐的规则往往会麻痹一篇论文，使其失去美感。人们重写论文时，往往倾向于删除其中的一些尚不成熟的想法，而不是做进一步的思考——如果重写论文只是为了将一些陈腐的思想表达得更为清晰，那么重写就毫无意义。矛盾的思想比强制的一致更应该受到欢迎。

显而易见：一篇具有自主思考内容的文章即便组织得不好（换个角度往往也能发现其中的"组织"），也比一篇空洞无物而逻辑严谨的论文更有价值。我意识到这种二分法并不正确：这并不是要将逻辑和思想对立起来，而是要强调对各自的价值和含义予以理解。对于年轻人而言，强调文章的严格规范往往会导致思想的流失。[2]难道我们能够要求学生们都必须异常优秀,能够在遵守学术规范的同时发挥最大的思想创造力?毫无疑问,这种期望是不合时宜的。那么,我们是否应该继续要求学生们"约束"他们的写作——似乎写作是一条狗(dog)而非一尊神?

我赞赏学习中的冒险:不是沿着预定的轨道到达既定目标,而是依靠自己独立探索,从一种认识来到另一种认识——碰到难题,就进行侦查,迂回前进。并不一定要同时主修两门乃至更多的专业,而要多种辅业——那些有着种种迂回的、不为人熟知的联系的辅业。

人们常常告诉艺术专业的学生说,绘画的基本要求是精确地描绘物体。可是,这种方法并不是视觉美学的全部内容,还不如说"不会看,就不会画",或者说"不能感知,就不能画"。同样,我们也能说:"不会思考也就不会写作"。学术也要"诗学"指引。

"并列写作"以联想为特征,而"纵向写作"要求文思之间具有从属关系——前者未必不和后者一样具有说服力。诗学提示我们:诗歌逻辑并非只适合于情感或者非理性思维的表达。所有写作的基础中都有"诗学"成分。

我们以诗歌之名拒斥我们害怕承认的存在物。

学术的重要原则之一是要求我们在作品中提供精确的文献信息。同时,学术还要求作者考虑如何回答别人对他(她)的观点可能提出的挑战——不过,人们一般关注的只是有关"内容"方面的挑战,而不是风格和形式方面的挑战。在学术中引进诗学,并不是要废除一切规范,而是强调阐释性的写作并不是"理性"的绝对保证。诗学会让学术写作更难,而不是更简单——它坚持认为我们的写作方法绝非中立、决非自明,因此使得学术写作更为困难。

写作之明晰绝非自然事实,而是一种修辞效果。一个人的雄辩可能是另一个人的毒药,而一个女人的唠叨可能无穷接近我们从不知晓的某种真理。

5.

作为一种文学体裁,诗学所指乃是有关结构哲学的作品——从亚里士多德的《诗学》到当代的许多作品,从学术到建筑。诗学也指诗人们写作的有关诗歌的作品。诗学包括许多历史上出现的这两类作品——这些作品不是有关文学形式的历史叙述,而是有关诗学对文学修养之重要性的阐说。在这里,认识到文学理论、哲学和诗学之间的差别十分重要。文学理论将哲学、政治或者精神分析的原则或者方法应用到文学或者文化作品研究之中。理论偏好连贯性的阐释,并和哲学一样表现为自足性的论点。与之相反,诗学具有随场发挥的特点,依赖具体语境,并且容易引起争议。理论通常带有一副科学的口吻,而诗学有时会不合情理、言过其实乃至自我贬低。[3](既然我现在写的是一篇诗学作品,我不会提到与我所提倡的相悖反的诗学作品——诗学具有多样性。)

在某些方面,学术界已经用文学理论取代诗学。很多文学理论选集尽管会选取以前的诗人们的相关言论,然而它们在论及20世纪时,却会将注意力集中于文学理论家和相关哲学家。[4]也许人们认为,从学术和文学批评的视角来看,这种选择更加合理。在这种学术环境中,诗学成了诗歌的另一种形式。它们也许会引起批评家的注意和分析，却不会被认为是一种批评模式、学术模式或者阐释模式——事实上它们却是。

6.

  诗学的两大经验教训之一是，当代的诗歌实践直接影响人们的诗歌审美意识。诗歌从"当下"开始，回到过去并走向未来。如果不立足于当代诗歌和诗学之中，年青的学者们就会迷惑不解，不能清晰地了解他们时代的文学作品源于何处。缺乏这种知识，他们就难以理解从前的作品和他们以及我们这个时代或者未来时代的作品之间的联系。和诗学实践之间的内在联系的缺失，在貌似中立、重视技术的学者们那夸夸其谈的言辞中或许可以被掩盖，不过在所有学术论文的作品中却表露无遗。

  诗学的第二大基本教训是：文学作品并不仅仅甚至也不首先存在于纸面之上。在我们这个时代，诗歌的主要载体是书面文字，过去几百年也是，不过，我们也不能忘记，在文字被发明之前，就已有了诗歌以及诗学，在后文字的数码以及电子时代，也会呈现新的诗歌以及新的诗学。的确，和诗歌档案一样，"当下"既存在于书本中，也存在于网页中。现代科技还使得诗人们读他们自己作品的音像作品得以面向读者。这些音像作品以及诗人们的现场表演，在过去几百年的时间里，其实是相关诗歌批评和学术研究的重要组成部分。[5]

  每一天，都有新的诗歌创作以及表演。所有的诗歌学术都是在这一背景下产生的。诗歌朗诵、网上诗歌和过去的所有阶段、所有形式的文学成就直接相关。在这种意义上来说，诗歌和诗学（如我现在对它们的阐述）其实是文学学术殿堂的核心价值所在。我们高兴地看到，在文学杂志、小型图书、内部读物、网页、博客以及网上讨论中不断地产生着新的诗学。这些不断生成的新的诗学，使得我们有机会看到文学创作是如何适应不断变化的环境的。这也给我们一个机会，让我们不但可以观察新的形势，还可以改变。

7.

  阅读时放眼全球，写作时着重本土。

  在某一阶段、体裁或者方法上画地为牢，使我们失去创建学术成就的一种机会：一种跨越边界的机会。在某一特别领域积累雄厚的知识是值得尊敬的，有时也有价值；而了解很多不同的领域也是有价值的，有时更值得尊敬。并不是说要采取折中主义，而是要开发你的联想力。

8.

  研究文学的目标是什么？文学课堂的目标是什么？对于某一些人来说，它们在于从文学作品中积累一些有关社会、政治、历史、语言或者精神分析方面的可靠信息。对此，我无意反对。我想做的是提出一种同样重要而又显著不同的方法,在这种方法看来,对于诗歌的主题性解读可能会是有害的。我所提出的方法强调对于文学作品的审美感受,它对主题分析提出了一个认识论上的两难问题。如果我们不从审美视角来阅读作品,那么读者就没有领略到其之所以是艺术作品的奥妙——而这显然将危及任何主题解读。诗学是文学研究的必然前提。

9.

每个人都在谈人文危机,可是没有人为其负责。

有的人虔诚地从文学中引申出各种恒定的规范,也有人从技术理性的角度,要求知识必须中立并能引申。在这些提倡者的强烈要求面前,人文学者们往往显得软弱无力——这也是大家经常感觉惋惜的事情。我想提出一种看法:诗学是无关科学、无关道德的某种领域的基础所在。

诗学是对不断变化的日常生活的伦理介入。如果说"诗的破格"可以和伦理(ethics)相提并论,可以和道德(morality)的公民社会进行对话实践,是一种特定的信念和实践,那么,我很高兴接受"诗的破格"。

伦理是反讽的,道德是真诚的。伦理是俗世的,道德是宗教的。诗学以审美的名义对道德做出伦理拒绝。

诗学是一种行为,是对不断变化的环境的开明回应。因此,诗学不以道德或者系统理论作为基础。诗学是技术性的,不是策略性的。事实上,正是因为诗学缺乏策略性、反感道德和理论基础,它才往往显得脆弱、混乱、不连贯或者不一致。

不过,在伦理和道德的抗争之中,伦理即便在狂野之中漂流,也是有其优势的。可惜人们很少利用这种优势。人们需要的是一种诗学的诗学,以此捍卫诗学的伦理基础。诗学的诗学让人们对于历史和诗学价值具有更多的自我意识。在这层意义上,我的方法和乔治·莱考夫在《道德的政治》(*Moral Politics*)一书中所提出的主张紧密相关:乔治指出,我们必须有力地捍卫我们的价值观(他称之为养父母的价值),就像道德主义者捍卫他们的价值观(他称之为严父的价值)一样。

诗学的诗学不接受人们认为其是"相对主义"的批评,就像审美哲学裁判不接受人们的欣赏口味各不相同的看法一样。[6]事实上,诗学的诗学认为,如果我们拒绝对前提条件的简单化回答,将各种不同的、有时甚至互相矛盾的因素考虑在内,那么我们的价值判断就会好得多。

10.

我想要的是一种发自肺腑的诗学,对抗、超越普遍规范,以清晰地表达"个别"的价值。这一诗学拒绝以国家或者团体的名义牺牲地区的利益,这一诗学拒绝独白,提倡对话;

拒绝客观的存在，重视当下；这一诗学比知识和真理更加珍惜求知和求真。

我想要的社会诗学应能积极地承认语境依赖，而不是貌似客观；它追求具体，而非中立。社会诗学，正如肯尼思·伯克（Kenneth Burke）所称的"社会学批评"一样，应该对诗歌进行社会动机的解读，而不是诗歌目的解读。[7]动机或者设计是一首诗之所以产生的潜在原因，包括定位与轨迹，而目的只是诗歌形式、技巧的某种效果。社会诗学不仅仅承认艺术作品的历史性，还承认其动力，对特定环境做出反应的动力。

11.

那么，如何实现这种诗学或者美学呢？现在那么多的文学训练都要求我们重视对诗歌主题内容的分析（好像它们就是文学艺术的意义所在一样），以至于我们几乎就要违心地相信，所有其他都只是摆设而已。或许我们已经失去了听的耐心，或许我们不够耐心，或许我们已经失去了兴趣。

但是，或许一切也都在于实践。

诗学课程的目的不是死记硬背，而是体味作品本身；不是分析作品的主题，而是感受诗歌的声音和形式的物质效应。在这种环境中，考试只会起到反作用。不再重点要求本科生模仿专业学术会议论文进行写作，而要求他们积极地进行介入作品本身的"体味性写作"——回应、变形、翻译、革新或者模仿他们所阅读的诗歌。这样，他们对于作品与其说是分析，还不如说是回应——他们只有真正体味到了作品的妙处之后，才可能对其进行分析。

我所知道的关于他的三四件事

[1] "Struggle" retains the active principle and is the undistorted by the noun fetishism that marks infantile forms of Marxist thought. It is the "verb"al weight of "struggle" as shift and dynamic that is the essence of a rehermeneuticized Marxism.
[2] Likewise, this is true of the avant-gardism & conceptualism, taken for themselves as a stance, which pervade much of the seventies art scene.
[3] This helps to explain the almost ideological anti-intellectualism — "dumbness" — that runs through some poetry circles.

思想的度量

[1] Laura (Riding) Jackson, "By Crude Rotation", in *The Poems of Laura Riding* (New York: Persea, 1980), p. 107.
[2] Ludwig Wittgenstein, *Philosophical Investigations*, trans. G. E. M. Anscombe (New York: Macmillan, 1958), §329. See also §§330, 331, 332, 335, and 336.
[3] Walter Benjamin, "On Language as Such and the Language of Man", in *Reflections*, trans. Edmund Jephcott (New York: Harcourt Brace Jovanovitch), pp. 315–16 and 318–19. Benjamin here understands language as more than simply a verbal entity. "There is a language of sculpture, of painting, of poetry .... We are concerned here with nameless, nonacoustic languages, languages issuing from matter; here we should recall the material community of things in their communication" [p. 330].
[4] Ted Greenwald, "Off the Hook", in *Common Sense* (Kensington, CA: L, 1978), p. 190.
[5] See David Antin, "Real Estate", in *Tuning* (New York: New Directions, 1984).
[6] *Hills* Nos. 6–7, ed. Bob Perelman (San Francisco:1980).
[7] Ed Friedman, *The Telephone Book* (Guilford, CT: Telephone/Power Mad, 1980).
[8] Hannah Weiner, *The Clairvoyant Journal* (New York: Angel Hair, 1978).
[9] David Antin's *Meditations* (Santa Barbara: Black Sparrow, 1971) is an explicit instance.
[10] *Words* in *The Collected Poems of Robert Creeley* (Berkeley: University of California, 1982), p. 290. In "I keep to myself such /measures as I care for ..." [p. 297]: "There is nothing/but what thinking makes" immediately modified by "it

less tangible. The mind ..." and then finally the recurring Creeley image of sitting and thinking, here the pose of the thinker holding head: "I hold in both hands such weight/it is my only description."

[11] Ted Greenwald, *You Bet!* (San Francisco: This, 1978). pp. 19, 20, and 22.
[12] Michael Gottlieb, "Local Color", in *Local Color/Eidetic Deniers* (Brooklyn: Other, 1978), sec. 4.
[13] *Words*, in Creeley, p. 352.
[14] Brian McInerney, "The World", in *Changing Accounts* (Boston: Origin, 1978).
[15] Louis Zukofsky, *ALL: The Collected Shorter Poems* (New York: Norton, 1971), p. 97.
[16] "Twenty-Nine Songs", #5, ibid, p.48.
[17] Jackson Mac Low, *Stanzas for Iris Lezak* (Barton, VT: Something Else, 1971); Clark Coolidge, *Polaroid* (Bolinas, CA: Adventures in Poetry/Big Sky, 1975); Ron Padgett, *Tulsa Kid* (Calais, VT: Z, 1979); Paul Violi, "Index", in *None of the Above*, ed. Michael Lally (Trumansburg, NY: Crossing, 1976), pp. 208–9; Terry Winch, *"Resume"*, in *None of the Above*, p. 129; Lyn Hejinian, *Writing Is an Aid to Memory* (Berkeley: The Figures, 1978); Kit Robinson, *Dolch Stanzas* (San Francisco: This, 1976); James Sherry, "Integers", in program notes for Nina Weiner and James Sherry at American Theater Laboratory, May 8–11 (New York: 1980), II:6; David Bromige, "My Poetry", in *My Poetry* (Berkeley: The Figures, 1980); Jerome Rothenberg, ed., *A Big Jewish Book* (Garden City, NY: Anchor/Doubleday, 1978); Velimir Khlebnikov, *Snake Train*, ed. Gary Kern (Ann Arbor: Ardis, 1976).
[18] "The Idea of Order at Key West" in *The Collected Poems of Wallace Stevens* (New York: Knopf, 1954), pp. 129–30.
[19] Wittgenstein, §129.
[20] "Although I abandoned the field of the world to my enemies, I left in the noble enthusiasm which has inspired my writings and in the steadfastness with which I had adhered to my principles a testimony to my qualities of soul, corresponding to that which my whole conduct adduced to my natural qualities. I had no need of any other defence against my calumniators .... I could leave them my life to criticize from one end to the other, in the certainty that, notwithstanding my faults and weaknesses, notwithstanding my ability to tolerate any yoke, they would always find me a just and good man, free from bitterness, hatred and jealousy, quick to recognize when I was in the wrong, even quicker to excuse the injustices of others, seeking my happiness always in the gentle emotion of loving, and behaving on all occasions with a sincerity verging on rashness and with a disinterestedness that was almost past belief. I was in a manner, therefore, taking leave of my age and my contemporaries and, by confining myself to that island for the rest of my life, was bidding the world farewell." — from *The Confessions* (1795), trans. J. M. Cohen (Baltimore: Penguin, 1965), pp. 590–91.
[21] "The criteria for the truth of the *confession* that I thought such-and-such are not the criteria for a true *description* of a process. And the importance of the true confession does not reside in its being a correct and certain report of a process. It resides rather in the special consequences which can be drawn from a confession whose truth is guaranteed by the special criteria of *truthfulness*. (Assuming that dreams can yield important information about the dreamer, what yielded the information would be truthful accounts of dreams. The question whether the dreamer's memory deceives him when he reports the dream after waking cannot arise, unless indeed we introduce a completely new criterion for the report's 'agreeing' with a dream, a criterion which gives us a concept of 'truth' as distinct from 'truthfulness' here.)" Wittgenstein,

pp. 222–23.

[22] Ibid., §126. Private language is, of course, a recurring issue in the *Investigations.* See also Alan Davies's related discussion in "Private Enigma and the Open Text" in *L=A=N=G=U=A=G=E* No. 13 (New York: 1980).

[23] Rousseau, p. 591. "I had got the habit of going in the evenings to sit on the shore, especially when the lake was rough. It gave me a strange pleasure to watch the waves break at my feet. I made them a symbol of the tumult of the world and of the contrasted peacefulness of my home; and so moved was I at times by this delightful thought that I felt the tears flow from my eyes. This repose, which I so passionately enjoyed, was only disturbed by the fear of losing it; but my feeling of uneasiness was so great as quite to spoil its charm. I felt my situation to be so precarious that I dared not count on it. 'How gladly', I used to say to myself, 'would I exchange my liberty to leave this place for the assurance that I could always remain here'" [pp. 595–96].

[24] Louis Zukofsky, "*A*"-9, in "*A*" (Berkeley: University of California, 1978), p. 106. All use the measure of abstraction, which assumes value as the end product of an equation (surplus value = rate of profit χ cost of labor/material) rather than inhering in particular occurrences (i.e., labor itself). All use, that is, instrumentality, is thus alienating (estranging), having as its goal the extracting ("extorting") of value (profit). So labor is removed from its "loci" as maker and turned into a "token" which "Flows in unbroken circuit and induces /Our being" to its decentering. "Bought, induced by gold at no gain, though close eye/And gross sigh fixed upon gain have effected/Value erected on labor, prevision/Of surplus value, disparate decision" [pp. 106–7].

[25] Ibid., p. 106.
[26] Ibid., p. 108.
[27] George Oppen, *Of Being Numerous*, in *Collected Poems* (New York: New Directions, 1975), p. 147.
[28] Don Byrd, "Getting Ready to Read '*A*'", in *boundary* 2 X: 2(Binghamton, NY: 1982).
[29] Zukofsky, "*A*"-9, p. 127.
[30] Oppen, *Of Being Numerous*, p. 173.

吸收的技巧

[1] *The Book of Questions: Yael, Elya, Aely*, tr. Rosmarie Waldrop (Middletown, CT: Wesleyan University Press, 1983), p.7 [unnumbered].

[2] Veronica Forrest Thompson, *Poetic Artifice: A Theory of Twentieth Century Poetry* (New York: St. Martin's Press, 1978), p. 132, italics added; subsequent citations from Forrest-Thompson are from this text. This remarkably precocious book carries Empson's criticism one step further than Empson was willing to go — into the realm of what Forrest-Thomson calls the "non-meaningful" levels of language, which she sees as the vital future for poetry. Her considerations of Ashbery and Prynne are particularly valuable, as is her critique of the flaws inherent in "confessional" poetry — she speaks of the "suicide poets" — from whom she is at great pains to exclude Plath. At times, Forrest-Thomson's work is frustratingly claustrophobic; but

its uncompromising, fierce and passionate seriousness makes it an enormously moving experience to read. Forrest-Thomson, whose *Collected Poems* were published in 1990 by Allardyce, Barnett, died in 1975 at the age of twenty-seven, after receiving her Ph.D. from Cambridge.

[3] Steve McCaffery discusses how anagrams drove Saussure to distraction near the end of his life when he was studying late Latin Saturnian verse. "Implicit in this research is the curiously nonphenomenal status of the paragram. [It is] an inevitable consequence of writing's alphabetic, combinatory, nature. Seen this way as emerging from the multiple ruptures that alphabetic components bring to virtuality, meaning becomes partly the production of a general economy, a persistent excess, non-intentionality and expenditure without reserve through writing's component letters .... The unavoidable presence of words within words contests the notion of writing as a creativity, proposing instead the notion of an indeterminate, extraintentional, differential production. The paragram should not be seen necessarily as a latent content or hidden intention, but as a sub-productive sliding and slipping of meaning between the forces and intensities distributed through the text's syntactic economy." — "Writing as a General Economy", in *North of Intention* (New York: Roof Books/Toronto: Nightwood Editions, 1986), pp. 201–221; subsequent citations from McCaffery are from the same essay.

[4] Johanna Drucker has been exploring this area in a systematic way. Her "Writing as the Visual Representation of Language" was presented at "New York Talk" on June 5, 1984. See "Dada and Futurist Typography: 1909–1925 and the Visual Representation of Language", Ph.D. diss., University of California, Berkeley, 1986.

[5] Galvano della Volpe, *Critique of Taste*, tr. Michael Caesar (London: Verso, 1978), p. 193. Quoted by Jerome McGann in the Conclusion to *The Romantic Ideology* (Chicago: University of Chicago Press, 1983).

[6] Claude Lévi-Strauss, *Tristes Tropiques*, tr. John and Doreen Weightman (New York: Atheneum, 1984), p. 388; V. N. Voloshinov [pseudonym of Mikhail Bakhtin], *Marxism and the Philosophy of Language*, tr. L. Matejka and I. R. Titunik (New York: Seminar Press, 1973), p. 14; Caudio Amber, *Guide Amber Gastronomie* (Graisse, NY: White Castle Press, 1950), unpaginated.

[7] Michael Fried's *Absorption and Theatricality: Painting and the Beholder in the Age of Diderot* (Berkeley: University of California Press, 1980) was my starting point for these considerations. I discuss issues related to absorption in "Film of Perception" (see especially the discussion of movies that begins the section) and "On Theatricality" in *Content's Dream: Essays 1975–1984* (Los Angeles: Sun & Moon Press, 1986).

[8] Nick Piombino makes this distinction in "Writing, Identity, and Self", in *The Difficulties* 2:1, 1982.

[9] See note 5 above. I discuss this work more fully in "McGann Agonist", in *Sulfur 15*, 1986.

[10] McGann, *The Beauty of Inflections* (New York: Oxford University Press, 1985), p. 40, n. 35.

[11] "Dysraphism", a medical term, means congenital misseaming of embryonic parts. The root *raph* means seam, as in rhapsody — what is stitched together.

[12] The text follows T. H. Johnson's edition of *The Poems of Emily Dickinson* (Cambridge, Mass.: The Belknap Press of Harvard University Press, 1955), no. 505, vol. 2, pp. 387–388, although I have adopted two of the variants (*provoked* for *evoked*, *luxury* for *privilege*) and followed the apparent lineation of the manuscript, rather than Johnson's, in regard to the penultimate line. — Think though of Stephen Sondheim's *A Sunday in the Park with George* as an opposite perspective on what it would be like to be *in* a painting: Sondheim has the figures in Seurat's *A Sunday Afternoon on the Island of La Grande Jatte* express a feeling of being

hot and trapped as they stare down on carload after busload of museum patrons.

[13] Susan Howe, "The Captivity and Restoration of Mrs. Mary Rowlandson", in *Temblor* 2 (1985), pp. 113–21. Howe presented this remarkable essay at the New Poetics Colloquium in Vancouver, where an early version of this essay was also performed. Among a number of parallels with this work, the theme of "captivity" is an allegory for absorption: the fear of, and attraction to, being absorbed by Indian culture and the taint — from the white man's perspective — of temporary, or partial, absorption in that culture.

[14] Ford Madox Ford, *The English Novel: From the Earliest Days to the Death of Joseph Conrad* (Philadelphia: J. B. Lippincott Co., 1929), pp. 62–63, 70–71, 86, 148–49; recently republished by Carcanet. This work was especially prepared for Lippincott's "The One Hour Series". In his wonderfully digressive and ornately self-conscious preliminary remarks, Ford writes, "I should like to observe for the benefit of the Lay Reader, to whom I am addressing myself — for the Professional Critic will pay no attention to anything that I say, contenting himself with cutting me to pieces with whips of scorpions for having allowed my head to pop up at all — to the Lay Reader I should like to point out that what I am about to write is highly controversial and he should take none of it too much *au pied de la lettre*" (p. 31).

[15] Quoted by Fried, p. 97; italics added. Diderot's remark epitomizes the double-bind of women being defined by a male gaze: to be seen as a woman one must be passive, while to stare back (as in Manet's *Olympia*) is to exhibit oneself, to become a whore. This implicitly valorizes the woman as subject, absorbed in the world as opposed to acting on it. As Nicole Brossard made clear at the New Poetics Colloquium in Vancouver, discussing her *Journal Intime* (Montreal: Editions Herbes Rouges, 1984), the subjective space is treacherous for a woman since it risks accepting the subjectification of women in the model described by Diderot. Brossard's response is to write something called an "intimate journal", a diary (the traditionally accepted form of women's writing) that refuses the primary terms of that form, refuses, that is, to absorb the gaze of the reader but rather deflects this gaze onto the artificial/actual process of self-construction: "ma vie qui n'est qu'un tissu de mots" [my life which is only a tissue of words] (p. 15). This transformed, you might also say evacuated, journal requires the name *poetry*.

[16] Bob Perelman, "Notes on *The First World*", *Line* 6 (1985), pp. 101, 108–109; this talk was originally presented at the New Poetics Colloquium in Vancouver. The poems quoted by Perelman in his talk, as well as the citations that follow, are from *The First World* (Great Barrington, Mass.: The Figures, 1986). — "If only the plot would leave people alone", Perelman writes in "Anti-Oedipus" (p. 20). His passionate refusal to be housed by the poem, his insistence on breaking loose from the social hypnosis that deadens response, nonetheless cannot readily be understood as preventing absorption, despite its striking awareness of itself as a poetry & its forthright address to the reader. For Perelman has created poetry that is funny, political, engaging — and does not distance itself from the reader in ways we have grown accustomed to. In a recent interview Perelman was careful to put off the suggestion that because his poems do not employ causal unity (are not "little short stories"), they are therefore not coherent. "China", a work in *The First World* "coheres grammatically, thematically, politically in terms of tone. It's certainly not something that throws you off the track, like playing trains as a kid, whipping from side to side until someone falls off — it's not that." This last image of a train flipping the tracks is precisely a description of the effect of the antiabsorptive on reading. (Interview by George Hartley, conducted in Berkeley in 1986, quoted in "Jameson's Perelman: Reification and the Material Signifier", a draft chapter of Hartley's dissertation (University of New

Mexico); not included in the chapter of the same name in Hartley's *Textual Politics of the Language Poets* (Bloomington: Indiana University Press, 1989).

[17] Nicole Brossard, *A Book*, tr. Larry Shouldice (Toronto: Coach House Press, 1976), sections 19, 91, 98, and 99.

[18] See McGann, *The Beauty of Inflections*, part III, chapter 1, and especially pp. 152–55, 160–61, and 166–69.

[19] At the New Poetics Colloquium in Vancouver, Andrews read from *I Don't Have Any Paper So Shut Up (or Social Romanticism)* (Los Angeles: Sun & Moon Press, 1991), a work related to, and written just after, "Confidence Trick". In Vancouver talk Andrews also read excerpts from "Total Equals What: Poetics and Practice", published subsequently in *Poetics Journal 6* (1986).

[20] David Antin, *Tuning* (New York: New Directions, 1984), pp. 105–106.

[21] Quoted by Fried, p. 84. In the present instance, quoting part of Diderot's French might qualify as appealingly superfluous: "aucune figure oisive, aucun accessoire superflu. Que le sujet en soit un."

[22] Ezra Pound, "Affirmations — As for Imagisme" (1915), *Selected Prose: 1909–1965*, ed. William Cookson (New York: New Directions, 1973), p. 375; italics added.

[23] See David Antin's *The Principle of Fit*, 2 (Washington, DC: Watershed Tapes, 1980); Antin expressed his distrust of jump cutting and other forms of radical juxtaposition in recent art at a talk at the Guggenheim Museum in the late 70s. See also Louis Simpson's various comments in *What Is a Poet?*, ed. Hank Lazer (Tuscaloosa: University of Alabama Press, 1986).

[24] "There is no form of platitude which cannot be turned into iambic pentameter without labor. It is not difficult, if one have learned to count up to ten, to begin a new line on each eleventh syllable or to whack each alternate syllable with an ictus." — Pound, "Affirmations", p. 375.

[25] Helen Vendler, Introduction in *The Harvard Book of Contemporary American Poetry* (Cambridge: The Belknap Press of Harvard University Press, 1985), pp. 2, 17, italics and brackets mine; later quotes from pp. 9, 13, 17. *The Harvard Book of Contemporary American Poetry* — including "contemporary" poems by Stevens, who was born in 1879 and died thirty years before this book was published — is the only recent anthology of American poetry that my local public library has acquired. For more on official verse culture see Marjorie Perloff's astute commentary on the Vendler anthology, "Of Canons and Contemporaries", in *Sulfur 16* (1986) and Rae Armantrout's "Mainstream Marginality" in *Poetics Journal 6* (1986).

[26] Donald Wesling, *The Chances of Rhyme: Device and Modernity* (Berkeley: University of California Press, 1980); later quotes from pp. 54, 56, 73, 81, 98, 108, 118, 121, 133.

[27] Alan Davies, "Unadorned ca73", *Signage* (New York: Roof, 1987). p. 60.

[28] Steve McCaffery, "Drum Language and the Sky Text", in *Alcheringa 3.1* (1977), p. 81; as subsequently revised by the author (manuscript, 1986).

[29] Robert Kelly, *Thors Thrush* (1962; rept., Oakland: Coincidence Press, 1984), unpaginated; "spel V" is part of this work. There is a Tibetan saying to the effect that *the sacred is sound* (entoning the lower notes are believed to bring one closer to the sacred). The practice of mantra chanting is relevant as well: written on the page, a mantra would appear like a concrete poem; performed it may become hypnotic.

[30] Velimer Khlebnikov, "On Poetry" in *Collected Works*, Vol. 1: Letters and Theoretical Writings, tr. Paul Schmidt, ed. Charlotte Douglas (Cambridge: Harvard University Press, 1987), p. 370. The quotation immediately following is from "Our Fundamentals" in the same volume, p. 385. In "The Poetics of

Sound", originally in *Technicians of the Sacred* and reprinted in *Pre-Faces & Other Writing* (New York: New Directions, 1981), pp. 144–45, Jerome Rothenberg provides a relevant commentary on an aborigine rain chant — "Dad a da da /Dad a da da /Dad a da da /Da kata kai": "Sounds only. No meaning, they say, in the words of the song, or no meaning you get at by translation into-other-words; & yet it functions; the meaning contained then in how it's made to function. So here the key is in the 'spell' & in the belief behind the 'spell' — or in a whole system of beliefs, in magic, in the power of sound & breath & ritual to move an object toward ends determined by the poet-magus. Said the Navajo chanter ...: 'The words have no meaning, but the song means' .... Such special languages — meaningless &/or mysterious — are a small but nearly universal aspect of 'primitive-&-archaic' poetry. They may involve (1) purely invented, meaningless sounds, (2) distortion of ordinary words & syntax, (3) ancient words emptied of their (long since forgotten) meanings, (4) words borrowed from other languages."

[31] Michel Leiris, "Jazz", interview ed. and tr. Michael Haggerty, in *Sulfur* 15 (1986), p. 103.

[32] Leiris, "Acted Theater and Lived Theater in the Zar Cult", tr. James Clifford, in *Sulfur* 15 (1986), p. 115 and, just following, p. 117; first set of italics added.

[33] *The Greek Magical Papyri in Translation, including the Demotic Spells*, Vol. 1: Texts, ed. Hans Dieter Betz (Chicago: University of Chicago Press, 1986). As a typographic, pictographic, lexical, indexical, and syntactic extravaganza, this work suggests, without necessarily intending to, the richness of "antiabsorbiana" that can be found in scholarly translations of obscure and occult material. This book is then close to the sort of text Armand Schwerner parodies/honors in *The Tablets*. "PGM L. 1–18: ... out of ... and if their principal (lots?) should [fall] on the side of [the lots] of 'Tyche' or 'Daimon' [it is good?] for a spell (?) concerning sorcery/— the same principal (tosses?) of the lot producing the same results, with 'Tyche' or 'Daimon' being an excellent toss." (p.283) The book also contains pages of spells using beyonsense magical words such as Khlebnikov discusses.

[34] Some examples: The typographic visions of Johanna Drucker's letterpress bookwork extend the poetic of lettrism and futurist book art into the present. Tina Darragh has consistently worked with complex visual arrangements, elaborate punning, puzzles, & procedures in an effort to interrogate (in a buoyantly funny way) the structures of language. David Melnick's *Pcoet*, made up almost entirely of nonstandard words; & his *Men in Aida*, a homophonic translation of the *Illiad*, are intensely musical works that use an invented syntax in one work & invented words in the other not to formulate a transrational or universal language, as proposed by Khlebnikov's related work with zaum, but to create a world as local & specific as possible, in which a heightened awareness of the pleasure of words is its own sensuous reward. Frank Kuenstler's densely mosaicked *Lenz* proceeds, for the most part, by splicing two words together with a period and placing these pairs in paragraph sequences: "purr.Force leica.Misanthrope deanna.Dearborn" (New York: Film Culture, 1964; p.63). In contrast, Michael Gottlieb's "Phlogiston" disrupts lexical identities by intercollocating the letters of capitalized and lower-case phrases: "L I KoEn e already K N EfWr o m" (*Roof* VI, 1978; p. 40). Clark Coolidge's early works developed several antiabsorptive styles. In *Suite V*, two words are juxtaposed at the top & bottom of each page (for example, "dots" & "mats"), leaving the page mostly blank; while some of the poems in *Ing* consist of configurations of word parts, numbers, articles, & isolated words & phrases. "On Once" begins: "no in took/than mar//their/than the /thinks//a su/(he of)// the awd con//is solu//no non/of the/of using//but a//a but/a Rug//'Schillan'") (New York: Angel Hair Books,

1968; unpaginated).

[35] Basil Bunting, "The Use of Poetry", in *Writing* 12 (1985), 36–43.
[36] Among other works, I am thinking of Coolidge's *Quartz Hearts & Weathers*; Christopher Dewdney's *Spring Traces in the Control Emerald Night*; Peter Seaton's *The Son Master, Crisis Intervention, & Piranesi Pointed Up*; James Sherry's *Popular Fiction*, George-Therese Dickenson's *Tranducing*; Jerry Estrin's *In Motion Speaking*; Abigail Child's *From Solids*; Lynne Dreyer's *White Museum*; the prose works in Diane Ward's *Never Without One*; & a number of Steve Benson's performance transcriptions.
[37] Clark Coolidge, "Rova Notes", in *Sulfur* 17, 1986, pp. 129–34.
[38] Larry Price, "Aggressively Private: Contingency as Explanation", *Poetics Journal* 6, (1986), 80–86.
[39] Steve McCaffery, *Panopticon* (Toronto: blewointmentpress, 1984), unpaginated.
[40] Passages quoted are from Barrett Watten's "Plasma" in *Plasma/Paralleles/X* (Berkeley: Tuumba, 1979), unpaginated; "Real Estate", *1–10* (Oakland: This Press, 1980), p. 31; *Total Syntax* (Carbondale: Southern Illinois University Press, 1985), p. 64.
[41] Silliman is responding to the Vancouver presentation of this work as well as subsequent discussions of it in a letter to me dated September 12, 1986.
[42] Lyn Hejinian, *The Guard* (Berkeley: Tuumba Press, 1984); all quotes except the prose extract are from the first page of this book. At the New Poetics Colloquium in Vancouver, Hejinian read from and discussed *The Guard* — see "Language and 'Paradise'", *Line* 6 (1986); the prose extract is from p. 91 of this text.
[43] George Bataille, *Erotism: Death & Sensuality*, tr. Mary Dalwood (San Francisco: City Lights Books, 1986), pp. 17–19 and 25. Italics added: "jolts of melody".
[44] From my "Blow-Me-Down Etude", *Rough Trades* (Los Angeles: Sun & Moon, 1991), p. 104.
[45] David Bromige, poem read at Ear Inn, New York, October 11, 1986. The final seven lines are Steve Benson's contribution to a collaboration with Bromige.
[46] Bruce Andrews, *Jeopardy* (Windsor, Vermont: Awede Press, 1980); reprinted in a less effective horizontal format in *Wobbling* (New York: Roof Books, 1981), pp. 90–93.
[47] Nick Piombino, "Subject to Change", in *Temblor* 5 (1987), 127–131.
[48] Nick Piombino, "Currents of Attention in the Poetic Process", in *Temblor* 5 (1987). pp. 120–131. Both cited Piombino essays are in *Boundary of Blur* (Los Angeles: Sun & Moon Press, 1991).
[49] As the Klupzy Girl virtually puts it in my *Islets/Irritations* (New York: Jordan Davies, 1983), p. 47.
[50] Robert Grenier, *A Day at the Beach* (New York: Roof Books, 1984), unpaginated.
[51] Samuel Beckett, *Krapp's Last Tape* (New York: Grove Press, 1960), pp. 9–28.
[52] "The Taste Is What Counts" in my *Poetic Justice* (Baltimore: Pod Books, 1979), p. 47.
[53] The last two sentences of the stanza are based on this passage from Merleau-Ponty: "It is that the thickness of flesh between the seer and the thing is constitutive for the thing of its corporeity; it is not an obstacle between them, it is their means of communication .... The thickness of the body, far from rivalling that of the world, is on the contrary the sole means I have to go unto the heart of the things, by making myself a world and by making them flesh." — from "The Intertwining — The Chiasm", chap. 4 of *The Visible and the Invisible*, ed. Claude Lefort, tr. Alphonso Lingis (Evanston: Northwest University Press, 1968), p. 135. A *chiasm* is a decussation or x-shaped crossing or intersection. This is its meaning in anatomical nomenclature as well; for example, the *optic chiasm* is the crossing point of the fibers from both eyes,

where they connect to the brain.

Merleau-Ponty elucidates the meaning of *flesh* in these words: "it is that the look is itself incorporation of the seer into the visible, quest for itself, which *is of it*, within the visible — it is that the visible of the world is not an envelope of quale [a pellicle of being without thickness], but what is between the qualia, a connective tissue of exterior and interior horizons — it is as flesh offered to flesh that the visible has its aseity [self-origination] [...] whence vision is question and response .... The openness through flesh: the two leaves of my body and the leaves of the visible world .... It is between these intercalated leaves that there is visibility .... the world, the flesh not as fact or sum of facts, but as the locus of an inscription of truth: the false crossed out, not nullified" (p. 131; only bracketed ellipsis added).

It's interesting to juxtapose a passage from Jerome Rothenberg's opening up of the concept of "deep image" in his 1960 essay "From Deep Image & Mode: An Exchange with Robert Creeley": "So there really are two things here, conceivable as two realities: 1) the empirical world of naive realists, etc. (what Buber and the hasidim call 'shell' or 'husk'), and 2) the hidden (floating) world, yet to be discovered or brought into being: the 'kernal' or 'sparks'. The first world both hides and leads into the second, so as Buber says: 'one cannot reach the kernal of the fruit except through the shell'; i.e. the phenomenal world is to be read by us: the perceived image is the key to the buried image: and the deep image is at once husk and kernal, perception and vision, and the poem is the movement between them. Form, then, must be considered as emerging from the act of vision: completely organic .... Form ... is the pattern of the movement from perception to vision: it arises as the poem arises and has no life outside the movement of the poem, i.e. outside the poem itself. (This implies too that the experience of the poet, unlike that of the mystic, is patterned and developmental, i.e. expressive; *the mystic, so I'm told, may not even be said to be seeking a vision of reality, but absorption within it — silence rather than speech*. But mystics are close to visionary consciousness and are often poets themselves.)" *Prefaces & Other Writings*, pp. 57–58; italics added.

Compare this with Creeley, writing in *In London*: "The so-called poet of love/is not so much silent as absorbed./He ponders. He sits on/the hill looking over." *Collected Poems* (Berkeley: University of California Press, 1982), p. 454.

多样性美国的诗学

[1] See *The Xul Reader,* ed. Ernesto Grosman (New York: Roof Books, 1997). An initial version of this essay was prompted, in part, by a panel on the "Poetics of Americas" organized by Grosman and presented at New York University in March 1994.
[2] The formulation here is Peter Quatermain's, from a letter (May 17,1994). See Nicholls' *Modernisms: A Literary Guide* (Berkeley: University of California Press, 1995), especially pp. 200 and 202, which are

quoted in this paragraph.

[3] For related discussion of the multiplicitous chartings of American identity in Lyn Hejinian, Haryette Mullen, and Theresa Hak Kyung Cha, situated in the context of a reading of Stein and Dickinson, see Julianna Spahr, "Re Letter and Read Her: The Reader-Centered Text in American Literature" (Doctoral Dissertation, SUNY-Buffalo, 1995).

[4] Tony Crowley, *Standard English and the Politics of Language* (Urbana: University of Illinois Press, 1989), pp. 9–10. Crowley's citation of Bakhtin is from *The Dialogic Imagination* (Austin: University of Texas Press, 1981), p. 271.

[5] A new and important exception is Michael North's *The Dialect of Modernism: Race, Language, and Twentieth Century Literature* (New York: Oxford University Press, 1994). North contrasts the mimicry of black dialect by white modernists and the skepticism of some African-American poets toward dialect. "Linguistic imitation and racial masquerade are so important to transatlantic modernism because they allow the writer to play at self-fashioning. Jazz means freedom to Jakie Rabinowitz [the Jolson character in *The Jazz Singer*] partly because it is fast and rhythmically unrestrained but also because it is not ancestrally his ... For African-American poets of this generation, however, dialect is a 'chain.' In the version created by the white minstrel tradition, it is a constant reminder of the literal unfreedom of slavery" and what followed (p. 11). This reflects, in part, the view of James Weldon Johnson, who in his "Preface" to *God's Trombones: Seven Negro Sermons in Verse* (1927; New York: Penguin, 1990) underscores that dialect verse is a "limited instrument ... with but two complete stops, pathos and humor" (p. 7; see also note 22, below). North goes on to scrutinize dialect and "primitivist" elements in such modernists as Eliot, Stein, Williams, and Mina Loy, which he sees not as forging a new poetics of the Americas but as trapped in a racist ventriloquism. Indeed, North suggests that "white interest in African-American language and culture was, if anything, more dangerous than indifference" (p. 11) — a conclusion that is sucked into the very vicious circles North's book sets out to critique.

[6] Edward Kamau Brathwaite, *History of the Voice: The Development of Nation Language in Anglophone Caribbean Poetry* (London: New Beacon Books, 1984), p.13; subsequent references to Brathwaite are from this book. This essay is reprinted, without the extensive bibliography, in Brathwaite's collection Roots (Ann Arbor: Michigan University Press, 1993).

[7] Peter Quatermain, in a letter (March 18 1995), comments: "The new English that each uses is inescapably itself, a shade alien to the ear and at the same time a shade more 'authentically' English, because it departs from the koine, standard English, even though it is comprehensible in an ordinary English context and to an ordinary English ear (whatever ordinary means there — one used to [hear] 'standard' I suppose, but that concept has been decaying for the last forty or so years I think). You'll have noted that I'm saying nothing about what sort of syntax that is, but I do think it cultivates turbulence and roughness to the ear and tongue because the smooth and the graceful and the beautiful ... are not only 'southron' but also 'literary', gesturing lazily as they do to a pitifully limited concept of what constitutes the sublime. Like Mina Loy, they cultivate 'gracelessness' (but then one has to define 'grace,' no?) and might indeed be said to share with her the project which says 'I do not write poetry' — if what the centre produces is poetry, then they want none of it, reaching to another definition of sense and discourse, derived from dialect/idiolect speech, and from prose."

[8] Louise Bennett, *Jamaica Labrish* (Kingston, Jamaica: Sangster's Book Stores, 1966), pp. 209–210. Bennett, a popular performer in Jamaica, was born in 1919. Bennet's poems might usefully be compared with the Hawaiian pidgin of Lois-Ann Yamanaka's *Saturday Night at the Pahala Theater* (Honolulu: Bamboo Ridge Press, 1993).

[9] Michael Smith, *It a Come* (San Francisco: City Lights, 1989), p.50. Smith, who was born in Kingston in 1954, was killed in 1983.

[10] Linton Kwesi Johnson, *Inglan Is a Bitch* (London: Race Today Publications, 1980), p. 20. The distinction between the two voices is even more marked in Johnson's performance. Thanks to Nick Lawrence for his comments on this poem/song, as well as other comments on the manuscript.

[11] John Agard, "Listen Mr Oxford Don" in *The New British Poetry,* ed. Gillian Allnutt, Fred D'Aguiar, Ken Edwards, and Eric Mottram (London: Palladin, 1988), p. 5. It is significant that this poem opens the anthology as well as the section of black poets, which includes Johnson, as well as several other poets working with dialect (or nation language) — Valerie Bloom, Jean Binta Breeze, Merle Collins, Grace Nichols, Levi Tafari. Mottram's and Edwards's sections in the anthology specifically chart poets working in the wake of Bunting and MacDiarmid. Thus, at least in Britain, the two streams I navigate in this essay are brought into close proximity.

[12] Quoted in J. Edward Chamberlin, *Come Back to Me My Language* (Urbana: University of Illinois Press, 1993), p. 67. In the U.S. the explicitly political dimension of these issues emerges in the English First movement as well as in confrontations over the use of Black English.

[13] On the poetics of limping, staggering, stuttering and stammmering, see Nathaniel Mackey, "Sound and Sentiment, Sound and Symbol" in *The Politics of Poetic Form: Poetry and Public Policy,* ed. Ch. Bernstein (New York: Roof Books, 1990).

[14] Neil Schmitz, *Of Huck and Alice: Humorous Writing in American Literature* (Minneapolis : University of Minnesota Press, 1983), p. 97.

[15] North's *The Dialect of Modernism* includes a chapter on McKay, "Quashie to Buccra: The Linguistic Expatriation of Claude McKay", which begins with a discussion of his dialect poetry.

[16] Peter Quartermain, in a letter (March 18, 1995), notes that Bunting had read *Capital.* Despite his often stated antipathy to Marx "as economist and call it historian — it's the Hegelian side of Marx, the notion of that historical dialectic which will inevitably (or not) bring about historical change, the withering away of the state ... Bunting had great sympathy for Marx as social critic, as let's say 'humanist,' and was especially taken with [his] diagnoses of the conditions of the working (and unemployed) poor."

[17] According to McKay in his autobiography, *A Long Way from Home* (New York: Harcourt, Brace & World, 1970) Jekyll "became my intellectual and literary mentor and encouraged me to continue writing verses in Negro dialect." Jekyll, McKay continued, "had gone among the peasants and collected their field-and-yard songs (words and music) and African folk tales and published them in a book called *Jamaica Song and Story* [1907]." Jekyll "became interested when he first saw my verses — enthusiastic really — and said they sounded like the articulate consciousness of the peasants". (p. 13)

[18] Michel de Certeau, *The Practice of Everyday Life,* tr. Stephen Rendall (Berkeley: University of California Press, 1984), pp. 25 and 28.

[19] Aldon Lynn Nielsen, *Reading Race: White American Poets and the Racial Discourse in the Twentieth*

Century (Athens: University of Georgia Press, 1988), pp.16–18.

[20] Claude McKay, *Songs of Jamaica, reprinted in The Dialect Poems of Claude McKay* (Plainville, NY: Books for Libraries Press, 1972), pp. 63–64.

[21] Lorenzo Thomas points to the significance of James Weldon Johnson's *God's Trombones: Seven Negro Sermons in Verse* (1927) as "an attempt to distinguish an authentic African-American vernacular from dialect stereotypes using Modernist poetic form" in a review of *The Hammers of Creation: Folk Culture in African-American Fiction* by Eric J. Sundquist in American Book Review, March-May, 1995, p. 4. I am grateful to Thomas's discussion of Johnson as part of a Poetics Program lecture on Melvin Tolson at SUNY-Buffalo on Nov. 14, 1991.

[22] Melvin Tolson, "XI", *Harlem Gallery: Book I, The Curator* (New York: Twayne Publishers, 1965), pp. 82–83.

[23] Wallace Stevens, "An Ordinary Evening in New Haven" in *Collected Poems* (New York: Alfred A. Knopf,1978), p. 470.

[24] Abraham Lincoln Gillespie, "Expatracination", in *The Syntactic Revolution,* ed. Richard Milazzo (New York: Out of London Press, 1980), pp. 17–18. Gillespie was born in Philadelphia in 1895; he died in 1950.

[25] David Melnick, *Men in Aida, Book One* (Berkeley: Tuumba, 1983).

[26] Javant Biarujia, *Nainougacyou Tanerai Sasescya Sepou E - Na: Taneraic-English Dictionary E - Na, in taboo jadoo #6* (Melbourne: Nosukomo; Summer, 1992–1993), p. 94.

[27] Biarujia provides the text and translation in an offprint identified as from V*ehicle #3* (1992): "This morning I awoke from a nightmare about Abdeleslam ... I ran to him, moving in slow motion, and when I reached him I cried out that I loved him. I cried ... I kissed him. I woke up, and spent breakfast in tears." In a letter (May 23, 1995) responding to a draft of this essay, and correcting a few typos I had made in his Taneraic, Biarujia says he has translated the word ideolectical into a Taneraic paraphrase: *"aspelasi remou abaq sancyab e sava mamale* (lit., nonfigurative thought-basis-way and personal-speech)".

诗学的实践

[1] "Mass Society and Liberal Education," pp. 367–368. Thanks to Joel Kuszai for bringing this quotation to my attention. See also, William Carlos Williams, *The Embodiment of Knowledge.*

[2] Emerson's essays, and in particular "The American Scholar," his address to the Phi Beta Kappa Society, at Cambridge, on August 31, 1837; and "The Poet" remain foundational for American poetics. See especially Stanley Cavell's extensive writing on Emerson. And behind Emerson, think, for the purposes of the brief for poetics, of Montaigne and Pascal.

[3] There are, of course, many theories about theory. Two of the best overviews of this topic, both of which suggest useful parallels between theory and the argument for poetics made here, see Jean-Michel Rabaté, *The Future of Theory* (Oxford: Blackwell, 2002) and Herman Rappaport's *The Theory Mess* (New York: Columbia University Press, 2001) .

[4] For example, *Critical Theory Since Plato*, ed. Hazard Adams. Works of poetics (by poets) dominate the book up until the twentieth century, when the contribution by poets almost entirely disappears; nonetheless, this collection remains a useful collection of poetics and indeed of the twentieth century "critical theory" that has been closely connected with the work of the most socially engaged and innovative poetics of the same period.

[5] *Close Listening: Poetry and the Performed Word* provides a set of essays on the significance of the poetry reading for poetry and poetics.

[6] See Ludwig Wittgenstein, *Lectures & Conversations on Aesthetics, Psychology, and Religious Belief*. For a full account of the relation of Wittgenstein to poetics, see Marjorie Perloff's *Wittgenstein's Ladder*.

[7] See Kenneth Burke's "Literature as Equipment for Living." See also Burke's *A Rhetoric of Motives*.

附录：查尔斯·伯恩斯坦教授访谈录*

聂珍钊

聂：因为《L=A=N=G=U=A=G=E》(《语言诗》)这本杂志和众多论文与诗歌，您被大家视为语言诗派的代表诗人和理论家，我的问题也由此开始。语言诗是在1993年最早被介绍给中国读者的，当时四川文艺出版社出版了一部题为《语言诗派诗人作品选》的诗集，发行量为2000册，那以后中国国内有关语言诗歌的文章或书籍仍然寥寥无几，因此大多数中国学者和学生对这个流派并不知晓。可否请您简要介绍一下这个流派诗歌的产生、发展及现状？

伯恩斯坦：语言诗这一术语从20世纪70年代中期开始用来代表一个喧嚣的美国诗歌时期，其间一些主要来自纽约、洛杉矶和华盛顿的作家们投身于一场大规模的、以倡导诗歌创新为目的的运动，这种创新在我们自己的诗歌以及其他20世纪的英语诗歌当中都有体现。由于大多数知名的杂志、出版社和诗歌组织所推崇的对于诗歌的理解与我们的不同，我们不得不在出版与表演作品等方面依靠自己的资源。这是没有任何教条的集体行动，大家能走到一起，既因为我们共同反对的事物，也因为我们文体上的相似。一直以来就有人试图为我们这样一种既无章法又缺乏自信的实践活动强加上秩序或将其纳入历史的规范，而我们中的许多人以此为契机，在反抗标识与分类中定义自己。我们这里没有唯一的历史、唯一的诗学。

布鲁斯·安德鲁斯和我在1978年创办了L=A=N=G=U=A=G=E，一个诗学的论坛。在我们看来，这样的讨论很关键，但无论是在主流还是另类诗坛上又都十分缺乏，因为那时的诗坛存在着一种与反知识思潮一脉相承的对于批判性思维的抵触情绪。L=A=N=G=U=A=G=E的诗人，总共数十人之众，致力于从历史和意识形态的角度探讨诗学和美学、表现其对主流诗歌规范和美国政府政策的不认同。我们质疑一切"既定"的诗歌特点，从声音和表达到明晰和阐释；此过程中产生出许多不同的、实际上相互矛盾的用于探讨诗歌和诗学的方法。我们希望把我们的诗歌与诗学当时批判的、哲学的、形而上的以及政治的思潮相联系，并与人权运动、女权运动、反战运动建立内在的联系，这种愿望成为我们的作品的一个重要标志，也是我们获得那些或被赞扬或被批评的多种集体称谓的原因。

聂：在中国一些人认为与L=A=N=G=U=A=G=E有关的诗歌是受结构主义、后结构主义以及后现代主义影响的产物。您对此有何解释？

伯恩斯坦：这是一个普遍的说法，其原因在于许多人并不十分了解诗歌的发展，而相对更熟悉这些文化发展。事实上，你可以说我们的诗歌与这些运动是平行的，而并非它们的产物，尽管从长远来看，它们之间的相

---

* 本文译自聂珍钊教授发表于《外国文学研究》2007年第2期的同名英文访谈。该访谈由聂教授在2006年12月到2007年2月期间与伯恩斯坦教授以电子邮件的方式完成。

互作用和交叉联系会更明显。语言诗派的诗人常常对结构主义、后结构主义以及后现代主义提出尖锐的批评；可以肯定的是，这是我在那个时期的批评文章的重要内容。但我们与这些文化运动在与科技合理性、原教旨主义和市场至上主义的对立这一方面是相同的。

聂：有些人提出，"语言诗与其说是一场运动，倒不如说是一种从当代北美诗歌的后现代主义倾向中衍生出的、受理论指导的诗歌写作方法。"作为语言诗的理论家，您可否对该理论及背景做出评价？

伯恩斯坦：与其称我为理论家，不如说我是一个对自己的作品进行反思的实践者。我的诗学大部分是实用性的；完全不成体系。那些反对"思想"、反对批评性的反思而推崇他们所谓的无中介的个人表达的人是不可能理解诗学与理论之间的这种区别的。我不会对诗学和诗歌做一番孰先孰后的辩论，它们之间应是相互影响的关系。但那些试图否认他们创作的基础概念而偏好无中介的表达的人实际上是陷入了写作的极端教条。我特别感兴趣的是诗歌的极端表达形式、稀奇古怪的形式、建构过程以及过程的建构。我从来不认为我使用的言语再现了某一特定的世界；我用言语更新世界。诗歌作为一种文化产品，是错觉，也是启示，是幻象，也是现实。

聂：那么语言诗派的美学原则和写作规则又如何呢？

伯恩斯坦：你问错了对象，或许我该说你问的是一个被误解的对象。每首诗有它自身的规则；而我主要的美学原则是加强审美的体验。我尽快离开了流派，正致力于自己的美学理念。

聂：那么，语言诗有没有规则或者起界定作用的特征？

伯恩斯坦：多米尼克·福尔卡德（Dominique Fourcade）的提议是"没有准备好也可以用"，我想我也可以说"准备好的也未必能用"。关键是差异性。我理想中的诗歌能创造自己的规则而又不被这些规则束缚。

聂：那么，谈到诗歌创作实践，语言诗派诗人的创作有哪些与众不同的艺术特征和艺术技巧？

伯恩斯坦：你一定注意到了，大约从1980年以来，语言诗作品的风格有一种很明显的趋势：诗中有很多断裂（即一个短语、一行诗或一句话与诗中的其他部分没有明显的逻辑联系），没有纯粹的抒情表达来表现诗人的情感和主观感受；语言诗的结构新颖，形式创新，诗的形式具有构筑感，同时语言诗探究词语与客观对应物之间、隐喻与表现之间、事实与逻辑之间的不一致性；但是这中间没有任何一项可以界定语言诗的本质。也许我们可以说缺乏对诗之所以为诗的界定本身就是语言诗的本质。这可能听起来有点是似是而非。

聂：有人认为语言诗一开始就是和政治紧密相连的，是与美国的新马克思主义和新左派一致的。但是也有人认为语言诗是脱离现实生活的。这两种观点看上去是完全对立的，您认为哪种观点是正确的呢？您认为是什么因素导致了这种对语言诗的不同理解？

伯恩斯坦：这是一个值得思考的问题。在这种过于经验主义的美国式的认识现实的方法中，观点、意识、理论、哲学、心理结构、精神分析结构、经济结构和语言结构甚至虚构，都被认为是错误的，是脱离"现实生活"的。我试着不被卷入到这些对"真实"的追求中，因为对于他们而言，要得到"真实"就像是要用拳头抵挡向庙宇开火的枪一样。我更倾向于我想象中的生活。

聂：总的来说，您怎么认识政治和诗的关系？

伯恩斯坦：政治和诗歌一样，是如何定义现实、如何描述事物的存在状态的问题。我们通过隐喻认识现实，并对这些隐喻做出反应。没有任何写作是纯粹的。诗歌标志着纯粹写作的终结和虚构的开端。

聂：语言诗被认为是一种反叛。那么它对英语诗歌传统的反叛表现在什么方面？它与英语诗歌传统又在何种程度上有关联？

伯恩斯坦：正如欧洲、南北美洲的传统一样，英语诗歌传统中反叛的诗人不胜枚举。我们不妨这么说：反叛是为了维护个体经验的独特性；是为了反对正统语言的一致性，这种一致性把既定的秩序强加在发展变化的思想上；反叛是为了反对道德和宗教体系的清规戒律，它们不必要地对个人行为和表达进行约束。不同见解的价值就在于它的不同。毫无约束的想象不仅是实现自由也是实现真实的最强有力的保证。

聂：语言诗与新形式主义等其他后现代诗派关系如何？

伯恩斯坦：当代美国诗坛可谓是异彩纷呈：有的恪守传统，有的大胆创新；有的是专业之作，有的是业余之乐；有的乡土气息浓厚，有的城市化、甚至后城市化十足；有的追求精神，有的为了感官享乐；有的属于物质主义，而有的可划分为后物质主义。有一点是很有意义的，即我们认为所有这些作诗法彼此差异很大，而不是同一活动的一部分，否则就会抹平那些最具特色的东西。新形式主义和语言诗都是当代美国诗坛的表现，这两种诗也常被人们看成是诗风相反的两派：一个强调创造新形式，一个强调继承、使用旧形式。这种二元对立的看法类似于对自由诗和韵律诗的看法。大多数美国诗使用自由诗形式，包括在形式层面很直白的很多诗歌。我一直感兴趣的是诗歌的破碎、错乱、不对称、不和谐的结构，也就是我说的言语声律障碍，即运用破损声音的作诗法。

聂：中国诗以很独特的方式影响了现代派美国诗人，比如说庞德。您认为中国诗对当代美国诗歌有影响吗？如果有，是如何影响的？

伯恩斯坦：现在，中美诗人的交流、相互影响远不如我们与法国诗歌的交流。即便如此，我得谈谈一些诗人，他们的父辈或祖辈从中国来到美国，这些诗人也是美国当代诗坛的一支主流，他们与中国文化和中国诗歌的联系也许与欧洲裔美国诗人是不同的。

众所周知，自19世纪以来，中国古典诗歌与哲学对美国诗歌的影响深刻。但是我们这些不懂中文的美国人在多大程度上真正了解中国古典诗是值得商榷的。而像黄运特似的学者却懂。我不仅在考虑黄运特对庞德的阐发式研究，更在考虑他的专著：《诗：对中国诗歌的批评式阅读》(*SHI: A Radical Reading of Chinese Poetry*)（纽约，1997）。书中他一字一字译诗，使人获得完全不同的对诗歌的蒙太奇式或分裂式的理解，所以在美学上和语义上，重新开启了诗歌创作的令人瞩目的方式。以令人炫目的方式重新开启了古典诗歌。还有关于诗歌表现的问题，特别是书写方面。我对在纽约举办的中国书法、诗歌、绘画展非常痴迷，而且在很多方面受到这些展览的影响，从书法书写的表演，到诗歌写作的视觉冲击，到词与形的相互影响，以及思维在卷轴上的字里行间、横向和纵向的延伸。我想我们都对诗人、艺术家的结合及其结合所创出的书作感兴趣，我也多次实践了这样的方式，创作了一些这样的作品，其中多数是与我太太——画家苏珊·碧(Susan Bee)一起创作的，也有的是与理查德·图特尔(Richard Tuttle)、米米·格罗斯(Mimi Gross)一起创作的。我们都受到中国作品的影响。还应提一下，我对薛兵的作品也很感兴趣。

聂：通常说，你在《语言诗》杂志中表述的诗学观更强调诗歌书写(视觉)之维度而不是口头维度。也许这也是你为什么与视觉艺术家合作的部分原因。但是在你编辑的《近听：诗歌与具有表现力的语言》(Close Listening: Poetry and the Performed Word)一书中，你强调了诗歌听觉上的特征。这反映了你在方法上的转变吗？

伯恩斯坦：当我开始越来越多地朗诵自己的作品时，特别是当我组织越来越多的阅读和诗歌活动时，我开始觉得我对我所从事的诗歌的表演性维度和声音维度注意不够。我对声音产生兴趣不是把它作为书写文字的自然延伸，而是视之为一个不同的因素，视之为诗学作品这一复杂体的另外一层。我最近两年的一个主要工作就是与阿尔·菲尔赖斯(Al Filreis)一道对诗歌朗诵进行数字录音并作成一个大文件。这在 http://writing.upenn.edu/pennsound 可以免费听。

聂：那么你认为诗歌与其他艺术形式之间关系如何？

伯恩斯坦：我依然是一个顽固的形式主义者。我想诗歌中有些特别的东西，它们只能用于诗歌中。

聂：你在一个标题为"什么使诗成为诗？"的"30秒讲座"中，用标题回复道："不是每行结尾就押韵。不是形式。不是结构。不是单一。不是位置。不是天空。不是爱。不是颜色。不是感觉。不是音步。不是地点。不是意图。不是欲望。不是天气。不是希望。不是主题。不是死亡。不是诞生。不是树木。不是词汇。不是词与词之间的东西……"

伯恩斯坦：演讲结束，刚刚30秒，加了一个强调行"是时间的设定"。这也是某喜剧中著名的一句话："它不是玩笑，而是时间的设定。"

聂：但到底什么是诗？能给一个定义吗？

伯恩斯坦：言语的艺术？大卫·安廷(David Antin)对你的问题有个很好的回答。这个回答依赖于美国青年在性上的一个隐喻：跑到第一垒，第二垒，等等。他说，诗就是"一直跑下去"的那种书写。

我可以说，使诗成为诗的就是语境，我们选择或者被提示要读或者要听的是一个由言语组成的作品。它不是一个令人肃然起敬地用来区分言语艺术与其他不及它的东西的术语。因为糟糕得令人生厌的诗依然是诗；而歌词无论好坏，都只是歌的一部分，不是诗。

聂：你1975年出版的《分解》(Parsing)一书是你的诗集《现实共和国1975—1995》(Republics of Reality 1975—1995)的第一部分,《分解》中的《句子》(Sentences)中，每一行都用"they"(他们)、"I"(我)、"you"(你，你们)、"it"(它)或者"was"等词开头。你为什么每行有意选择这样的词开头并用这样的语法结构？在传统的诗行结构中，诗人竭力回避同一诗节中重复使用相同的词，这是为了阅读的审美变化。那么，你为什么有意选择用相同的词开始一行诗，或写一节诗，比如说包含"语境断裂"的诗节？就我看这是你的诗风之一。

伯恩斯坦：《分解》是我早期的作品。标题就表明将句子与词组分裂成其句法成分，标题本身就是"语境断裂"。在《分解》中，所有的词与代词相连，其中一部分作为"转换器"，在不同语境中转化为不同的所指。《句子》有两个来源，都是口头故事，即：斯塔兹·特克尔(Studs Terkel)的《工作》(*Working*)和乔治·米切尔(George Mitchell)的《是的先生，我在这儿很久了：美国人的脸和话》(*Yes sir, I've Been Here a Long Time: Faces and Words of Americans*)。我从俗语句子中挑出许多含有"我"和"你"的句子，然后将它们放置到我创造的主要句子中。最后一首诗标明1和2的都是艾米丽·狄金森诗歌的首行。

在此作品中，我喜欢把重复当做反复说的一种方式，在格特鲁德·斯坦因看来，这是"坚持"。这与赖奇(Steve Reich)的极简主义音乐主张和他对反复吟唱和极有节奏感的歌唱的兴趣有关。西利曼早期最有影响力的文章之一《新句》(*The New Sentence*)探讨了这类句子构成的非演绎推理逻辑。在这些"句子"中，我很想获得基本的句子单位，然后用这些单位创作出有韵律的诗句。这些句子中大部分内容平实，这也是吸引我的部分原因。因绝望、失望、忧郁、不满或分离发出的集体性的悲叹贯穿于我的作品中，这也许出乎人们预料，它将作品与葡萄牙的思乡曲、布鲁斯、哀悼辞连接起来，或与其他使用反复手法表示悲伤的形式联系起来。

聂：从《分解》中的《空间与诗》(Space and Poetry)以及其他许多诗中，我们可以看出：你把一些词语重新排列，组合成为诗行，但这是一些不合文法的句子，通过这种方式你就把本身散漫的语言粉碎了，就好像把一个句子先分解成若干部分，然后再进行重新组合。以《空间与诗》的诗句为例："空间与诗/窒息和扭曲着语言，在/任意之中，标点消失/意义和语言/都成荒谬"，你把这个句子分解成五行。我想知道该怎样理解这个断裂句的特别的诗歌特点。您能指点一二吗？

伯恩斯坦：这是《分解》中的第二首，紧接"句子"之后。你可以把它看成是解析性立体主义。显然，前面的句子（根本就没有原句）被分解（或粉碎）为构成元素，这些构成元素铺散开来形成原野版面（没有左对齐，只是散布在整个页面上）。诗行因构成元素的变化或位移而产生出一种节奏、旋律。对这些构成元素是不可能进行线形分解的。这样就使诗歌页面上形成一种曲线空间，一种多维度的空间，而不是一种二维的欧几里得几何空间。你因提问而有意作了删减、压缩，现在，我把它恢复原状，以便你能体会到其转化效果：

　　　　空间，与诗
　　窒息和扭曲着语言，在
　　　　　　任意之间，标点消失
　　意义和语言
　　都成荒谬。停滞

聂：就像詹姆士·乔伊斯在《尤利西斯》中为了表达意识流而省略标点符号一样，你在

《分解》的《罗仕兰》(Roseland)、《阴影》(Shade)的《当然……》(Of course ...)和《圣·麦克》(St McC.)以及《烙印》(Stinga)的《夜晚》(Some Nights)和《典型》(Type)这样一些诗歌中也故意省略了标点符号。当然，也有许多其他诗人创作了没有标点符号的诗歌，但是，他们诗歌中的语法结构读起来还是清楚明白的。和他们比起来，似乎你用粉碎规则的语法结构写诗是为了表达新意，但它们对读者来说却难以理解。你以此技巧写诗的美学意图是什么呢？没有标点符号读者怎么能够确切地理解一首诗的意义呢？

伯恩斯坦：本来就没有什么确切的意义，没有什么先在的意义需要我转化成诗歌，没有什么明确的或可阐释的意义需要阅读才能掌握。也许诗歌所形成的一种结构，或者最好说成是一种诗境，才是读者需要去响应和互动的。如果逗留在意义之内才会觉得舒服，如果你阅读是要获取一种意义，这情况会令你失望。

顺便提一下，《罗仕兰》这首诗里有几个词语来自大卫·安廷的《边界谈话》(talking at the boundaries)的"艺术社会学"，所以这些词也是他原始口语抄本的分解。这就是《分解》中我感兴趣的口语和书面语之间的张力或分裂的具体例证。

聂：从你的一些诗歌中我了解到：你喜欢对诗行进行不规则排列，或者分裂句子以组成诗节或诗章。例如，在诗集《兴趣控制》(Controlling Interests)中的《手灼伤心却更冷》(The Hand Gets Scald but the Heart Grows Colder)和诗集《野蛮贸易》(Rough Trades)中的《清教伦理与资本化精神》(The Puritan Ethic and the Spirit of Capitalization)里，你把句子分解成许多部分，然后再以新的诗歌形式组合起来。你分解句子并且重新将其组合起来有规则吗？你追求什么样的诗歌艺术呢？

伯恩斯坦：我主要凭直觉在页面上排列词语，以最大化词语与词语、短语与短语之间的对立与张力，从而加强语言内在的魅力，这样来探索意义，甚至实际上由此而创造意义。我的许多诗，看起来似乎是以前的文本或剪辑的重新排列，实际上都是自由创作的，尽管它们有时确实是对原文本进行一系列的涂抹、改写和重新排列得来的。你所提到的诗的形式原形是《精神病院》(Asylums)[《孤岛或疏导处》(Islets/Irritations)]，那是我最早的诗作之一，写于1974年。在那首诗中，我从欧文·高夫曼(Erving Goffman)的源文本《精神病院》(Asylums)中摘录部分内容，并对其进行分解，主要专注于停顿之前或之后的词汇，也就是说专注于文本间隙之间的内驱力，专注于前一个句子到后一个句子之间过渡的文字排列。另一个理解此次创作的方式是，我拿来原文本，涂去一大半，所剩下的部分只是句子与句子之间的联结点。因此，这个过程有点像用凿子雕刻一块石头，通过一点一点打磨其表面完成作品。那么，这些诗似乎也经历了一个"文本打磨"的过程。《清教伦理和资本化精神》是那些诗中"打磨"得最厉害的。其标题来自马克斯·韦伯(Max Weber)20世纪之交的社会研究巨著《新教伦理与资本主义精神》(The Protestant Ethic and the Spirit of Capitalism)，这本书强调资本积累、资本主义和新教伦理之间的联系。这首诗就是对传统语义积累的"打磨"，或者说是对传统语义符号学的拒绝。《手灼伤心却更冷》似乎更加典型地体现了我的《兴趣控制》的创作手法。停顿之后紧接着的就是涂涂抹抹的文本碎片、格言警语、清单、元评论、抒情短诗、指导说明、残存语言以及命令指挥等；也就是一张按一定主题、一定节奏、一定联想或一定结构由各种各样的成分组成的拼贴画,其中大多数是在写诗过程中突然产生的或临时组成的。

聂:一般说来,理解一首诗就是理解这首诗的意义。因为标题是诗的指南,是诗的主题,所以它很重要。然而,你的一些诗的标题和我们以传统方式读解的诗歌标题很不一样。以你的诗《毛泽东穿卡其》为例。按照传统的阅读理解方式,我们对这首诗的理解首先来自对它的标题的理解,但是这个标题似乎和诗的内容没什么关系。你怎么看这个问题呢?这首诗的标题起什么作用?诗中还提到几个别的名字。保罗·麦卡特尼(Paul McCartney)和鲍勃·狄兰(Bob Dylan)是美国著名的歌手和词曲作者吗?佩里·科摩(Perry Como)是美国最受欢迎的声乐家吗?诗中提到的这些名字的意义是什么呢?诗中提到雷鸟和狮子的意图是什么呢?其中有些诗行用黑体,有些诗行用大写,有些诗行用斜体。你这样做的目的是什么?总之,你能给我们讲一下这首诗的意义吗?

伯恩斯坦:对你来说,这首诗的困难不在我们谈论的审美和形式上,而可能在它本土(美国)的文化指涉上。尽管我有时喜欢与诗间接相关的标题,但与诗间接相关却不是与诗无关。在这例子中,诗歌指涉的是盖普服装连锁店的一系列广告,一种强调休闲风格、粗斜纹棉布牛仔的经典服装品牌。广告上是一些各种各样的颓废艺术家和知识分子的特写,有艾伦·金斯堡、迈尔斯·德维斯和杰克·凯鲁亚克。顺便提了一句,"……穿卡其,"广告里当然没有毛主席,但他不也穿卡其吗?鲍勃·狄兰这个人即使对2007年的娱乐新闻迷们来说可能也有点模糊。本诗创作的时候,狄兰正准备去参加纽约索杰提斯举行的商业性更浓厚的伍德斯托克第二十五届周年纪念音乐节(每年8月在纽约州东南部伍德斯托克举行的摇滚音乐节),而不是参加音乐原创地的庆典。上一辈的广场歌手佩里·科摩和可能有点时髦的麦卡特尼相提并论。

这是一首十四行诗,诗中存在一些规律性的中断,其中包括一条当时流行现在却完全过时的网络邮件警告信息。雷鸟是一辆漂亮的轿车(现在也是一个电子邮件程序,但当时不是)。狮子仍然在外逍遥。

聂:您《理想的赏罚》(*Poetic Justice*)(收录在《现实共和国》一书中)里的一些作品的风格令人困惑,如《帕卢卡维尔》(Palukaville)、《洛·迪斯弗鲁托》(Lo Disfruto)、《电的》(electric)、《阿祖特·德朋得》(Azoot D'Puund)、《此内以外》(Out of This Inside)、《宾馆帝国》(Hotel Empire)、《起飞》(Lift off)、《挪用》(Appropriation)、《学科政治》(Faculty Politics)、《要紧的是味道》(The Taste Is What Counts)等就是这样。您认为这些是论文还是诗歌?还是其他文体?

伯恩斯坦:它们是诗,是散文体的诗,不过这种"散文"采用了多种写作方法,以至于它已经不再是某种中性、视觉上很具体的东西,玛乔瑞·帕洛夫(Marjorie Perloff)最近称之为"具象散文"[想到了冈波斯(Haroldo de Campos)的《乳鱼》]。《理想的赏罚》是配合《阴影》出的一本集子:《阴影》里多数诗都很简疏,而《理想的赏罚》的多数诗则很繁密,版面排列得满满当当。其中有些是由一系列句子组成的散文,让·西利曼称之为"新句",即一连串的完整句子并置,全然没有逻辑上的(并列)连接词。让的《残阳碎片》(Sunset Debris)就是一首完全由问句构成的散文诗,我的《帕卢卡维尔》[根据卡通片中的拳击手乔·帕卢卡(Joe Palooka)命名,有"老拳醉鬼"之意]则全是由回答构成,是对《残阳碎片》的回应。《要紧的是味道》和《洛·迪斯弗鲁托》则是内爆句式散文，由无句号的句子组成，短语与短语嫁接，形成一种杂乱地重组起来的节奏模式。《电的》和《此内以外》则与自由联想式的、日记体写作的联系更为密切，只是偶尔加上一些视觉覆盖物（出于表意目的将词的中间字母大写）和结构元素来增强引力和张力。《阿祖特·德朋得》则全是用生造词写成的，所以它只能是一首声音诗，但同样是散文体诗。《起飞》则相反，看起来更像是一首图像诗，虽然看起来像散文，其实它是线性的，是基于一款 IBM 电动打字机改正带上的一连串字母写成的。这本书最早是平版印刷的，我自己在 IBM 电动打字机上一页页打出来的，所以右边距没有对齐，但是多数诗行都顶格了。所以，这首诗的那些版本到底是散文还是诗歌，这是个模棱两可的问题。可是就《现实共和国》而言，大部分内容以散文形式排列，这意味着我们并不看重诗行的结尾。而且，不但如此，正如你所注意到的，段落结构和诗行的排列形式也多种多样："散文"的视觉空间丰富多彩。这种散文"立起来了"。

聂：看得出您在诗歌中运用了多种不同的文体形式。正如您所说的，有些是以散文体写的，有些则是散文与自由诗的混合体。虽然您没有按传统的格律形式写作，我相信您有自己的作诗韵律规则，因为我仍然可以感觉到诗中强烈的节奏。这是一种直觉，不知道是否正确。您能谈谈您的诗歌中的格律和节奏吗？

伯恩斯坦：格律是一种理想的系统，独立于表演之外，在某种程度上，也独立于发音之外（包括音节的清晰度和持续时间）。相反，节奏是可以听到的东西。格律诗强调对称与统一，而我则倾向于不对称和切分法：即不平衡、倾斜、微音程，但仍然有律动。可用不谐和音（如碰撞的声音和碰撞声音的模式）创造出强烈的声音节奏。模式不一定都是线性的，也可以是不规则的碎片式的。我就使用了各种形式和多样的方法。你若是仔细看，就会不时地发现每一行的词语中或者每一节的诗行中都有特定的模式，你会看到音节数量的安排并不符合格律，你也会看到许多符合传统格律的诗节之后是完全不符合传统格律的诗节，你会读到一些主要靠头韵推动节奏的诗歌。我朗诵诗歌的时候，声音的造型最为重要，但是我希望这种造型通过拉伸、弯曲、猛折、分解而变成事实上没有意义的噪音，成为白天的歌，晚上的催眠曲，不时地被窗外救护车的呼啸声和哀叫声打断。

聂：您在《起飞》一诗中使用了 @, #, *, $, ¢, · 之类的符号。您为什么会强调这些符号的使用呢？记得您在一篇文章还是访谈中说到您的诗歌受到了现代计算机技术的影响，那是怎样的影响呢？

伯恩斯坦：我的诗歌反映了我所处的语言环境和我所使用的言语材料。有时候我乐于将这种言语再生的方式以视觉——事实上也是听觉——方式呈现出来。我的许多诗都是语言活动，这种语言活动通常被置于后台，而我则是将它带到了前台。这种颠倒正是诗歌功能的核心所在。

聂：华兹华斯说"一切好诗都是强烈情感的自然流露"，事实上，从古希腊诗人到当前，情感都是诗歌表现的重要内容。您认为情感在诗歌中的作用如何？

伯恩斯坦：我更感兴趣的是感觉而不是情感，如果情感只是从狭义上被理解为一套预先确定的情绪的表达：喜悦、悲哀、沮丧，等等。作为文字背后的诗人，我没有想要把感情传达给你，即读者。情感在整个诗歌过程都会涌现，无论是写诗还是读诗。骚动、无常、矛盾心理、喜乐、恐惧、茫然、无助、失落、负罪、错误……这些相互交织的情感色调正是我要探寻的。

聂：我还有几个小问题。您的诗集《带着弦乐》(With Strings)中有一首诗《负面经验的制造》(The Manufacture of Negative Experience)，这首诗共13节，您却把开篇诗节标注为第3节，而把结束的诗节标注为第788节，这是为什么？《房子里的秩序》(The Order of a Room)是一首形式非常独特的诗，您好像借用了具象诗的一些技巧。您在这首诗中将词语按照图形排列，该如何解读？您能给一些建议吗？

伯恩斯坦：《负面经验的制造》中的许多诗节都是空白，可以给思想留出空间，很明显，这些空白诗节都是否定辩证法的空白点。《房子里的秩序》用了许多资料来思考我们这次访谈所探讨的问题：什么构成了秩序？你能不能有非线性的秩序？到底秩序是一种固定的控制性的东西——就像"法律与秩序"中的秩序那样，还是因为我们已经被强加在头上的秩序窒息，无法看到其他秩序，更难感知那些宇宙的秩序(同时也是我们心灵的秩序)？